谜托邦

MYSTOPIA

华文推理新大陆
推理迷的乌托邦

侠 — 盗 — 的 — 遗 — 产

时晨 著

北京联合出版公司
Beijing United Publishing Co.,Ltd.

目 录
CONTENTS

慈恩疗养院（一） 003

鸟尊喋血记（一） 021

慈恩疗养院（二） 039

鸟尊喋血记（二） 059

慈恩疗养院（三） 077

鸟尊喋血记（三） 095

慈恩疗养院（四） 121

鸟尊喋血记（四） 141

慈恩疗养院（五） 163

鸟尊喋血记（五） 181

慈恩疗养院（六） 203

鸟尊喋血记（六） 223

慈恩疗养院（七） 239

鸟尊喋血记（七） 255

解说：是剧贼罗苹还是侠盗鲁平？ 275

马正因氏慈恩疗养院即日开诊

患神经病精神病者之福音

  上海大慈善家马正因氏，在沪闵路北桥镇，购地百亩，创办全国唯一最新式大规模专治神经病精神病医院——慈恩疗养院。

  该院中西医师及护士，均已到院任职，连日由院长张德君氏，率同各医师，配置各室机械仪器及各种设备，业经就绪。自建自来水厂，亦已使用，水质清洁，极合卫生，与沪上各水厂同等。闻该院即日起，除收各等病房男女患神经病或精神病者外，并兼收身体孱弱需要疗养者，故另设特等病房，附有浴室及陪侍之卧室。随便由医师或病家，直接送院投治，如有询问，可打电话与该院医务主任接洽一切，该院电话为长途电话闵行第十一号，简章备索，附邮五分即寄，诚为疗养及患神经病与精神病者之福音也。

慈恩疗养院（一）

晚秋，晡时。

呜呜的西北风呼啦啦地刮着，仿佛要掀翻天地间的一切。

我开着福特轿车，正行驶在一条陡峭蜿蜒的坡道上，腐烂的枯叶在挡风玻璃前乱飞，加上浅浅的薄雾，视野不是很好。天气太冷了，尽管关着车窗、戴着皮手套，手指关节还是冻得发硬。但我可不敢放松警惕，两只手还是死死把住方向盘，生怕一不留神，让轿车偏离了道路。这里的路况我很不熟悉，地图也不曾带在身上，要是迷了路，那可就难办了。

幸而运气还不坏，沿着坡道行驶了十来分钟，我就看到了此行的目的地——慈恩疗养院。

慈恩疗养院如卧虎般伏在远处，四下是一片密密的林子，暗沉沉、静悄悄的。那是一片西洋式的暗红色的建筑群，在尖顶上还能看见十字架的图案。在我看来，眼前这些西洋风格的房子和洋人租界里的那些看上去区别并不大。

"还记得你的身份吗？"

我瞥了一眼副驾驶座上将身子缩成一团的阿弃。

阿弃搓着双手，将口中的热气呼上去。做这些动作的时候，他还不忘朝我点点头。

今天他的话很少，就像我将他从黄浦江捞上来的那天。

"再说一遍。"

"我叫姚七，是张神父的学生，也是《圣教杂志》的编辑。"

阿弃打了个哈气，显得很不耐烦。

而我对他这种态度，很是排斥。

"那我呢？我又是谁？"我又问。

"您叫张布朗，出生于上海城内信奉天主教的家庭。宣统二年入耶稣会初试，次年，赴英国入康托尔培里法国耶稣会哲学院读书。民国七年回国，任徐汇公学副监学兼法文教员。民国九年，又去英国海斯汀法国耶稣会神学院读书，越三年晋升司铎，被派往法国在华侨和留学生中传教。今年刚回国，任浦东傅家玫瑰堂副本堂司铎。怎么样？我没说错吧？"

阿弃说话的语调没有起伏，就像是在背一本词典。

我点点头，赞许道："很不错。不过你还是不能得意忘形，万一有人突然问起，你的脑筋也要跟得上。"

"歇夫，我都跟你这么久了，怎么还怀疑我的能力？"

阿弃说的"歇夫"两字，并不是我的名字，而是一种尊称。

这是法文"chef"一词的音译，意思是首领。至于我的真实姓名，恐怕这世上也没几个人知道。我至少有一百个名号，今天可以叫石冰，明天也可以叫平帆，不过呢，由于我的特殊职业，其中"罗苹"的代号，更为世人所知。没错，某份报纸曾以"东方的亚森·罗苹"来称呼我，将我与法国侦探小说家玛利瑟·勒勃朗笔下的绅士怪盗相提并论。这自然是新闻界朋友们的抬爱，我也欣然受之。

我虽是个盗贼，但与别的盗贼不同，我只盗富人，干的都是劫富济贫的勾当。

列位一定很好奇，我一个江洋大盗，何以要来这尽是疯人的疗养院呢？难不成这疗养院里住着一位百万富翁不成？非也，非也。此事说来话长，待我慢慢陈述其中缘由。

自鸦片战争以来，中国国力衰退，国家主权和民族尊严丧失殆尽，西方列强在我华夏大地上耀武扬威。最令人可恨的，是他们勾结官府，串通内外，对中国文化史上有名目的文物，进行巧取豪夺，能搬就搬，不能搬就砸。我这样的小贼与这些自诩文明却不知羞耻的巨盗比起来，真是小巫见大巫！他们肆意盗取文物，使得我们的国宝不断流失海外。

远的不说，且说近几年发生的事。辛亥革命成功之后，日本人以"考古调查"的名义，不断掠夺破坏我国珍贵的文物遗产。民国十一年，常盘大定来华调查河北邯郸南北响堂山石窟，以致响堂山石窟遭到严重破坏，不少雕刻精品被盗凿，偷运出境，散失到日本；民国十七年，日本东亚考古学会在东北旅大地区调查，盗掘了牧羊城遗址；民国二十年，日本人盗掘旅大地区营城子壁画。

就在去年，由原田淑人、池内宏、鸟山喜一领导的日本东亚考古学会发掘队来到被日本占领的"满洲国"，盗掘唐代渤海国都遗址——渤海上京龙泉府遗址，出土的文物中精美完整的均运回东京帝国大学。此后，鸟山等人又发掘了两次，将出土文物全部盗走。

眼见祖宗的遗产流落异地，我辈岂能袖手旁观？

这几年，我从一些外国传教士、伪学者和文物掮客手中，也盗回了不少稀世文物，均交还给了政府，自己绝不染指。当然，我也因此得罪了不少国外的财团和国内的奸商，这些人都想将我除之而后快。只可惜我罗苹也非等闲之辈，想要我的命，怕也没那么容易。

前些日子，胖子孟兴突然约我见面，在电话里的声音十分急切，说有重要的情报。他是为数不多知道我真实身份的人，同时也是我手下的得力干将。

　　于是，我便约他上午十点在英大马路上一家冷饮店相见。

　　我先到的冷饮店，便挑了一个不引人注目的角落坐下，向服务员要了一瓶红宝橘子水。我刚把一支细长的蜡纸管插入瓶口的纸片中，就见到有一个人，正用一种鸭子式的步伐，蹒跚地朝我走来，来者自然是约我的人——孟兴。他身形矮胖，一张橘皮式的紫脸上，还留着一撮滑稽的短髭，远远看去，像是在他圆而扁的鼻子下，涂了一朵墨。

　　孟兴一见我，就拉直了他沙哑的嗓子，欢然地喊："哈罗，歇夫——"

　　我把眉一横，谴责似的向他道："请注意，今天我姓李，单名一个俊字。"

　　孟兴立刻会意，朝我笑笑说："这是你第几号名字呢？无所谓了。密司脱李，我没迟到得太久吧？"

　　"我也刚到。"

　　待我说完，我便朝服务员招了招手，示意她点单。柜台那边来了个服务员，走近我身边，用她手里的铅笔，朝桌上轻敲了几下，代替了询问。

　　"哎！我还没吃早饭，肚皮倒是有点饿了。此地有啥好吃的东西呢？"孟兴抬眼看到柜角上的一口玻璃小橱，橱里陈列着各种点心的样品，"好！给我来一份红肠三明治。"

　　服务员也不瞧孟兴，只是看着我问："还需要什么？"

　　"不用了。"我回道。

　　服务员走远后，我取出烟盒，把一支土耳其纸烟，在桌面上舂了几下。"你这么急约我见面，所为何事？"

"慈恩疗养院的事,你没有听说吗?"孟兴脸上带着几分讥讽。

我朝他摇摇头:"连这家疗养院的名字,我都没有听说过。"

孟兴从裤兜里掏出一份本埠的报纸,将其在桌上展开。其中有个版面,报道了慈恩疗养院即将开业的新闻。但一看时间,已是两年前的事了。

"密司脱李,慈恩疗养院没听说过,马正因总听说过吧?"

"略有耳闻。"我如实答道。

显然,我的回答让孟兴很不满意,他便向我普及起这位上海滩大慈善家的生平,以及这家慈恩疗养院的诞生始末来。

光绪三十三年,美国俄亥俄州基督教长老会传教医师约翰·斯拉代克在文庙以南的地区开设了慈恩医癫院,专门收留流浪街头的精神病患。到了民国二十一年,慈恩医癫院已经破旧不堪,而且缺乏维护和管理,蚊蝇孳生,环境堪忧,已无法继续安置收容相关人员。然而,慈恩医癫院的衰亡,引起了大慈善家马正因的注意。

马正因祖籍江苏无锡,光绪元年生于上海,幼年随父信仰天主教。少年时勤奋好学,光绪十九年中秀才。光绪二十二年起,师从南市董家渡天主堂神父习法文和科学。先后任上海新安洋行职员和法租界振华律师事务所帮办。而立之年,又赴欧美多国考察。回国后,兴办了上海多个重要的工商交通企业,成为上海颇具影响的富商和华界领袖。

马正因致力发展实业外,还热心于教会和慈善活动。他眼见慈恩医癫院的破败,便依靠在政界和商界的人脉,向上海市政府提出以教会的名义,自己出面向社会募捐集资,在北桥购地百亩建立慈恩疗养院。

疗养院占地近百亩,共有病房三栋,设有病床百张,另有院务及职员用房一栋,并建有自用的水塔和一座小教堂。该院当时仅有医师两名、护士两名、药师和兼职检验师一名,另有圣玛利诸公会圣母会修女担任医院行政领导,医护人员都为天主教徒。

但不久后,马正因却在华懋饭店突发心脏疾病而亡,享年五十八岁。

至于他的死因,后人颇多猜测,不少人都认为与五老会有关。这种猜测并非没有根据,马正因去世的日子,与周金林、刘麒麟、新井藤一郎等富商死亡的日子很近。但马正因的私人医师却一口咬定,他的去世与谋杀无关,只是一场意外而已。

"马正因死后,你猜猜,是谁来接管慈恩疗养院?"孟兴卖了个关子。

正当我想追问时,有一个放着红肠三明治的小碟子,被推到了孟兴的面前。这胖子早就饿昏了眼,忙将三明治拿起,往嘴里塞。

我接着道:"像这种疗养院,几乎没有利润,就如同烫手的山芋,谁会去接?"

"你错了!"孟兴嘴里大嚼,他滑稽的短髭,也随着咀嚼的动作,上下起落,"这疗养院可不是烫手的山芋,还是个香饽饽呢!"

"此话怎讲?"我手里夹着忘了点燃的土耳其纸烟,将身体微微前倾。

"美商本宁丹洋行,你有没有听说过?"孟兴一边说话,一边偷偷将我面前的红宝橘子水拿了过去。

"没有。难道他们收购了慈恩疗养院?"

"嘿嘿,你猜对了,这家疗养院被洋人买了去。"孟兴以一种龙取水的姿态,猛吸着瓶里的黄色液体。仅仅两口,他就将一整瓶橘子水吸光了。喝完之后,他满意地拍了拍自己的肚子,对我道:"洋人不是傻子。"

我同意道:"洋人不傻,谁要是把洋人当傻子,那他自己才是傻子。"

"没错,洋人精明得很。精明的人买东西,会不会吃亏?"

"不会。"我笑了笑,"不仅不会吃亏,还会狠狠地赚上一笔。"

"没错,所以这次洋人买了慈恩疗养院,绝对是赚了一大笔钱!"

"好啦,孟胖子,你也别跟我打哑谜了,豪燥①告诉我这慈恩疗养院里厢,究竟隐藏了什么秘密?"我不耐烦道。

"密司脱李,平常你可是最欢喜解谜的,怎么今朝却没了耐心?好啦,我就开门见山地讲了——慈恩疗养院里囥②了不少盗来的文物,这也是我寻你出来的原因。"孟兴从口袋里取出手帕,擦拭着微微上扬的嘴角。

"把盗来的文物藏在疗养院?这种事是谁干的?"

"这我就不知道了,情报就是这样。这些文物里,还有不少是国宝级的,比如那件'子乍弄鸟尊',你可听说过?"

孟兴所说的这座鸟尊,我当然知道。这件彝器③,是春秋晚期酒器,全器铸成凶猛的鸮鸟,鸟首羽纹,颈饰夔纹,通体黑色,鸟眼两边镶金,模样相当精美。相传,这座鸟尊是晋卿赵简子或赵襄子自用的酒器,因颈部的四字铭文"子乍弄鸟",故唤作"子乍弄鸟尊"。

通常来说,古代的彝器,多布满绿锈,浑身黟黑的鸟尊是非常罕见的。有学者认为,鸟尊的黑色不是墨染,而是被收藏者清理后打的蜡,所以,这应该是传世品,并非出土发掘的。可以说,子乍弄鸟尊是一件代表了中国古代春秋时期彝器铸造工艺最高水平的珍贵器物,堪称中国古代鸟形彝器的巅峰之作,乃无价之宝!

"这座鸟尊和其他文物,被藏在疗养院的哪里?"我发问道。

"根据我的情报,疗养院每天晚上都有人在空地挖掘,像是在地里找寻什么,夜夜如此,这说明什么?"孟兴朝我眨了眨眼,"说明他

---

① 豪燥,上海方言,意为快点、马上。
② 囥,上海方言,意为藏。
③ 彝器,古代宗庙常用的青铜祭器的总称。

们也还没找到呢!"

"你让我理一理。马正因筹款建造了慈恩疗养院,随后因病去世。隔手美商本宁丹洋行就收购了疗养院,他们的目的是为了寻找藏在疗养院中的文物。那么,文物又是什么时候被藏进去的呢?难道这桩事是大慈善家马正因干的?"我肚子里有好多疑问。

"那就不知道了。不过,照花旗国的咪夷①这样挖下去,那些囥在疗养院的宝贝迟早被他们偷走,真弗作兴②!"

"谁跟你说的?"我问。

孟兴左右看看,确定无人偷听,才低声道:"咪夷找了许多中国劳工替他们挖坑,其中几个人曾和我有点渊源,所以愿意把这些事透露给我听。包括他们在寻找中国古董这件事,也是因为有个干活的兄弟从前给洋人拉黄包车,懂几句洋文,偷偷听来的。"

从他的描述来看,这个情报没太大问题。若疗养院里真藏有文物,那我必须得跑一趟了。

"我们几时动身?"孟兴与我相熟,单看我的表情,便知道我心里已有了决定。

"不是我们,是我。"我纠正道。

"你不带我去?"孟兴睁大双眼,像是一只受惊的黑熊。

"孟胖子,我不带你的行动,好像也不少,你何必这么惊讶?"我搞不懂。

"难道你想带阿弃去?那个你从黄浦江里捞上岸的小子?"

"阿弃蛮好。"

"他身手虽被你训练得不错,但总是不听指挥,喜欢擅自行动,歇……密司脱李,你可要三思啊!"

---

① 咪夷,从前对美国人的鄙称。

② 弗作兴,上海方言,意为不应该。

"你放心,他一定没问题,我有信心。比起这个,我比较头疼的是,我们以什么名义进入这家疗养院呢?你我都没神经病,想要装,也装不出。"

"这好办!名义我都帮你想好了。"说罢,孟兴像变戏法般,又从兜里取出一张折叠成小方块的信纸,然后在我面前慢慢展开。

我不知道他的裤兜有多大,竟可以塞下那么多纸张,简直比魔术师的帽子还要神奇!

既是信纸,自然不可能是新闻。信纸上写着密密麻麻的洋文,我速读了一遍,大约看出了点眉目。

原来,这封信是慈恩疗养院的现任院长李查德·华脱,写给浦东傅家玫瑰天主堂的张神父的一封信,大意是疗养院的某位少女罹患怪病,如深夜忽然发出陌生男人的说话声音、大小便失禁、行为举止怪异、喜怒无常等,最可怕的是这位少女还出现了嗜血的倾向,稍有不慎,就会攻击疗养院的医师和修女,甚至有一位医师还被其啃咬颈部,差点因失血过多而亡。经过疗养院上下多次商讨,认定此为"附魔事件",故求助于张神父,希望他能够来替这位少女举行驱魔仪式,助她脱离恶魔的侵扰。

"实际上,真正能举行驱魔仪式的一定是要梵蒂冈授权的神父,有传说这位张神父确实有这个资格,所以这位李查德院长才冒昧写信去求助,谁知道半路上被我截胡了。"

孟兴脸上流露出掩饰不住的得意。

"所以……你是想让我扮演这位神父,潜入慈恩疗养院去盗子乍弄鸟尊?"

"没错!怎么样,我这个主意还不错吧?"

倘若此时不是在冷饮店,倘若此时四下里人不是那么多,我一定会起身给他一记大头耳光,好令他的头脑,清醒清醒!

"我从没信过什么宗教,也不知道什么驱魔仪式,你让我进了疗养院后怎么说?慈恩疗养院里,可都是堂堂的神职人员,要是心里起疑,问我几个问题,我怎么去答?孟胖子啊孟胖子,这么刮三[①]的主意,也亏你想得出来!不可能,完全不可能。"

"你不是号称'千面人'吗?我还以为假扮谁都难不倒我们的东方亚森·罗苹呢!"

"讲轻点!"我急忙扫视四周,幸好店内没人注意到我们,都自顾自地在享受桌上的甜品冷饮,"要是被人听见就麻烦了!"

话说回来,如果不假扮神父的话,恐怕也没有其他理由可以进入这家疗养院了。

孟兴或许是看出了我的犹豫,对我说道:"不急,我们先回一封信给这位李查德院长,余下的时间,你再与那位黄浦江弃儿好好做一做功课。密司脱李,别人跟我说不可能,我还会信,但是在你身上,没有'不可能'这三个字!"

孟胖子那天的话,还萦绕在我耳边,我的车就已抵达了慈恩疗养院的停车场。

与其说是停车场,其实就是疗养院门前的一块空地。停车场里的轿车并不多,只有四辆,其中有两辆是福特,其余两辆是斯蒂庞克与雪铁龙。

下车之后,我略微整理了一下脖子上的罗马领,然后问身边的阿弃怎么样。他说看上去斯斯文文,完全是一个中年神父的样子,根本没人会相信这样的人会是震惊上海滩的大盗罗苹!我听了哈哈大笑。确实,披上修士的黑袍,恐怕连手下都认不出来吧?

[①] 刮三,上海话,尴尬、丢脸的意思。

我取出怀表看了一眼，对他道："时间差不多了，我们进去吧！"

阿弃穿着一件灰色长衫，手里提着两只皮箱，其中一只皮箱的表面有个十字架的图案。他点点头，随在我身后，一齐朝慈恩疗养院走去。

此时已将近下午六时，天色渐渐暗了下去。闵行北桥算是市郊，四周仅有几户农家，人烟稀少，冷气很大。慈恩疗养院的西洋建筑群就孤零零矗立在这荒凉之地，隐隐有一股阴森可怖之感。阿弃不住东张西望，恐怕也是受了这诡异氛围的惊吓。

我们来到疗养院的大铁门口，将箱子放在地上，按下了墙边的电铃。这里的门栅栏都是同我手腕一般粗细的黑色精钢条，用子弹都未必能打断。也难怪，听说此地除了关押精神病患外，还有一些穷凶极恶的神经病，要是让这些人逃出去，后果不堪设想。

约莫过了有五分钟，却还不见有人来应门。我的耐心消耗殆尽，抬起手准备再按第二下，便在此时，铁门栏杆后闪出一个人影，对我们道："找谁啊？"听声音是个青年女子。

待她走近，我定眼一看，发现是个穿着白色修女服的看护。她十七八岁模样，留着齐耳短发，满脸都是警觉，一双杏眼在我身上来回打转，也许是看到我们的穿着打扮，眼神中的紧张感渐渐淡去了。

"我们是受李查德院长邀请而来，我姓张，是浦东傅家玫瑰堂的神父。这位姚先生，是《圣教杂志》的编辑，同我一起来的。"

我说完这段话，那位看护才恍然道："原来是张神父！快请进，快请进！李查德院长在办公室等你许久了。我是这里的看护，我姓王。"

沉重的铁门在看护的拖拽下现出了一条狭窄的通道，我和阿弃唯有侧身才能通过，要想将这扇铁门完全开启，恐怕需要两个成年男性共同协力才行。身后铁门关合的声音，预示着我们进入了一个新的世界，一个与理智与秩序相悖的世界。在这边，疯狂与反常的事情交替发生，最新的科学也无法掌控一切。

穿过铁门，我们的视野一下子开阔起来，老远就看见了一座喷泉。泉座上有各种人物的石雕，姿态造型栩栩如生，可惜我认不出多少。奇怪的是，喷泉上并没有淙淙流水，只有裸露在外的石雕，不知是因为按时段开启呢，还是仅仅只做装饰。

疗养院的建筑群呈凹字型将喷泉围绕在中心。根据指示牌的提示，北侧三栋建筑是病房大楼，南侧有两栋门诊楼和一栋职员楼，院务大楼坐西朝东地矗立在正中。拱门、柱式、连续券和室外廊道，共同组成了这里的欧式古典主义的建筑风格。看护王小姐领着我们进入院务大楼时，指了指大楼的后方，介绍说大楼的正后方还有个教堂，再往后是疗养院的墓地和果园。看来这慈恩疗养院的占地比我想象中还大不少。

院务大楼是一栋三层红砖楼，也许是已过了工作时间，大厅内没什么人，唯有零星几个像是护工的人在打扫卫生。我们随着王小姐上了楼梯，来到三楼走廊。

太阳快要下山了，走廊窗户的采光也不好，使得光线很暗，这让我感觉有点压抑。整个三楼都静悄悄的，能听见的唯有我们的脚步声。院长室在走廊的尽头。不知是不是我的错觉，总感觉王小姐来到院长室门口之后，整个人忽然变得有些僵硬。她伸手轻叩了三下，对着实木大门道："李查德院长，张神父来了。"

过了一会儿，门内传来一声"请进"，王小姐这才把门推开。

推开门后，看护王小姐并不进门，而是侧过身，让我同阿弃先进。恭敬不如从命，我当先跨入办公室，抬眼就瞧见一头金黄色的头发。这金色的头发从发际向后梳理得一丝不苟，头发上涂了油，往下看是锐利的眼神和高挺的鼻梁，这是一张充满智慧与坚毅的面孔。他是一位中年男人，身高与我相当，体格相当魁梧。

他脸上挂着微笑，朝我伸出手来："张神父，我在这里等你多时啦！我是慈恩疗养院的院长李查德，当然，你也可以叫我汤姆，我们美国人都很随意的。"

不知何故，我腹部突然感到一阵刺痛。不过这种不适感稍纵即逝。

"李查德院长您好，没想到身为美国人，中文竟然说得这样流利！"我略带讽刺地说。

"那还得感谢我的中文老师。"李查德没听出我的弦外之音，还颇有些得意。说完，他又向我们身后的看护王小姐使了个眼色。

王小姐会意，道了声"你们先聊"便自行退下，临走时还不忘把门带上。

李查德等王小姐走远后，转身朝他的酒柜走去，对我道："要不要来点威士忌？"

我忙摆了摆手，以"神职人员不宜饮酒"为由搪塞了过去。这时，我才注意到李查德自始至终没有正眼瞧过阿弃，这让站在我身边的阿弃脸上也现出了不豫之色。

我将手伸向阿弃，对李查德道："对了，刚才一直忘了介绍，这位姚七姚先生，是《圣教杂志》的编辑，这次同我来此地，想在获取素材的同时，也顺便助我一臂之力。"

"院长，您好。"阿弃应道。

李查德在取酒的途中，微微侧过身来，朝阿弃的方向"嗯"了一声，显然没有将他放在眼里。这个举动，令我对他的为人，有了进一步的理解。像这种位高权重的人物，通常不会将低于自己地位的人放在眼里，对阿弃如此，对刚才那位看护王小姐也是如此。

"请坐。"李查德院长给自己倒上了半杯威士忌，然后在一张写字台后坐下，我和阿弃则坐在他对面的真皮沙发上，"张神父，这次请您来慈恩疗养院，所托之事，都写在信里了。说实话，这位女子的病情，着实令我院的医师也束手无策。否则，也不敢劳您大驾。"

"院长太客气了。"我敷衍地回应。

"张神父，我相信来这里之前，您也一定做了一些功课。按理说，像我们从事治疗癫狂疾病的医师，不会轻易相信世界上有'附魔'这种事存在。附魔和精神病虽然有相似的地方，但有一些典型的特征，是精神病不具备的。比如出现一些超自然能力，或者说一些没人能解读的语言，尤其是古老的语言……"

"这些情况，您那位患者都具备吗？"我打断道。

"我还是将这件事，从头和您说吧。"李查德调整了一下坐姿，右手手肘撑着椅子扶手，左手拿起酒杯，晃动着杯中的液体，"这个患者名叫冯素玫，原是圣玛利亚女中的一名学生。她的父亲冯思鹤是上海一位小有名气的钢琴家，母亲黄芝是位在家的主妇，信仰天主教，素玫是家里的次女，今年十六岁，她的姐姐冯素英眼下正在日本留学，攻读西洋艺术史的课程。冯素玫在学堂里成绩优异，老师们都很喜欢她，她不仅英文好，美学和音乐成绩也都名列前茅，按照这样发展下去，将来或许能够成为一名出色的艺术家。可是，谁都没想到，这样一位美丽单纯的女学生，竟会遭逢这样的厄运。哎，我虽是局外人，但听闻这种事，也都感到心痛，难以想象冯素玫的父母，此时正在遭受怎样的精神折磨！"

院长说罢，将杯子里的威士忌一饮而尽。他所表现出的惋惜十分真实，瞧不出半点虚伪，我和阿弃也在不知不觉间，被他这种情绪感染了。

李查德继续道："大约在两个月前，冯素玫正在上国文课，忽然感到一阵眩晕，随后便失去了知觉。同学和老师立刻围上前去，商议着将她送往医务室,谁知才过了两分钟,她就自己醒了过来。但这件事并没有引起她的重视,只是以为没休息好,便请假回去了。谁知当天晚上,冯素玫半夜惊醒,感觉有重物压在自己身上,动弹不得。"

"鬼压床?"阿弃开口说道。

"鬼压床?没错!他的父母也是这样说的!"李查德勉强从脸上挤出笑容,"所以一开始,他们并没有在意。但在接下来的一个礼拜内,冯素玫经历了三次鬼压床,她的父母不得不将她送去了广慈医院,结果检查下来,医师断定她得了癫痫。可癫痫的治疗并没有缓解她的症状,反而越来越严重。半夜的时候,她开始听见奇怪的声音,总感觉有人在敲门。不仅如此,她的房间里还总有一股烧焦的气味。这种气味不仅她闻到过,就连她的母亲黄芝女士也曾闻到过,足以证明一切并非全然是冯素玫的幻想。

"与此同时,她的行为也变得越来越怪异。她开始整夜整夜不睡觉,厌恶家里一切与宗教有关的器物,还经常把自己脱得一丝不挂,在家里的地毯上大小便。再往后,她开始生吞昆虫,不论是蟑螂、蜘蛛,还是苍蝇,她还会在房间里尖叫好几个钟头。最不可思议的是,当她在发疯时,力量会变得很大,需要三个成年男性才能把她控制住,但在平时,她却虚弱得连说话都费劲。"

"所以,她的父母认为她得了精神病?"我接着他的话说了下去。

"冯素玫的父亲冯思鹤可是接受过高等教育的人,要让他相信世界上有魔鬼,那他宁愿相信女儿是个神经病。他在报纸上看到了慈恩疗养院开诊的消息,于是痛下决心,把冯素玫送来了这里,希望我们能治好他女儿的疯病。"

来之前我调查过,慈恩疗养院有块金字招牌——吴中华医师,他曾在美国霍布金斯大学医学院进修精神病学,还在波士顿市立医院担任过神经科的住院医师。有这位国内精神病学的泰山北斗坐镇,怪不得冯思鹤会把最后的希望寄托于这边。

李查德接着说道:"吴中华医师是冯素玫的主治医师,起初也是把她当成普通的疯病来治,后来发现药剂对她根本没用,冯素玫的症状不仅没有减轻,反而越发严重。她的声线也开始变化,发出男人般粗粝的声音,但这都不是最可怕的。有一次,冯素玫在病房里听见有个声音让她下地狱,恰巧那时候看护长蒋嬷嬷也在场……"

"你是说,除了冯素玫之外,还有另一个人,也听见了那个声音?"我问道。

"没错。"李查德点点头,"我与蒋嬷嬷共事虽然不久,但她是个虔诚的天主教徒,绝对不会撒这种谎。眼见冯素玫被折磨得奄奄一息,我实在不忍,只得向张神父求助,希望您可以为冯素玫主持一场驱魔仪式,将她体内的恶灵驱逐出去。不知张神父意下如何?"

我转过头,看了一眼阿弃,见他双眉紧锁,目光中透露出一股疑虑。也许他相信了这番话,但对我来说,这完全是胡扯。

这姑娘大概率就是得了癫痫之类的疾病,只不过这里的医师没有能力治好她,于是需要找个神棍来声称这一切都是"恶灵"所为,非人力所及也。但我不能暴露自己的想法,只能装出一副很有兴致的模样。

我回道:"既然如此,我等也责无旁贷。不过,这驱魔仪式并不是说做就能做的,还需要准备一下。在此之前,我想先见见那位被恶灵附体的女孩。"

李查德见我答应得爽快,很是高兴,搓着手道:"没问题!这样好了,我先让看护陪着您去职工宿舍暂时休息一会儿,把晚饭先吃了。待到病房那边安排好,再行通知您。"

别过李查德院长,我们随着看护王小姐离开了院务大楼。出大厅左转,穿过回廊就是职工宿舍,我和阿弃被安排在二楼靠近楼梯的房间。这是一间简陋的四人宿舍，大小约十尺见方，两边各有一张双层床，都铺了被褥，屋子的中间有一张桌子和四把椅子。

等了一刻钟，王小姐就送来了两个三明治。阿弃一张嘴就吞了一个，完了还嫌不够，可惜疗养院就提供了这些，我见他饿得不行，又把自己那份掰了一半给他。吃过夜饭，此时已过七点，窗外除了院内寥寥几个路灯，别处一片漆黑。在霓虹灯映照下的租界待惯了，哪见过这种场面，看久了令人心里发毛。

"歇夫，附魔这件事你怎么看？是不是真的？"阿弃终于忍不住向我问道。

"你觉得呢？"我反问道。

"说得有鼻子有眼，挺像那么回事儿的。不过我有件事想不明白。"

"啥事？"

"既然洋人买下这座疗养院是为了寻宝，那这女孩附不附魔，和他们有什么干系？直接捆起来关病房不就得了，何必千里迢迢把神父找来？"

"不错，你最近思维变得敏捷了，看问题也能抓到重点了。"我笑了笑，解释道，"我想可能是因为迫于压力。"

"什么压力？"

"首先，这次的病患可不是普通人。冯思鹤是上海小有名气的钢琴家，不管怎么说，社会关系总有一些吧？他把女儿托付给这家疗养院，绝对不会不闻不问。对于冯素玫的治疗过程，肯定很上心，说不定还会有报纸记者来采访，在这种压力下，李查德怎敢怠慢？其次，这家疗养院虽是家'黑店'，却也是店，总要开门做生意的。《水浒传》里孙二娘在十字坡杀人越货，肉包还是要卖的嘛！我猜想这里大部分中国雇员，包括医师和看护，并不知道这帮洋人的小心思。那么多双眼睛盯着呢，有病要治病，附魔就得驱魔，你说是不是这个道理？"

阿弃拍手道："不愧是歇夫，你这么一分析，我心里的结可全都解开了！"

就在这个时候，忽然响起了敲门声。紧接着，门外就传来了李查德的声音。

"两位，如果准备好了，我们现在就去见见冯素玫，如何？"

鸟尊喋血记(一)

白沉勇长着一张方正的国字脸,下巴中间有道颏裂,嘴唇则常年抿成一条直线。他的眉骨也是平的,上面长出两道剑眉,眉峰是一个直角;从眉心下面挺起高直的鼻梁,没有驼峰,像是用一把直尺画出来般;眼睛也是,一条细细的直线,你永远也不知道他是在打探你,还是在打瞌睡。如果硬要从他外形里挑出不那么直的线条,就只有他头上那顶深色的费多拉帽了。

他两只手的手指细长,从办公桌抽屉里拿出一沓钞票,数也不数,便塞进西装内侧袋,同时又从台子上拿起一根香烟,叼在口中。接下来,他紧了紧领带,拎了拎前襟翻领,单手扣上了两粒纽扣。完成这一切,白沉勇谨慎地眯着眼睛,看着镜子,仿佛随时有人会朝他的脸上泼上一盆冷水。镜子里的他,活脱一副白相[①]人的样子。

一切就绪,接下来准备出发,去静安寺路上的仙乐斯舞厅,享受夜上海的美妙时光。和沈小姐约好七点钟碰头,先去西摩路吃杯咖

[①] 白相,上海方言,意为玩耍、游玩;有说法是来自于苏州方言中的"薄相",又称"孛相",《民国法华乡志》"方言"卷里有"嬉游曰孛相",一般也把只晓得玩耍的孩童称为"薄相"。

啡，再去跳舞。白沉勇抬起手腕，露出一块新款的积家手表，辰光①还早，才六点钟，笃定来得及。

他刚推开办公室的门，就见到秘书刘小姐立在门口，笑嘻嘻地看着他。

"站在此地做啥？"白沉勇吓了一跳，隔手就笑道，"哟，头发烫过啦？灵的！不过呢，我总觉得你太瘦了，饭要多吃点。"

刘小姐是个身材苗条的姑娘，典型的江南美女，身上那件香云纱料做的旗袍，与她婀娜的身形相得益彰。她皮肤算不上白，眼睛也不算大，但一切在她脸上都那么恰到好处。她最大的优点是长得后生，看上去比实际年龄小好多。

"你要去哪里？"刘小姐并没有因为白沉勇的恭维而给他好脸色看。

"出去嘛，总归有事要办咯！"

"办啥事？我看你多数又是去骚扰良家妇女吧？"

"哪能会呢，是去查案子，不骗你。"

白沉勇有点后悔，早知道这样，上个礼拜就不应该在办公室里喝那么多洋酒，或者应该早点放刘小姐下班回家。现在真是湿手搭面粉，甩也甩不掉。

"真当我戆？查案还喷香水？"刘小姐把脸一沉，背靠在门板上，充当起门神来，"话说回来，你还真是不挑，什么女人都要。真是叫化子吃死蟹，只只嗲！"

"哪有香水！让开，要来不及了。"

白沉勇嘴上这么说，手上却没动作。

"不过呢，这趟就是我让你走，你也走不掉了，外头有个老东西要找你。"

---

① 辰光，吴语方言，意为"时候"。

"帮他说我今天没空。"白沉勇对"老东西"向来没有兴趣。

"我劝你最好别这样说，否则你一定会后悔的。"

"为啥？难道我缺这几块钱的委托费？"

"他是巡捕房的人。"刘小姐扬起她那两条弯眉，表情像一个刚赢得比赛的拳击手，"现在，你还要我把他赶走吗？"

"请他进来。"

白沉勇解开了西装上的两粒纽扣，垂头丧气地回到办公桌后。对于像他这种靠查案为生的私家侦探，租界巡捕房就是老板。

刘小姐冷笑一声，推开门走到外面的办公室，过不多时，一个四十多岁的男人从门口走进来。男人穿着一件深色的大衣，身材稍微有些发福，肚子不小，四肢却很细；他戴着一副眼镜，头顶秃了，但四周却毛发甚密。

见到他，白沉勇立刻联想到了日本一种叫河童的妖怪。

男人一进屋就伸手和白沉勇握手，口中道："您就是大名鼎鼎的大侦探白沉勇吧？"

白沉勇谦虚道："和霍森霍大侦探比，我推板①远了。"

男人笑着道："弗推板，弗推板！类型不一样嘛，他擅长破谋杀案，你的专业是盗窃案，各擅胜场，各擅胜场！"

"请坐。"白沉勇指了一下办公桌对面深绿色的沙发，然后做了一个"请"的手势。

男人说了声"谢谢"，然后坐到沙发上。由于沙发的质地十分柔软，男人整个人都陷进去了，像一只被水草裹挟其中的河童。

白沉勇忍住没笑出声。

刘小姐替他们关上了门，屋内又恢复了宁静。空气中弥漫着一股

---

① 推板，上海方言，意为差劲，差得远。

香水的气味，比刚才更浓烈，白沉勇开始怀疑是这老东西身上散发出的味道，难以置信。

"冒昧来访，请容我自我介绍一下。鄙人姓邵，叫邵大龙，是工部局警务处巡捕房的包探。我在报纸上看到贵侦探社的介绍，方才知道白先生之大名，真是孤陋寡闻，惭愧，惭愧！原来咱们租界里还有这么一位顶呱呱的人物，真是没想到啊！"说道动情处，邵大龙伸出了大拇指，以证明自己对白沉勇的认可，"据说，您还在广州破获过一起蓝宝石案，对了，还有重庆古玉案，也是您经手的？"

"都是老早以前的事了。对了，邵探长，这次来我侦探社，所为何事呢？"

白沉勇的言下之意，是让他有屁快放，不要啰里吧唆，浪费大家时间。不过呢，毕竟是租界巡捕房的人，将来侦探社的生意，还要靠他们来介绍，尽管有点茄门相①，但白沉勇的脸上，还是尽量保持着和煦的笑容。

"我这次来，是想请白先生协助我们，调查一起谋杀案。"邵大龙取出手绢，擦拭着额头的汗水，他说话时，神情极为紧张，"这起案子，发生在极司非尔路的一栋洋房里，洋房的主人，来头可大得很！这人名叫江慎独，是个大古董商，五马路西首的江记古玩店，就是他的店铺，而这次案子的被害人，也正是这位江大老板。"

"难道这位江老板被害之后，家中还有古董被盗？"白沉勇问道。

"哎呀，不愧是大侦探，一猜即中！"

"因为您刚进屋时提到，霍森擅破谋杀案，而我擅破盗窃案。这趟江老板的案子，您第一时间来找我，那必然是和盗案有关了。"

白沉勇讲出了自己的推理。

---

① 茄门相，上海方言，意为不热心，不感兴趣。

邵大龙鼓掌道："没错。若是寻常的谋杀案，我们巡捕房有的是老资格的包探，但对于这种古董器物方面的问题，却着实不太了解。白先生经手的案子，多与金银珠宝、古董器具有关，所以我看了报纸上的介绍，就冒冒失失来找您，想请您协助我们巡捕办案。不过您放心，办案所需的费用，警务处绝对会承担，这点您要相信我们。"

白沉勇从西装内侧袋中掏出火柴盒，取出自来火①，擦燃一支，凑到嘴边点那支香烟。深吸一口后，白沉勇问道："丢的是啥东西啦？"

邵大龙左右张望了一下，低声对白沉勇道："子乍弄鸟尊，不知白先生有没有听说过？"

白沉勇身躯微微一震。

"这……这东西在江老板手上？"

在白沉勇的印象里，这种级别的文物，发掘之后，理应被存放在博物馆里才对。不过他转念一想，江慎独何许人也？只要他愿意，天下恐怕没有他搞不到的宝贝。

"没错。不过，也是他托人从别处买来的。"邵大龙看出了白沉勇情绪的变化，心头略有些得意，于是便说，"怎么样？白先生，您要不要随我去案发现场看一看？"

"那就再好不过了！"白沉勇回应道。

极司非尔路离白沉勇的侦探社不远，两人步行，稍微走快点，一刻钟就好到了。

两人走路时边说边聊，关于案件的情况，白沉勇也从邵大龙那里大致了解了一部分。对于江慎独这位古董商，邵大龙也做了很详细的介绍。

---

① 自来火，火柴的俗称。

光绪七年，江慎独出生于安徽滁县，因幼年失怙，便随母亲寄宿在舅舅家。寄人篱下的日子并不好过，江慎独少时一直谨小慎微地生活，生怕给舅舅带来麻烦，被逐出家门，到街上流浪。在他十岁那年，相依为命的母亲也因患上了肺病，撒手人寰。

母亲的离世，对江慎独打击很大，他知道，从此他将一个人面对这个冷酷的世界，没有人再会像母亲那般爱护他了。

十三岁的时候，江慎独和表哥一同来到上海，在一家酒楼当伙计。酒楼干活能管饭，也有住的地方。江慎独干活很卖力，同时脑筋也很灵活，对于客人点的单皆过目不忘，时间久了，甚至能记住大部分客人的名字和喜好，酒楼的熟客都很喜欢这个小子，因此，老板也很喜欢他，不仅从不拖欠工钱，有时候还会多给一点。江慎独很满意这份工作，本打算就这么一直干下去，却不知幸运之神竟悄悄眷顾了他。

在一次送餐途中，他见街上有个扒手正在行窃一位老人，便出声喝止。殊不知他的行为惹恼了扒手，反将他狠狠教训了一顿。江慎独年幼，哪里是对手，白白挨了一顿老拳。扒手走后，江慎独费了好大力气才站起身子，头还晕乎乎的，嘴唇也破了老大一个口子，鲜血止不住地往外流。他看着撒了一地的饭菜，心头一酸，险些哭出来，但还是忍住了。他心里暗忖，这顿饭钱铁定要从自己工钱里扣了，这倒也没啥，大不了白干一个月，只是客人等不到饭菜，怪罪起来，那可就麻烦了。弄不好，老板一生气，自己的饭碗就砸了。

江慎独立在街上，恍恍惚惚，不知如何是好。便在此时，刚才那位被窃的老者颤颤巍巍朝他走来，给他一块手绢拭血，问他是哪里人。江慎独定眼一看，这老者七八十岁模样，留着根辫子，戴着瓜皮帽，身上那件长衫，料子一看就不便宜。他见这老者道骨仙风，心里便有了七八分的底，知道这不是普通人，非富即贵。

江慎独告诉他，自己不是本地人，只是来上海谋个差事。老者笑眯眯地问他："方才出言喝止贼人行窃，难道就不怕被报复吗？"江慎独回道："当时心里并没有想那么多，只是觉得偷人东西是不对的。"那老者幽幽道："那也看偷谁的东西。"随后又问，"那你现在后不后悔？"江慎独想都没想，立刻答说："不后悔！"他说的话七分真三分假，就挑对方喜欢听的说。

老者见他机灵，便问他愿不愿意随他学门手艺。原来，这老人名叫汪洋，是运亨古董店的古玩鉴宝专家。江慎独自然不会错过这样的机会，当即应承下来。就这样，江慎独随着汪老爷子刻苦学习古董店的各项业务，加之天赋卓然，鉴宝的眼力与日俱增。同时，由于古董店不少顾客都是洋人，他还自学了英语、法语和日语。

很快，江慎独就受到了古董店大老板周寻云的赏识，得到了重用。

光绪二十八年，周寻云担任了清朝驻法国商务参赞，便带着年轻的江慎独一同前往法国。江慎独出国之后，开了眼界，见识也大为提升。这段时期，周寻云又在法国开了家运亨公司，售卖中国的古玩字画等物件。回国之后，辛亥革命爆发，周寻云的运亨古董店也停了业。

此时，江慎独正值壮年，便开办了一间属于自己的古董店，成立了江记古玩公司。那时的中国，局势复杂，恰逢清室覆灭，北洋政府的统治又不稳固，以至故宫的文物大量流失到民间。江慎独凭借一双慧眼，低价收购了不少稀世珍品，转手售卖，发了大财。也正因如此，江慎独在国外的古董圈开始享有盛名。

有传言，在之后的数十年间，他将大量珍贵文物贩卖至国外，积累了富可敌国的财富。

与此同时，国内也开始有一部分人公开反对江慎独的做法，其中就包括大名鼎鼎的侦探霍森。他认为将中国的文物贩卖给外国人，这种行为简直与卖国无异！而江慎独却表示自己只是个商人，并没有违反法律，他贩卖的仅仅是古玩，不是文物。国人当然不会接受这样的说辞，渐渐地，江慎独的名字就开始和汉奸挂钩，听到他名字的人，无不唾弃他的行为。

也许是幼时贫困的记忆深深扎根于江慎独的心中，使得他的良知扭曲，面对外界的批评声，江慎独不但没有表现出痛苦、羞愧，反而甘之若饴。每一次售出贵重的文物，回到家后，他总会把自己关在书房里，开怀大笑，笑声绕梁，久久不散。

"像他这样的奸商，仇家应该不少吧？"白沉勇感叹道。

"爱国人士自是不待见他。"邵大龙抬起头，朝前一指，"江慎独的家就是前面那栋洋房。我们快到了。"

"对了，我还有个问题。"白沉勇问。

"什么？"

"江慎独有没有家人？我好像从未在报纸上读到过有关他家人的任何消息。"

"孤家寡人一个。"邵大龙苦笑道，"很奇怪吧？我也觉得奇怪。按理说，像他这样的有钱人，有个三妻四妾才像样嘛！四五十岁的人，家里竟然没个女人，真是怪哉！"

"那随他住在此地的家仆多吗？"

"这里就他一个人住，用人一般会在白天替他打扫房子，夜里归去。不过也可能因为他性格孤僻，不喜与人接触吧！一种米养百样人，大千世界，什么人没有？我当包探这么多年，除了鬼之外，什么没见过？啊，我们到了。"

洋房的门口架了一圈拒马①，还立着一位守卫的巡捕。年轻的巡捕见了邵大龙，便主动让开了一个空隙，好让他们走过去。

邵大龙在铁门门口停住脚步，接着从裤袋中取出一把钥匙，插进锁孔。

"咔嚓"一声，铁门的锁应声开启，白沉勇紧跟着邵大龙屁股后面进了花园。

园内的植物都修整得很好，假山后的小池塘里还养着金鱼，可以看出房主是个很有品位的人，但他们没有心思欣赏花园内的奇花异草，匆匆几步就穿了过去。

来到洋房大门口，邵大龙推门而入。

四下里静悄悄的，这让屋内黑暗空旷的环境带上了一丝恐怖的气氛。

邵大龙拧开墙上的电灯，光线迅速驱散了黑暗，整个厅堂顿时敞亮起来，躲在角落里的魑魅魍魉似被这灯光一激，也都纷纷退散了。

白沉勇环顾四周，不禁惊叹道："不愧是上海滩有名的古董商，光是这几把紫檀椅，就够普通古董店拿来当镇店之宝了！"

当然不止紫檀家具，白沉勇触目所及的文物，不论是墙上的古人字画、装饰用的瓷器，还是明代的家具，俱是价值连城。

白沉勇像进入了一家私人博物馆，这边瞧一瞧，那边看一看，真是目不暇接，大开眼界。要不是邵大龙等得不耐烦，喊他先去楼上现场瞧一眼，估计白沉勇能一直欣赏到明朝天亮。

两人上到二楼，来到江慎独的书房。此时死者的尸体已被巡捕带走，但室内凌乱的模样依稀能看出这里曾经有过一场惊心动魄的生死搏斗。书房的地上，有许多瓷器、玉器的碎片，不少书籍也被丢在地

---

① 拒马，一种可以移动的障碍物，古时用以防骑兵，故名。

上，右侧的架子上空了一片，原本供在上面的古玩散落一地，其中大多都已破败。白沉勇看了心疼不已。

邵大龙叹息道："还保持着昨天发现时的原样。东西被砸坏不少，看来这次的强盗目的很明确，就是要来拿那个子乍弄鸟尊。"

"你们搜了整栋楼，都没发现那座鸟尊？"

"岂止这栋房子，就连花园都翻了个遍。经我们判断，子乍弄鸟尊应该已经被行凶的盗贼带走了，但是谁做的，我们目前还没有头绪。"

白沉勇缓缓踏入这间书房，他动作很慢，尽量让自己的鞋底不要踩到地上的碎片。

书房的格局很简单，除了一张书桌和一把办公椅外，还有靠墙的古玩架和书架。白沉勇瞥了一眼就能断定，这些家具都是黄花梨的，价格不菲。

"还有周海明的泥塑啊！"

白沉勇所见的，正是一尊一尺多高的佛祖模样的泥塑。这尊泥塑被放在书架上。

"确实是'泥人周'的作品。这尊'坐佛'在市面上也是价格不菲吧？"邵大龙道。

拥有"泥人周"绰号的周海明，在民国时期以泥塑佛像闻名于世。

白沉勇目光游移至泥塑的边上，见到一幅绘有花草的水墨画。

"这是齐白石的真迹吧？"他再次惊叹。他没想到，在江慎独家中，除了古董之外，还有不少当代的艺术品。

"是的。"

邵大龙反倒是一脸平和。

书桌上摆放着一台电话和一盏台灯，还有几张信纸和一支钢笔，纸上空白一片。

白沉勇拿起叠在最上方的一张信纸，然后放在台灯前照了照，依稀能看出有人在上面写过字。他从桌上找来一支铅笔，在白色的纸面上涂上颜色，企图让隐藏在纸面上的笔迹现形，可惜失败了。字迹很浅，几乎难以看清，只能看出几个词组，诸如"真假""务必""唯有"等，线索太少，根本解读不出任何意义。

"怎么样？有什么发现？"邵大龙把头凑过来。

白沉勇摇了摇头，转而问道："江慎独尸体的位置在哪里？"

"在这里。"邵大龙指着书桌边上一块空地，"死因不明。但从头脸部的瘀痕，以及肋骨断裂的程度来看，很可能是被强盗活活打死的。"

"活活打死？"

"白先生，有什么不对劲的地方吗？"

白沉勇想了片刻，提出一种假设："会不会有这么一种可能性，凶手其实并没有拿走鸟尊呢？"

"没拿走？"邵大龙听不明白。

如果没拿走的话，为什么找遍了整栋屋子都找不到？

"你看，江慎独岁数也不小了，还是个商人，想要杀死他还不简单？捅一刀，打一枪都行。但您刚才说，他是被人活活打死的，属于虐杀。那么，凶手为啥要虐杀江慎独呢？"

"逼他说出子乍弄鸟尊的下落？"邵大龙恍然大悟。

"所以我在想，可能凶手来到此地时，鸟尊就已被转移到别的地方了。而江慎独却一直没有把地址说出来，所以才惨遭虐杀。那么，新的疑问又来了，江慎独何以死守秘密，不把鸟尊的所在地说出来呢？鸟尊的价值虽高，但他这么一个大古董商，犯不着用命去换一件文物吧？真是古怪之极！"

"如果真如您所言，那么鸟尊迟早会在市场上露面吧？"

"但我们可等不了这么久，想要先凶手一步找到鸟尊，必须主动出击。"

"怎么主动出击？"

"抱歉，我还没想好。"白沉勇露出苦笑，伸手正了正头上那顶费多拉帽。

"或许我们可以引蛇出洞。"邵大龙提议道，"比如，我们找个手艺好的师傅，打造一件子乍弄鸟尊的赝品，然后放出风去，就说已被某人买去。那正在寻找鸟尊的人必然会上钩，或偷或抢，也要把这件文物弄到手，到时就可以把他一举拿下。"

然而，这个建议立刻遭到了白沉勇的否决。

"且不说像子乍弄鸟尊这样的彝器，上海滩有几个师傅能够打造出来，就算可以，那也需要时间吧？我看，没个一年半载，根本造不出来。即便有了这个赝品鸟尊，我们也无法确定凶手是否会用强硬的手段来盗取。"

"哎，真令人头疼。"邵大龙失望地叹了口气。

"对了，探长，我还有个问题。"白沉勇给自己点上一支烟，将自来火甩灭后，从书房的窗口丢了出去，"您之前说江慎独是从别人手里买的子乍弄鸟尊，我想请问一下，是谁卖给他的？您之前含糊其词，没有说清楚。"

"这个重要吗？"邵大龙闪烁其词。

"如果不重要，我为啥要这么问呢？万一是卖主寻人，又将这鸟尊抢回去了呢？"

白沉勇迫视邵大龙的双眼，希望从他口中得知真相。

"这不可能，那人绝不会这么做！"邵大龙脱口而出。

"哦？那人是谁呢？"白沉勇从嘴里喷出一口烟。

邵大龙显得极其为难，低着头，看着自己的鞋尖。他的内心此时正在犹豫，该不该把真话说给眼前的侦探听。白沉勇不傻，一眼就看出了他内心的矛盾。

"探长，既然您找到我，希望能够破获这起案件，那么对于案件的情况，就应该事无巨细地讲给我听，而不是说一半、瞒一半。我得不到想要的线索，又怎么能做出正确的判断呢？请您好好思量一番，再给我个答复。今天现场我也看了，如果没别的事，我还有一场重要的约会，就先行告辞了。"

白沉勇说完这段话后，就将手里的烟头在窗台捻灭，装出一副马上要离开的样子。

果然，邵大龙急了。"不是我不愿意说，也不是我不信任你，而是上头有命令，兹事体大，必须保密！哎，而且这次我来寻你帮忙，巡捕房里的人也是不知道的。要是让罗闻那个小瘪三晓得这事，非责备我不可！"

他口中的罗闻，即是总巡捕房的探长。邵大龙一向与他不合，觉得他不过是仗着自己妹妹罗思思的侦探才能，才得以坐到今天这个位置，而自己则是靠努力得来的成绩。而且，依靠聘请侦探来协助查案，即使破案，在巡捕房里也总会受到一些冷嘲热讽，所以这次他来拜托白沉勇，也是偷偷行事。

"你既来托我查案，就应该完全信任于我。白某干侦探这行许多年，从不会将委托人的信息泄露出去，这是私家侦探的原则。"

"我明白，我都明白。"邵大龙再次低下头，"好吧，我就信你一次。旧年①在上海的商界忽然冒出来一位密司脱唐，还因此引出了一件大案，这件事，您有耳闻吗？"

---

① 旧年，上海方言，意为去年。

"听说过。"白沉勇点头。

"这人查不到来历,手下还养了一群不要命的小瘪三,为他所驱使。他的关系网,更是横跨黑白两道,不仅警务处的人要给他面子,就连青帮的老头子也不敢动他。有人说他和军阀有关系,也有人说是外国的华侨,总之众说纷纭,也没个定论。不过有一点是确定的,此人出手极为阔绰,财力深不见底,收集的古董数量也极为惊人,其中不乏珍品。这座子乍弄鸟尊,就是他转卖给江慎独的。"

"这人还在上海吗?"白沉勇问。

"怎么?你还认为夺走鸟尊的人是他吗?就算这鸟尊价值千金,但以唐先生的财力,恐怕也不会放在眼里。更何况都出了这么大的事,恐怕他早就离开此地了吧。"

"你这么说,也有道理。"白沉勇嘴上这么说,但心里未必这么想。

两人又聊了一阵,白沉勇表示案发现场已经看过了,今天还是先回侦探社,等死者的尸检报告出来再说。邵大龙见他看了这么久,好像也没看出什么所以然来,内心不由得对这位报纸上吹嘘的大侦探有点失望。不过看在对方也没提委托费的分儿上,也不好多说什么。

"等有其他线索,我再登门拜访,请教白先生。今天真是辛苦您了。"

邵大龙嘴里说着客套话,心里却把白沉勇的祖宗八代骂了个遍。

——什么狗屁大侦探、盗窃案专家,原来都是报纸上胡写的。来到此地看了一个钟头,屁都没瞧出来!

"邵探长太客气了,将来但凡有用得到的地方,白某随时恭候。"

他们并肩走出洋房大门,邵大龙正准备熄灭电灯,白沉勇忽然瞥见了什么,对他道:"探长,等一歇,先不要关灯。"

"哪能了?"

"你瞧这里。"白沉勇凑近房门边上的外立面墙壁,用手指了指道,"探长,这里好像有个手印。你有带手电筒吗?"

"有!你稍微等我一下。"

邵大龙从腰间取出猫牌八角铜手电,打开光源,朝白沉勇所指的方向照去。

在光线的照射下,墙上现出了一只血手印。

但是,墙壁上的这个手印,却和正常人的手印,有点不太一样。

正常人的手印,一般是五根手指。

而墙上却有六根。

见此血手印,邵大龙的面色忽然变得煞白,身子开始不住地颤抖起来,像是遇见了一只朝他迎面扑来的猛鬼。

如果能让他选择,邵大龙宁愿遇见猛鬼,也不想见到这六根手指的主人。

"探长,你知道这世界上,什么样的人手掌上会有六根手指?这种人绝不会太多。"白沉勇转过头去问他。

"委实不多。"邵大龙答道。

"长着六根手指,又和盗窃案能够产生联系的,那就更少了。请告诉我,见了这个血手印,你首先想起的是什么人?"

"我不想说出那个名字。"

因为这个名字的主人,曾令他们整个租界巡捕房蒙羞。

"那就让我来告诉你吧。"白沉勇冷冷说道,"这只手印的主人,名叫阿弃,诨号'小丑'或'丑角',曾是畸人马戏团的小丑兼魔术师。而他也不过是一个傀儡助手而已。操纵小丑的人,正是令大侦探霍森都头疼的人物。他被江湖上称为神秘莫测的第十大行星,犯罪组织的首领,剧贼罗苹是也!当然,罗苹并非他的真名,而是一个代号。此人神出鬼没,盗取稀世珍宝,触犯法律,但不明所以的群众却将其称呼为'侠盗',真是有辱'侠'这个字!"

"可是……可是我不认为这件事是罗苹所为!"

不知是否因为罗苹引起了他不快的情绪,邵大龙说话的语气有些激动。

"为什么呢?"白沉勇问。

"罗苹虽是个盗贼,却也有他的行事准则,亦即绝不害人性命。从他出现至今,但凡与他有关的盗案,几乎都无命案发生。如果子乍弄鸟尊真是他所盗,那他也没必要伤江慎独的性命啊!"邵大龙摊开双手,无法接受这个事实。

"侠盗罗苹不伤人性命,这个传闻我确实听说过。但是,他不杀人,不代表他的手下不杀人,这是其一。其二,观点会随着时间的推移而发生改变,从前认为对的事,现在却未必觉得正确。在古代,不论丈夫如何混蛋,妻子也不能提出离婚,因为好女不侍二夫,可新时代的新女性却不这么想,离婚变成了一种进步的表现。大众的价值观都会发生如此翻天覆地的变化,更何况一个人呢?或许罗苹所认为的正义,劫富济贫远远不够,必须要杀富济贫呢?"

白沉勇的话让邵大龙陷入了沉思。

他隐隐觉得,罗苹不像是个滥杀无辜的人。

邵大龙与他交手过几次,明明有机会,但他都没有伤过巡捕的性命,而选择放过,足见他的本性向善。可是眼前的侦探却言之凿凿,他也不好唱反调。

"你说的也有道理。"

"不过,单凭一个血手印就下此结论,还为时过早。想要确定是不是罗苹干的,最简单直接的办法,就是亲自去找他,当面问个清楚。"

也许是注意到了邵大龙为难的表情,白沉勇言语间留了余地,并没有把话说得太死。

邵大龙苦笑道:"都说侠盗罗苹神龙见首不见尾,他不想现身时,就算翻遍整个上海滩,都没办法把他找出来。更何况他还会易容之术,绰号'千面人'。想要寻到他本尊,简直是大海捞针。白先生,我看你得换个调查方向了。"

"如果换作普通人可能不行,但我的职业是侦探,找人是我的老本行。"白沉勇低声说道,"只要找到他的助手小丑,就能顺藤摸瓜,寻到罗苹本人。"

"那你打算从哪里入手呢?"

白沉勇看着一脸好奇的邵大龙,咧开嘴大笑起来。

慈恩疗养院（二）

我们在李查德院长及疗养院两名警卫的引领下，来到了冯素玫所在的病房大楼。

这里的病房大楼一共有三栋，一栋男区，一栋女区，另一栋是儿童区。院长说眼下儿童区的病房大楼几乎没有病人，大抵是在幼儿时期出现精神方面的疾病，家长会误以为是孩子的性格所致。毕竟没有几个父母愿意承认自己的孩子是个精神病患者。

就目前来说，男区的病人较多于女区，岁数也更大。李查德院长向我们解释说，不必对精神病患或精神病疗养院有过多的想象，他们大部分人还是相对温和的，在没有发病的情况下，不仅生活能够自理，简直和普通人没有两样。像冯素玫这样会产生幻觉，并有攻击倾向的病患，数量不多，有恶魔附体症状的，他们疗养院开业以来，唯有冯素玫一例。

来到病房后，我委实有些意外。

冯素玫的病房与我印象中精神病待的那种房间完全不同，如果不是事先告知，我相信多数人甚至会把这里当成小女孩的闺房。

墙上贴着令人感到温馨的淡黄色墙纸，上面还挂着一张冯素玫的照片。照片里的她，正对着镜头微笑，和一般少女无二。房间里有一张黑色皮革沙发、一把红木扶手椅、一张圆形的小餐桌，另外还有一座红木镶镜立柜，不过镜子已经破碎，不知是不是她发疯病时打坏的。这些家具都有一个共同的特点，都用螺栓固定在地上，包括椅子。

镶有铁栏杆的窗户下面，有一张床榻靠着墙。床的四角都有皮带子，看上去像是用来固定病人四肢的。冯素玫正坐在床上看着我们，此时她的手脚并没有被皮带固定住。

她的样子完全不像是个精神病人。

冯素玫穿着一件淡黄色的睡衣，正警惕地看着我们，双手局促不安地绞弄在一起。她留着齐耳短发，五官长得很秀气，尤其是秀美的双眸十分清澈，不论从哪个角度看，都是一个花季少女应有的样子。如果硬要挑出点问题，就是她的气色确实不太好，双颊与眼窝都深深凹了下去，眼袋泛黑，整个人呈现出一种颓萎的态势。

"素玫，今天感觉怎么样？"李查德走近她的床边，关切地问道。

她的身体往后挪了一下，动作幅度很小，不仔细观察的话察觉不到。

"院长，我很好。"冯素玫回答道，语调中略带忐忑。她看上去有点害怕李查德。

"头还晕吗？"李查德接着问。

"不晕。"

"饭菜还合口味吧？我听你父亲说过，你平时在家爱吃响油鳝丝，今天就特地吩咐厨房给你加菜了。"

"嗯，吃了，很喜欢。"冯素玫僵硬地回答道。

她说话的声音很轻，要很用力才能听清楚。

李查德满意地点了点头："那就好，你父亲把你托付给我们疗养院，我们自然有义务照顾好你，并且把你的病治好。"

"那……那我什么时候可以出院?"冯素玫流下了眼泪,"我想家了。"

"暂时还不行。"

"可是,我已经连续一个礼拜没有发病了,我觉得……"

"那是因为我们在你发病的时候,给你用了镇定剂,使你自己意识不到发生了什么。素玫,我理解你想早日回家的心愿,不过在疾病没有根治的情况下,贸然把你送回去,你的家人也可能受到伤害,这点你明白吧?"

李查德从西服内侧袋里取出一块灰色格子手帕,递给了冯素玫。

"我明白。"冯素玫接过手帕,轻拭泪水,"我知道'它'还在我体内,我能感受到。"

听到这里,我和阿弃对视了一眼。

"近期它有没有试图和你交流?"李查德问。

"偶尔会在我耳边说话。"她说。

"说什么?"

"说……说它要杀人。"

"有没有说要杀谁?"李查德凑近了一点问。

冯素玫抬起头,环视整个房间的人,包括我和阿弃。

"它说要把这里所有的人都杀了。"冯素玫说完,身体微微抖动,"我真的好害怕,它还说要杀死我的父母、我的姐姐,一个都不留……"

这话由一个花季少女口中说出来,感觉十分奇怪。

"它有没有说来自哪里?为什么要附体在你身上?"

"没有……它就是不停地骂我,羞辱我,威胁我……"说到此处,冯素玫又哭了。

李查德直起背,把身体转向我和阿弃,眼神好像在说,目前就是这么回事,已经超出了他们的经验范围,该你们登场了。

我跨步朝前走去,对冯素玫道:"你好,我是张神父。"

"啊!"

冯素玫突然发出一阵尖叫,我被结结实实吓了一跳。

"怎么了?"李查德忙问她。

"你不要过来!"冯素玫指着我,"它不喜欢你,你快走开,否则……"

我将十字架握在手中,又朝她逼近一步,口气略带挑衅地问道:"否则如何?"

"否则它也会杀了你……"冯素玫抖得更厉害了。

但我根本不信什么恶灵附体的鬼话,她一定是被自己的潜意识影响了,得了某种妄想症。为了把戏做得更真,我将十字架举到自己胸口,双眼直直盯着冯素玫。

"素玫,你现在感觉如何?"

"它很生气,它现在很生气。"冯素玫除了浑身战栗之外,额头也开始渗出汗水。

"很好,我不怕它。"

李查德站在一边,静静地看着这一切。我能感受到他的紧张。

随着我与冯素玫的距离越来越近,她的反应也变得越来越剧烈,不仅手脚开始颤动,整张脸也泛出一阵潮红,像是烫伤一般。

"不要……不要……"冯素玫开始往后退去,但她的身后就是墙壁,她无路可退。

对于我手中的十字架,她显得非常忌惮。

在我看来,这也是自我催眠的一种表现。她既认定自己体内藏着恶灵,于是便会对一切驱魔的圣器表达出害怕、恐惧以及恶意。冯素玫就读于美国圣公会创办的圣玛利亚女中,对西方宗教了解很透彻,所以才会这样,若换成另一个从未接触过这方面知识的乡野女子,恐怕只会对糯米和桃木剑产生这样的反应。

随着我的迫近，冯素玫的攻击性开始显现，她将床上的枕头拿来掷我，被我躲过后，又企图去取其他物件，却被李查德身后的警卫制止。

正在我打算将十字架举到她眼前时，发生了一件令我意想不到的事情！而这件事，深深地震撼到了我，使我在那一个瞬间，开始怀疑恶灵是否真实存在。

"啊！"

冯素玫发出了如男人般的声音。

与此同时，冯素玫的五官开始扭曲，嘴角朝着不同的方向拉伸，鲜红的舌头伸出来，垂在唇外，仿佛在舔舐空气。接着，是一连串我从未听闻的语言。我自诩精通多国外语，但她所说的那些，显然不是英、法、德、日语中的任何一种。

然而这都不是最令我感到震惊的事，最令我震撼的，是她在说出那些话时，嘴唇根本没有动。那些声音，仿佛是从她喉咙口蹿出来的。这声音十分粗粝，决计不是一个十六岁女孩子能够模仿出来的。

"你是谁?！"我让自己定下心来，不能乱了阵脚，脸上也换上一副严肃的表情。

"我要杀了你们……"

谢天谢地，它终于说中国话了。

"我问你是谁？"

冯素玫开始大笑，接着，又是一串听不懂的语言。

她在床上原本蜷缩的身体，慢慢展开，并且站立起来。

不仅我，就连李查德和他的两个警卫都呆立在原地，惊愕得无法动弹。

"你是冯素玫认识的人吗？"

"不是。"

"是她创造了你？"

"不是。"

"你是她身体的一部分吗？"

"不是。"

它仿佛只会说这一句话。

"你憎恨冯素玫吗？"

"是的。"它换了个词语回答我。

"你想她死？"

"是的。"

"为什么？"

假设这一切不是冯素玫的疯病所致，那么我确实很想知道原因。像她这样一个人畜无害的女中学生，何以会引得这恶灵缠身？又或许，此事还有别的隐情。

可这一次，它没有回答。它开始冷笑。

"嘿嘿嘿……"

笑声好似从地狱里传来，空洞、阴森，令人不快。

就在此时，冯素玫做了一件令我们所有人都始料不及的事——她飞快地脱掉了裤子，两条白花花的大腿登时展露在我们眼前，下一秒钟，她就将手中的长裤狠狠朝我掷来！

我下意识地伸出左手，接过她的裤子，同时也明白了它的想法，于是便朝身后的李查德和警卫喊道："快按住她！"

果然不出我所料，冯素玫将长裤脱去后，就准备将仅剩的内裤也脱了。至于它这么做的原因，可能是为了以淫秽的行为来亵渎我这个"神父"。这种案例在西方附魔故事中屡见不鲜。两名警卫的动作很快，他们一人一边，分别按住了冯素玫的双手。

原本我以为就此可以将发狂的冯素玫制服，谁知她力气大得惊人，竟然毫不费力地挣开其中一位警卫的双手，并向另一人发起了进攻。李查德当时完全吓蒙了，立在原地不知所措。阿弃也是，一脸愕然地瞧着狞笑着的冯素玫，过度的惊吓，使得他完全丧失了行动能力。

那警卫被冯素玫狠狠按在床上，惊呼救命，我也来不及细想，一个箭步冲了过去！

冯素玫见我朝她冲来，双眸陡然放光，似乎正中心意，当下也不去管身下的警卫，而是纵身扑向我，与我扭打在了一块。

她的力气果然很大，我稍不注意，脸上就被她用指甲划出了三道血印。当然，由于我也受过严格的技击训练，她那没有章法的乱打，并不能对我造成严重的伤害。但在搏斗中，我总心怀着对方是个十六岁的女子这样的心情，是以无法占据上风，被她压在身下，一阵乱摇，好几拳都砸在脸上，火辣辣地疼。

这拳头挥打出的力道，毫不逊于一个青壮年男性。

"众牲[①]！我要杀了你！"

又是那种令人感到心惊的声音。

这时，病房的门忽然被人从外推开，一位肤色黝黑、身穿白大褂的中年男子出现在了门口。他手里握着一只注射器，对着众人大叫："让开！"

这位医师模样的男人，中等身材，肩膀很宽，给人一种莫名的安全感。他理了一头圆寸，浓眉大眼，看上去十分坚毅。不知何故，随着他的现身，房间里的阴气也散去不少。李查德见他到来，立刻让出一条通道，阿弃也有样学样，把身体侧过去。

[①] 众牲，上海话，骂人若畜生。

那医师冲到床边，一只手按住冯素玫的颈部，另一只手将注射器的针头扎入她的血管。随着注射器中的液体被推入冯素玫血液内，她手上的力气渐渐变小，过了没多久，她便一头栽倒在床上。

"吴医师，幸亏你来得及时！"李查德从怀里取出手帕，擦拭着额头的汗水。

那位"吴医师"用一种责难的眼神看着院长，随后用手指着我，问道："他是谁？谁让他来的？院长啊！我和你说了多少遍，不要让外人接触我的病人，为什么不听！"

李查德院长苦笑着道："就是看看，谁知道会有这么大的动静。吴医师，你别生气，这件事我来不及和你商量。"

吴医师把脸转向我，把我上下打量一番，冷冷道："神父，请不要随便接触我的病人。否则出了什么事，后果你们承担不起。如果你要祈祷，大可不必在病房里。"

我是有苦说不出，但为了继续维护我的身份，只得假装不买他的账，板着脸回道："之前李查德院长同我说，冯素玫在你们这里治疗了有一段时间了，却也不见好转，百般无奈，才来找我们想想办法。世间怪病多得很，不是什么病，西医都能治好的。"

李查德接着道："是啊，是啊，我请张神父来办一场驱魔仪式，看看能不能将冯素玫治好。我们双管齐下，张神父驱魔，你用西药，互不耽误嘛！"

"不耽误？院长，您也是受过科学教育的人，怎么……"

有些话吴医师不方便说得太明，只得留下半句，烂在肚里。但他的态度已经很明确了，虽身处教会医院，但对于宗教神通之类的东西，他半点也不信。

于是，这场"闹剧"也就在吴医师的干预下结束了。冯素玫被注射了相当剂量的麻醉剂，估计要昏睡到明天早晨，我和阿弃也有点衰惰，便在李查德院长的安排下，回到了职工宿舍休息。临走时，李查德院长问我何时能够举行驱魔仪式，看来即便吴医师强烈反对，也改变不了李查德院长的初衷。当我表达了我对此的忧虑时，他保证吴医师不会阻扰仪式的进行，我认为他是打算瞒着吴医师，偷偷举行这场驱魔仪式。

"没想到院长逼得这么急，我们都还没摸清此地的地形，子乍弄鸟尊还没影呢，他就催着我们举行什么驱魔仪式。"

阿弃在床上翻来覆去睡不着。

实际上，我和他一样，心里挂念的是那件国宝，同时也怕在驱魔仪式上，被李查德院长拆穿自己的身份。

"没办法，眼下我们能拖多久是多久，尽量挤出时间，去查子乍弄鸟尊的下落。"

"怎么拖延？"阿弃问我。

我摇摇头，苦笑道："我也不知道。走一步看一步吧！"

阿弃见我一副无计可施的样子，突然大笑："想不到'神秘莫测的第十大行星'也有束手无策的时候！这可不像天下闻名的侠盗罗苹啊！"

"小声点，万一门口有人怎么办！"我低声骂他，"我现在的身份是张神父，你是姚编辑，切莫搞错了！"

"晓得！晓得！你是神父，不是歇夫。"阿弃还是嬉皮笑脸。

回想当初将他从黄浦江里捞上来的时候，他可没这么开朗。大约有半年多的时间，没有说过一句话。问他什么，都是摇头。后来我索性也不问了，把他养在家里，好吃好喝伺候着，其他一概不过问。我知道他经历过一些事，也知道这小子不简单，是有本事的人。

来我家待了半年，他也渐渐知道了些我的事。我不瞒他。这可不是说，我靠直觉，知道这小子口风紧，而是我这么些年闯荡江湖，积累下的经验，使得我看人很准。熟络之后，他也开始陆陆续续说了一些他的身世。他说这些事，之前都忘了，最近才想起来。

原来，半年前闹得沸沸扬扬的"畸人马戏团纵火案"和"步维贤洋房谋杀案"都与他有关[①]。他告诉我他的名字叫阿弃，是个孤儿，从小被人收养，在马戏团变戏法，还练就了一身武艺。我试过他的身手，挺一般的，不经我打。

熟络之后，他也认识了不少我的手下，孟兴和韩锡麟都与他打过照面，但对于我收留这小子，均有些微词。他们的疑虑，我也听了，可听归听，心里却不以为然。我罗苹纵横上海滩几十年，不论是著名的大侦探还是巡捕房的探长，都拿我没有办法，我怎么会怕这么个毛头小子，岂不可笑？我不仅不怕他，我还要训练他，将他培养成一个高手，让他将来好接我的班，劫富济贫，匡扶正义。我不会看走眼，以他的资质，假以时日，能力绝不在我之下。

那些个罪犯，若是知道罗苹不会老去，而是永远守着上海，维持着地下秩序，恐怕也得望风而逃！让恶势力感到恐惧，这就是我想做的事情。

带着这样的期许，我便开始询问阿弃，愿不愿意做我的徒弟。

起初他是拒绝的。我想，他可能是打内心瞧不上我，毕竟他之前的师父，也非泛泛之辈，我若不拿出点真本事，如何能叫他心服口服？

"我让你一只手，若你能打赢我，我便放弃收你做徒弟的念头，如何？"

像他这种倔脾气的人，唯有先激怒他，才能使他振奋起来。

[①] 关于这两起案件，详情请见前作《侦探往事》（北京联合出版公司，2021年9月）。

阿弃听我这么说，自然是觉得受到了前所未有的侮辱，便立刻答应下来。

和他比试，几乎没什么悬念，三场比武我大获全胜。单论武技，阿弃的水准还算不错，但他的招式阴毒狠辣，杀手太多，招招攻人要害，置人于死地，比武间稍不留神，可能会有性命之忧。这种搏命式的打斗，也逼我速战速决，十招之内就把他打趴下。

都说拳怕少壮，但再少壮的拳头，也及不上身经百战的经验。有许多次，若不是我运道好，一百条命都不够我死。那种在生死边缘得来的战斗经验，才是我最宝贵的财富。这可比充沛的体能、壮硕的肌肉重要得多。

阿弃输得心服口服。

君子一言，驷马难追。他成了我的徒弟。

入我盗门，先得拜祖师爷。咱们以盗为生的人，祖师爷自然是"贼神菩萨"时迁。水浒一百单八将，个个是忠义好汉，按功劳排座次，祖师爷只坐得个地煞一百单七张交椅。何解？论功劳：单论东京盗取雁翎金圈甲，赚取徐宁上梁山；三打大名府，入城作为内应，举火为号；曾头市探军情，助梁山大破之。这些个哪一件不是奇功？

但就因时迁不如李逵嗜血，杀人如麻，只做些偷鸡摸狗的勾当，便教好汉们瞧不上眼。真是窃国者侯，窃钩者盗也！

拜过祖师爷，接下来就是讲门规。别人我不知道，自我师父传我本领，就有"四不偷，五不取"的说法。哪四不偷？哪五不取？正是盗亦有道，不偷孤寡妇孺，谓之"四不偷"；取之有道，不取老弱病残幼，谓之"五不取"。换言之，我们不偷平头百姓，苦命人的钱财，我们不瞧一眼。那我们这双眼乌子看啥？就盯着有钱人的不义之财呢！所以啊，我们专盗军政要员，土豪劣绅！

阿弃听了，记下门规，大声赞好！

我眼光没错，这小子虽不善言语，却也是个乐善好义之人。

对阿弃的训练，我十分上心。他算是带艺投师，身手尽管不错，但举手投足间，煞气太重，要他改掉这些坏毛病着实不容易。幸而他资质极高，又有魔术师的底子，不论是飞檐走壁，还是隔空取物，都很快就学会了。除此之外，我还教他识汉字，否则将来行走江湖，多有不便，甚至连洋文都要认识一点。

过不多久，我就开始带着他行动。印象最深的一次，是盗美利坚商人聂克卡脱收藏的玉雕花把金鞘匕首。这把匕首的刀把镶嵌有玉石，刀鞘包裹着黄金，选料和工艺均为上乘，当年顺治帝和乾隆帝都使用过，属于国宝中的珍品。这匕首原藏于皇宫之中，后被贼人盗出，流入黑市，由古董商转售给了洋人。

准备行动的那天，我突发高热，烧得七荤八素，便嘱咐阿弃改日再说，晕晕乎乎就睡了。谁知我醒来后，那把玉雕花把金鞘匕首竟出现在了床边！原来，阿弃在我睡熟之际，趁着夜色，偷偷去了聂克卡脱家中盗宝。

要知道，那聂克卡脱可不是个容易对付的角色。这咪夷对国内文物的兴趣极高，常低价从国内古董商手里收取文物，再转手卖到美国去。他的府邸守卫森严，就是为了保护家里那些宝贝文物，生怕给人偷去。因此，他还不惜重金雇了一些地方的保安团来当自己的护院。当初我的计划是在院内纵火，将保安团的注意力移开，再乘乱下手。

后来我才知道，阿弃并没有沿用我的办法，而是用了另一套计划。

那件事后，我嘴上虽然不说，但心里已认可了他。"玉雕花把金鞘匕首"这一战，阿弃算是出师了。时至今日，他已跟随了我整整两年。

这两年里，阿弃屡立奇功，在组织里的地位急速上升，论功劳，除了我之外，罕有人可以与他比肩。不过他并不骄傲，做事勤勤恳恳，只不过有时候不听我指挥，行事随意至极。不过我转念一想，当年的我，不也是这样的吗？

我想起师父曾说过，有本事的人，都不喜欢循规蹈矩。

"那么，关于驱魔仪式，你准备得怎么样了？"

阿弃的话将我从追忆中拉回现实。

"我曾在故事书上了解过一些，知道个大概，不过具体如何操作，并不全然清楚。"我如实答道。

"你不了解这驱魔仪式，当真办起来，露馅怎么办？"

"不怕。"

"怎么不怕？"

"我不曾见过驱魔仪式，你也不曾见过驱魔仪式，是不是？"

"对啊。"阿弃点点头，"我是中国人，对洋人那套东西，自然是不了解的。西洋的驱魔仪式我没见过，乡下的出马仙、跳大神倒是见得不少。"

"这就对了。要知道，能获得梵蒂冈授权驱魔的神父，也是非常罕见的，这里除了院长李查德是美国人，其余大多是中国人，肯定是没见过。"

"我同意。可你怎么知道李查德懂不懂呢？"阿弃又问。

"我不知道，只能赌赌看。不过从他的言谈中也可窥知一二。"

话虽如此，我心里却十分忐忑。对于驱魔仪式，我知之甚少，不过为了应付这次疗养院之行，还是稍微做了点功课的。简而言之，驱魔类别很多，诸如在婴儿洗礼前为其祝福，使其免受原罪所酿成的邪恶的侵害，或者祈祷某地点或某物品免受邪恶的侵害等。但这些都算不上"真正"的驱魔。所谓真正的驱魔，驱魔师要应对的是被恶灵附身的人，此时恶灵正寄生在此人体内，伺机引起骚乱。

根据书里的记载，恶灵附身的凶兆，一般有如下几种：

首先，能说或能够理解其本人从未学习过的语言。其次，知道并揭示其本人根本无法知道的事情。比如在德意志曾有个被附体的女孩，能详细说出一个恶魔的细节，然而这些细节除了最专业的宗教学者，普通人是没有渠道得知的。此外，还有超乎寻常的力量，以及对圣物，比如十字架以及与天主教信仰有关的其他画像的憎恶。

这些凶兆与冯素玫身上发生的事情几乎都吻合。不同于信仰科学的冯思鹤，冯素玫的母亲黄芝女士是个虔诚的教徒，所以她才开始慢慢怀疑，自己的女儿是不是真的被恶灵附体了，为此夫妻两个人还吵过几次。当李查德院长去电咨询黄芝女士，是否要请一个神父来替女儿驱魔时，她立马就答应了。

言归正传。其他宗教也有关于驱魔的仪式。在犹太教中，有一种被称为恶灵的凶灵，这种灵是为了结未完心愿而回魂的幽灵，它寄居在活人的体内，来实现其愿望。通过驱魔仪式可以将恶灵通过脚趾从体内驱除。

西洋的主要信仰，是基督教。基督教驱魔仪式相对简单，就是将被邪灵附体的人送到教堂，由专门负责驱魔的牧师或者主教主持驱魔仪式。仪式的内容是诵读《圣经》中的固定章节，以耶稣的名义勒令邪魔离开受害人。法器则是十字架与圣水。

基督教认为，作祟的邪灵有两类：一类是奉行撒旦名义的捣乱者，另一种是孤魂野鬼般的邪灵。圣水洒在受害者身上，会使邪灵产生痛苦，从而离开其身体。一般的孤魂野鬼，只要吟诵耶和华的真名，就可以借助神力，使其产生恐惧，从而离去。

关于驱魔的知识，书上记载的比较多，但涉及到仪式相关的步骤，除了一些驱魔小故事外，并没有可借鉴的地方。我在包里准备了十字架和圣水，还有一本《圣经》，不过具体要念诵哪个章节，我也没有头绪。

假设李查德院长见过真正的驱魔仪式，那我一开口可能就会被他识破。

为今之计，只能尽量拖延，用各种借口将仪式往后推移，待我在院内寻到子乍弄鸟尊后，便可离去，到时候再通知真正的神父来替这女孩驱魔也不迟。想到这里，我便与阿弃开始探讨翌日行动的方案。谁知就在此时，忽然传来了敲门声。

我一看手表，已近子夜，谁会在这个时候来找我们？

阿弃笑着道：“会不会是恶灵来找我们报仇了？”

由于刚才正想起冯素玫发病时，曾耳闻半夜的敲门声，此时阿弃提及，不由得令我感到背后一阵阴冷。这时敲门声又响起，清脆而响亮，我暗想若是鬼魂，必然敲不出这种效果。想到这里，我心也稍微定了定，于是对阿弃道："轻一点，这称谓若是被门外人听见，那可就麻烦了！"说完就起身去开门。

拉开房门，站在外面的人竟是吴中华医师。

"张神父，冒昧打扰您休息，真不好意思。"他嘴上这么说，神态却并没有不好意思的样子，只见他抬起下巴，微微扬起眉头，反而现出一副居高临下的傲慢神态。

"这么晚了，吴医师有何指教？"我问道。

"此地是职工宿舍，隔墙有耳，能否借一步说话？"话虽如此，但他言语中并没有询问的意思，"去我办公室怎么样？就在院务大楼，走过去很方便。"

阿弃站起身，对我道："歇……神父，我陪你一起去。"

我对他挥了挥手，道："我自己去。"

吴医师没有瞧阿弃，视线自始至终都没有离开我的脸。他听见我愿意随他去院务大楼后，礼貌地笑了笑，便转身走在前面带路。阿弃不敢忤逆我的命令,只得在宿舍里等我,从他的表情中我能瞧出他的担忧,生怕我此行有危险。

我跟着吴中华医师离开职工宿舍,此时整个慈恩疗养院一片宁静,月光洒将下来,映照着一栋栋病房大楼,显得有些瘆人。我们穿过廊道,进了院务大楼。吴医师的办公室位于院务大楼的二楼,这里每层楼的格局都差不多,走廊尽头就是他的办公室。进去之后,吴医师打开电灯,我才发现他这间屋子格局与李查德院长那间几乎一样。

"张神父,请坐。"吴医师指着一张沙发对我说道。

我坐下后,吴医师也拉过一把椅子,放在我对面。

"不知您有没有看过莎翁的剧作?"他突然问道。

"我只读过《麦克倍斯》,戴望舒先生的译本。"我不明白他何以要与我谈文学。

"莎翁是英吉利的伟大剧作家,相当于我们国家的汤显祖。我在西洋留学的时候,经常会看他的剧,著作也是常常拜读。我记得他曾说过一句话,意思是地狱空荡荡,恶魔在人间。张神父,这句话不知您同意不同意?"

"吴医师,我不太明白你的意思。"

"比魔鬼可怕的是人心。"吴医师手扶着椅子,却没有坐下,"从医这么多年,我见过无数的病人死于人祸,却没见过几个死于怪力乱神。看看我们这家疗养院,当年慈恩疗养院的负责人邀请我来这里坐诊,就是为了能够用科学的方法治病救人。你知道吗?洋人叫我们东亚病夫,是因为我们国弱民穷。国家积弱,不是因为列强侵扰,而是因为我们的百姓蒙昧,民智未开。你知道,眼下的中国农村,又有多少精神病和癫痫病患的异常行为,被当成鬼附体,一个个绑在桃树上,被柳条活活打死?"

"如果施展法术能够治疗精神病,那为什么还要建立这座疗养院?精神疾病是一门很复杂的科学,它所反映的症状也很复杂,毕竟牵涉到脑科学与神经系统,西方医学所掌握的信息也极为有限。不过我们身为医师,决计不会因此就将病患反常的行为,全部归结为超自然现象。神父,西方列强能够崛起,靠的不是求神拜佛,而是坚船利炮。如果我们不弃绝蒙昧,那我们整个民族将会永远衰弱下去。"

吴医师这番话说得慷慨激昂,我心中也十分佩服,但碍于身份,不能立刻赞同,但心底里已为他鼓起掌来。

"所以……"吴医师继续说了下去,"我想请您停止对冯素玫的驱魔仪式。如果你们贸然对她进行驱魔,很容易给她一种心理暗示,使得她更加坚信自己被恶魔附体,从而会现出更多典型的'附魔'现象。这并不是我瞎说,而是在西方已有许多实例。许多癔症患者就是这样被害死的。"

"看来你是坚信这世界上不存在任何超自然的人和事了?"

"是的,我受的教育不允许我相信这些人和事。并且,现有的科学已经可以解释大部分现象,另一些眼下无法解释的,将来科学也一定会攻克它。"吴医师很笃定地说道。

"这算不算是另一种迷信呢?"

"您的意思,是我迷信科学?"

"没错。"我点头。

"那么,我就是迷信科学。因为血淋淋的例子告诉我,只有科学才能救人。"

他的目光十分坚定,略带挑衅的眼神,直勾勾地盯着我的双眼。

"所以你也不信上帝的存在?"

"抱歉,我无法相信我不理解的事情。"

"人与神之间存在着难以逾越的鸿沟,身为人类无法理解也是很正常的事情。但不能因此而断定上帝不存在。这是否是一个凡人的傲慢呢?"我反驳道。

"那如果我假设,在这间屋子里存在孙悟空,但他却用隐身术将自己隐藏起来,他无法被看见、被听见,也不会有任何痕迹,他还在悄悄偷听我们的谈话,这件事您信不信呢?我敢肯定,您一定认为我在胡说八道。同样,我也没有理由相信一个我看不见摸不着,没有任何证据的神,哪怕他的故事可以自圆其说。"

"那你如何解释'第一推动力'①呢?"

"托马斯·阿奎那②的理论是吧?"吴医师的语气听上去颇有些不屑。

"事物在运动,故有第一推动者;事物有因,故有第一因;事物存在,故有造物主;完美的善存在,故有根源;事物被设计,故有目的。"

"即便存在'第一推动力',也未必能推论出上帝存在,宗教和宗教感是两码事。或许宇宙中有某种我们未知的'力量'促成了我们现在的世界,但这种'力量'究竟是什么形态、什么模样,我们不能靠一本故事书就来描述,就去对着这个'力量'顶礼膜拜。我们要试图去理解这种'力量',而不是对着它磕头。"

吴医师还是没有坐下,我不知道他为何要把那把椅子拿到我对面。或许是刚才的对话让他无暇落座。不过我想,我和他关于神学的对话应该结束了。

因为这不是我来慈恩疗养院的目的。

---

① 最为著名的关于上帝存在的证明之一。托马斯·阿奎那认为世界上有事物在运动,这是确切无疑的,但凡运动的事物总是由另一个事物推动,而这另一事物又必为其他事物所推动。以此递推,必然存在一个不为其他事物所推动的"第一推动者",否则运动就是不可能的。这个"第一推动者"就是上帝。

② 托马斯·阿奎那,意大利中世纪经院哲学的哲学家、神学家。

"道不同不相为谋。"我站起身,对吴医师道,"身为神父,我应当尽己所能救助被恶灵附体的少女。身为医师,你也应当竭尽所有用西药去救她。我们不必针锋相对,完全可以互相协作,你要记住,我们的目的是一致的。"

吴医师对我的建议并不认同:"但是你所谓的'驱魔仪式'会影响到我的治疗方案。我不允许这种事发生。"

"那你只能去找李查德院长了,毕竟我是他专门请来的。"我朝门口走了几步,忽地停下脚步,转过身对他道,"哦,对了,你恐怕无法说服李查德院长,不然他也不会把我请到这里。如果要怪,就怪你自己医术太差,无法治愈冯素玫。"说完,我便大步流星地走出了他的办公室。我故意激怒吴医师,希望他能和李查德院长起一点冲突,进而将驱魔仪式延后。

这样至少可以给我争取多一点时间,找到那件传说中的子乍弄鸟尊。

我离开院务大楼的时候,外面已经开始下雨了。

鸟尊喋血记（二）

子夜，黑云笼罩下的冷寂街道。

从天上掉落的雨滴狠狠砸在坑坑坎坎的地面，在肮脏的水洼里溅起朵朵涟漪。空气中弥漫着一股潮湿难闻的味道，白沉勇分不清这味道来自肉类腐烂还是水果发酵。远处传来黄包车车夫为自己鼓劲的呼喊声，一声比一声遥远，最后只剩下落雨声。

在老旧不堪的煤气灯下，整条街道都呈现出一股阴森森的感觉。买办模样的男人打着雨伞，夹着公文包匆匆而过，像是不愿在此多做停留；瘦得皮包骨头的老叫化子和成堆的垃圾一同窝在街角，他背靠着陈旧破碎的砖墙，身上的毯子已经发黑发臭，有一只肥硕的老鼠从他边上飞快跑了过去；叫化子的斜对过，有个苦力正蹲着发呆，他身着满是补丁的裋褐，两只脚也不穿鞋，踩在水塘里，脚趾缝里都是黑色的泥灰。他的脚边放着一个扁担和一个脏兮兮的、被雨水打湿的麻袋。

白沉勇收回目光，继续在这条街上寻找茶馆。

此地是被租界洋人称为"中国城"的地方，其实就是华界的老城厢。那些"高贵"的洋大人，以及那些在租界舞厅里声色犬马的先生小姐,是万万不会来到此地的,他们将这里视为人间魔窟。这里鱼龙混杂,流氓、小偷、毒贩、娼妓、乞丐、苦力和人贩子,三教九流什么人都有。华界老城如此人欲横流、犯罪滋生,与它所处的历史背景分不开。

自民国十六年起,据华界市府统计,每年约发生五六千件犯罪案件。而这种高犯罪率,与人口的快速增长有着直接的关系。数十万新来的移民和流浪者涌入华界,随着政治与经济局势的变化,大量的失业者与游民使这类人数暴增。于是,敲诈勒索、卖淫嫖娼、偷盗绑架、乞讨贩毒成为这些底层游民的谋生手段。国民政府当然也下过决心要整治华界的秩序,却由于种种原因未能如愿。这里名义上虽有警察管理,实际上却与帮派狼狈为奸,睁一只眼,闭一只眼,致使此地的犯罪率远远高于租界。

但这块"罪恶之地"也非毫无用处。上海人口近三百万,要在这样一座大都会找一个人,并不是件容易的事,普通人一定没办法,唯有去求助于那些"包打听"。这些包打听的消息网四通八达,只要此人身在上海,他们就一定能找到。不过呢,这些人也不是善茬,若是不小心开罪了他们,谁也休想能安然无恙地走出这条街。

细密的雨幕下,白沉勇见到了一家未打烊的茶馆。这间茶馆的门上挂着一对照明用的灯笼,边上悬着一面招牌旗,顶上还有一块满是裂痕的木板,上面题的字已模糊不清了,只能看清最后一个是"居"字。

刚跨过门槛,茶馆的伙计就迎了上来,把白沉勇接了进去。这伙计留着一头短寸,目放凶光,脸上好几道疤,身材虽说瘦小,但戾气十足。白沉勇暗忖,这人不好惹。

茶馆分两部分,靠外的地方是一处鸦片烟馆,门是敞开的。白沉勇路过时瞥了一眼,只见里面是一间巨大的房间,没有任何家具,地上横着一块挨着一块的地板,铺了十几张草席,上面躺着的大多是干粗活的苦力。有的人像死尸一样仰面躺着,翻着白眼;有的还在吸食鸦片。他们无一例外,全都是衣衫褴褛、龌龊不堪。令他感到意外的是,其中竟然还有不到十岁的孩子,以及年过七旬的老人。

过了烟馆,再往里走就是茶馆。

茶馆内的喧嚣与街道的静谧形成了鲜明的对比。难以想象,在这样一间不起眼的小茶馆里,竟别有洞天,横七竖八放置着二三十张桌子,坐满了七八成。放眼望去,烟雾腾腾,有人抽着烟骂山门[①];有人搂着娼妓嬉笑;有人嗑着瓜子,一双贼眼来回扫视。白沉勇一进茶馆,原本喧闹的声量忽然降了不少,尽管他低着头,却也感觉到了茶馆里所有的眼睛都在打量着他,或者说是在评估此人的危险系数。

有时候人和狗一样,熟悉同伴的味道,也能闻出异类的气息。

白沉勇这种人对他们来说就是异类。

半分钟后,茶馆内又恢复了刚才的嘈杂。大家似乎并未把这位不速之客放在眼里,该笑的笑,该闹的闹,一如之前。

白沉勇挑了个显眼的座位坐下来,随后点了一壶茶水。伙计拿来一把南瓜子,往桌上一撒,转身离去,自始至终没和他多说一句话。

就连这里的伙计,浑身都散发出一股匪气。

——来对地方了……

白沉勇脱下头上那顶费多拉帽,仰放在桌上。过不多时,伙计将他的茶水端来,白沉勇折起拇指,用右手的另外四指托起茶碗,移到嘴边呷了一口。

茶水有点涩嘴巴,不过他还是咽了下去。

不知是不是他的行为太过古怪,引起茶馆内不少人的关注,不少

[①] 骂山门,方言,谩骂。

人对他指指点点，不时窃笑。其中靠门那桌的四个人中，身穿长衫的少年神色尤为凝重。他一脸麻子，两边的眼皮往下垂，有点像蛤蟆。过了一会儿，他回过头与身边三人开始窃窃私语起来，有人点头，有人摇头，似乎拿不定主意。

貌似蛤蟆的少年听了那几人的建议，犹疑片刻，最终还是站起身，缓步朝白沉勇走来。

这一切被白沉勇尽收眼底，但他却装作混不知情，继续用"奇怪"的姿势，喝着手里那杯涩嘴的茶水，直到那人走到他的桌边，才装出一副愕然模样抬起头来。

"哪里来的？"这少年身材不高，身形却很敦实。

"安清不分远与近，在此地搁浅，望兄弟能帮忙搭个跳。"白沉勇应道。

"老大贵姓？"

"在家姓张，出门姓潘。"

见他能对上切口，那人神色缓和了不少。"自家兄弟？"

"自家兄弟。"白沉勇面不改色。

少年对门口那三人道："带他去见老头子。"

白沉勇将帽子戴回头上，对他道："有劳了。"

出了茶馆，他们在密雨中行走，没有人打伞。潮湿的空气使得街道的环境格外阴冷，白沉勇回头望了一眼刚才老叫化子躺的位置，那堵填满碎砖的砖墙还在，人却已经不见了。他去哪儿了呢？他又能去哪儿呢？还是被人带走了？

最后，白沉勇放弃了猜测。

少年引着他们，在逼仄曲折的弄堂里绕来绕去，最后在一栋富丽堂皇的大房子前止住了脚步。相比周边破败的房屋，这栋房子尤为醒目。那些破房子在它面前，显得唯唯诺诺——犹如在一群吸食鸦片的矮小烟鬼中，站着位体格健壮的高大的运动家。

那少年轻轻呼唤了几声，从门后走出来一位衣着整洁的老者。老者须发皆白，脸颊凹陷，整个人瘦得仿佛只剩下一副骨架。少年在他耳边叽里咕噜讲了几句话，白须老者上下瞧了瞧白沉勇，对他道："请你随我来，我带你去见老爷子。你们几个，和小白在外面候着吧。"

原来那个长得像蛤蟆的少年名唤小白，与白沉勇同姓。

白沉勇跟在老者身后，穿过一个狭长的过道，来到一处空置的天井，又走进了一间厅堂。他原本以为"老头子"会在这里见他，谁知老者继续引着他朝另一个方向走去，最后在一扇门前停住。他轻轻地叩门三下，直到里面传来一声咳嗽，才推开大门。

老者让出身位，给白沉勇进屋，自己则守在门口。

白沉勇踏进房间，发现屋内没开电灯，也没点油灯，出奇地暗。

随着门"吱嘎"一声关上，房间里更暗了。

但白沉勇知道，他面前的床上，坐着一个五十来岁的光头男人。这男人上身赤膊，下身盘着腿，两只手掌搭在膝盖上。黑暗中，他的一双眼睛，正仔细打量着白沉勇的脸。

光线虽暗，但也隐约能将床上男人的模样勾勒出来。他长着一张马脸，眉毛很稀，眼皮耷拉着，黑眼圈很重，两边嘴角无力地往下垂，仿佛有一个礼拜没睡过觉，神态疲惫至极。

"切口你哪里听来的？"男人开门见山地问。

还未开口就被识破，白沉勇只得苦笑。

"从一个朋友那儿听来的。"

"敢把帮内切口外传，你朋友倒是不怕死。"

"或许已经死了呢？"白沉勇道。

男人哈哈大笑起来，笑声中气十足，与整个人的疲态完全不同。

"您是张老爷子吧，久仰久仰！我斗胆来这里，是想托您办桩事。"白沉勇开门见山道。

"胆子倒不小。"张老爷子闷哼一声，"当我面吹牛皮，你倒不怕死？"

"我可没说我是青帮的人，不过我倒是想请问一下，您啥时候瞧出我不是自家人的？"

"你进屋先迈的右脚，帽子也不脱，青帮子弟，哪个会像你这般不晓规矩？"

白沉勇无奈地耸了耸肩膀，果然还是被识破了。

原来，他之前在茶馆所做的，均是青帮的切口暗语。

青帮的子弟数以万计，分布在全国各地的港口、码头、水湾、盐船、粮船等处，所以想要认清是否是自家人确实很难，这时就要用暗语进行联络或求援。假设一位青帮子弟来到外地，想要向当地的帮里弟兄们求助，就可去茶馆让小二泡上一壶茶，脱下帽子仰放于桌上，用右手的四指拿碗喝茶。当地青帮的弟兄们若是瞧见此种情况，不论是否相识，都会主动上前来"盘海底"。所谓"盘海底"，就是询查对门的来历和背景。对上切口后，对方便知道了其辈分高低，一旦确定是自己人后，便会施以援手。

至于白沉勇如何知道青帮内部的切口，这就是另一个故事了。

当时各大势力搅动上海局势，其中青帮是一股不可小觑的力量，不同于租界巡捕，华界的警局因政治因素在处理某些案件时一直很被动，于是便派遣了一位刚入职的年轻警员崔正杰打入青帮内部，以获取情报。

由于崔正杰并非上海人，为了不露出破绽，便去了周家嘴岛那边的马勒机器造船厂工作，同时找了一位工人学习上海方言。船厂的青帮子弟很多，所以崔正杰没费多大力气就找到了门路，顺利拜入了青帮。崔正杰处理人际关系很有一套，不久就得到帮内大佬的赏识，很长一段时间都没有人发现他是上海警察厅打入青帮的卧底。

但好景不长，由于三番四次的信息外泄，加之崔正杰神秘的行迹，令帮内不少人开始起疑，最终他在一次清查"内鬼"的行动中丧生。

当时白沉勇正以私人侦探的身份协助上海警察厅办案，顺理成章地与崔正杰取得了联系，从他那里了解了不少青帮犯罪的内幕，其中也包括青帮内部人员见面的切口。

他对青帮的切口稍有点了解，但毕竟不是帮会中人，具体细节上还是有许多偏差，遇上像张老爷子这样的老狐狸，冒牌货自是逃不过他的眼睛。

"在下姓白，是个侦探，此番前来叨扰，主要是想请张老爷子替我寻个人。若是能够寻到此人，在下必有重谢。"

"寻人为啥来找我？你当我是包打听啊？"张老爷子眉头微皱，似笑非笑。

"不敢，不敢。只不过混迹上海滩的人，谁不晓得，张老爷子您是'蚂蚁王'。在消息灵通这方面，租界里的大流氓杜月笙都不如您啊！"

当时，江湖社会把拐匪都称为"蚂蚁"，这群拐匪的头子，自然谓之"蚂蚁王"。

这些年来，由于时局动荡，战乱频发，不少家庭流离失所，以致拐卖人口现象愈发严重。上海则是全国最大的人口贩卖市场，各地大量的妇女儿童被源源不断地贩卖到这里，再经上海转卖到其他地方，有些甚至被卖去国外。

当时"蚂蚁"势力猖獗，孤儿寡母人人自危。就连当时的《申报》也发文报道，提及民初上海拐略之风日炽，青年妇女及男女幼孩被害者不知凡几。而一般以此为营业之匪徒不下千余人。声气灵通每用种种诈骗手段将妇孺拐运出口，妇女则带至东三省卖入娼寮，男孩则带往闽粤各省卖作奴隶，被害之家妻离子散，靡不肝肠痛裂。

民国二十年，由大侦探霍森牵头，联手中华慈幼协会，组织成立了"灭蚁会"，成为当时重要的打拐力量。霍森呼吁公众协助打拐，并倡议道："目下时局动荡，不少奸徒为了牟利，伺机购买难民子女，贩卖为奴婢妾妓者，亦常有闻。本会以保障妇女儿童之权利，乃广为宣传，俾同情人士通风报信，以便调查，在码头车站严密访查，若遇有形迹可疑者，严为盘诘，得有证据，即送请法庭讯办。"他还提到，若遇有贩卖妇女儿童之人，可速去博物院路廿号，即"灭蚁会"办事处报告。

面对日益猖獗的人口拐卖问题，政府及民间力量虽然屡屡训令打击，但现象依然屡禁不止。甚至部分政府要员都参与其中，明里暗里勾结"蚂蚁"，从他们那里牟取暴利。

与青帮巨头杜月笙这种生意遍布赌博、卖淫、贩毒、敲诈等多个行业的流氓不同，张老爷子专做拐人妻女的勾当，所以名声相当不好。

不过张老爷子并不在乎这些名声，所以把白沉勇的话当补药吃，笑着应道："小八腊子，嘴巴倒是蛮甜的。"

"实话实说而已。"白沉勇道。

"那你要寻啥人呢？"

"我想找一个大名鼎鼎的人物。若是别人，我也不会来麻烦您。他的名字叫罗苹，是江湖上有名的侠盗，也是令巡捕房头疼不已的罪犯。"

张老爷子眼睛亮了起来："你寻他做啥？"

"我手头接了一起盗窃案，和他有着千丝万缕的联系。"

"这人偷盗成性，没啥新鲜的。"

看来张老爷子对侠盗罗苹的名声也有所耳闻。

"这次可不同,偷盗案中还有一起命案,性质就不一样了。何况,死的还是上海滩有头有脸的大人物。"

"大人物?"

"大古董商江慎独。"白沉勇也不隐瞒。事实是这种消息也瞒不了多久。

"江慎独?我知道他。"张老爷子愣了一下,显然没想到会是这位闻名上海滩的古董商人,"我听说这罗苹偷东西,从来不要人性命,这次哪能下了死手?"

"所以我想同他谈一谈。也许并非他亲自动手,又或者是他的手下失手,要了江大老板的命。眼下我掌握的线索有限,不太好妄下定论。这件事,还请老爷子帮帮忙!"

白沉勇此时心里已有了七八分的把握。

俗话说:"伸手不打笑脸人。"人性如此,他当然懂。

然而,张老爷子可不是一般人,或者说,能在上海滩立足的流氓,性格多少都有点乖僻邪谬,决不能以寻常人的心性度之。

"你要我帮忙,你能帮我什么?我要你有啥用场?"

"只要在能力范围之内,张老爷子尽管开口,在下一定尽力。"白沉勇道。

"尽力?好啊,我这边缺三个十六岁的姑娘,你帮我去寻几个来。这件事要是办妥了,我就吩咐手下去替你打听罗苹的下落。"

若是其他事情,白沉勇或许还能硬着头皮应承下来。但要他这样的侦探去当人贩子,那是万万不能的。别说是为了破案,就算拿刀架在他脖子上,他也没法答应。

这种事张老爷子怎会不知?他就是故意刁难白沉勇而已。

白沉勇皱起眉头,脸上的表情为难之极,犹豫了半天,才道:

鸟尊喋血记(二)

"这……这事我可做不来。"他没说"伤天害理",已算很给张老爷子面子了。

"两手空空,照排头①我要帮你寻人?"张老爷子突然变脸,面上笑容一扫而光,当即朝门外喊道,"来人啊,帮我把这个小赤佬掇出去!"

白沉勇一怔,门外即刻冲进来两个粗线条的赤膊大块头,这两人肩膀宽阔,身材高大,光是站着就像两座高塔。这两人其中一人满脸髯须,虎目宽口,浑身肌肉层层叠叠;另一人长着鹰钩鼻,一双吊眼充满阴气,身上虽不及另一人的肌肉发达,却精壮得如同铁条。两人的手腕上,均有两个相交的圆形纹身。还未等白沉勇有所反应,已经被那两人拖出屋子,直接从后门狠狠丢到了街上。

这一跤摔得可真重,白沉勇只觉得五脏六腑都移了位。

髯须男冷笑一声,正准备转身回去,却忽地听见耳后有人道:"劳驾带个口信给张老爷子。"髯须男甫一回头,就结结实实挨了白沉勇一记重拳!

白沉勇本来就脾气艮,被张老爷子一番羞辱,已憋了一肚子火气,再加上他俩这么一摔,将身上的西装弄脏,于是便爆发了。他朝着这个比他高上整整一个头的大块头挥拳,全然没考虑过接下来的后果。

髯须男脸上遭遇重击的同时,吊眼男立刻作出反应,回以白沉勇一记老拳,正中眉心。不过额头比较硬,白沉勇吃了这一拳,只觉得头脑一阵恍惚,并没有跌倒,反而更激起了他内心的怒火,狠狠朝吊眼男扑了过去,挥臂朝吊眼男脸颊就是一拳。

然而这次吊眼男早有防备,用手臂格挡下白沉勇的攻击,立刻用

---

① 照排头,上海方言,意为依靠别人的力量办事。

额头去撞了一下白沉勇头部。额头撞额头，白沉勇眩晕感更甚之前，往后连退三四步。与此同时，髯须男也已从刚才的偷袭中回过神来，怒叱一声，抬起脚对着白沉勇的胸口就是一记猛踹。

髯须男脚底携着一阵劲风直直正中白沉勇的胸口，白沉勇肋骨承受了这记仿佛有千钧之力的踹击，发出一阵沉闷的声音。白沉勇整个人朝后猛地摔去，他不知道骨头是不是断了。

白沉勇的反击更激起了这两位打手的斗志，他们不等白沉勇起身，便一起冲了上去，照着白沉勇劈头盖脸就是一顿猛捶。白沉勇也还击，挥了两拳，混乱之中也不知打中了谁，不过双拳难敌四手，他被打得头破血流，牙齿还崩掉一块，鼻梁好像也断了。拳头揍在他们身上，像是打在墙上。

毕竟张老爷子没让他们下死手，只是驱逐，所以两人下手还是有分寸的。待将白沉勇打得还剩下半条命时，两人便离开了。临走时，髯须男还怒气未消，朝躺在地上的白沉勇狠狠啐了一口，浓痰在半空中画出一道抛物线，落在白沉勇的领带上。

倒在街道上的白沉勇喘着粗气，他身上那套高档西装已变得污秽不堪，天上的雨水洒将下来，仿佛老天爷也在为他的遭遇哭泣。

这时，那个为他开门的白须老者走了出来，对仰躺在地的白沉勇道："老头子叫我带话给你。首先，他从不帮人免费做事，不相信什么'等事情办好，再给报酬'这种事，他毕竟不是慈善家。第二，这世界上想找罗苹的人，不止你一个，找他帮忙寻罗苹的人，你也不是第一个，所以就死了这条心吧！要是能找到罗苹，老头子第一个要他的命，这个瘪三不知坏了我们多少好事！"这些话说完，他就走了。

白沉勇从地上爬起来，来到之前老叫化子所躺的砖墙边坐下，用手擦去脸上的血污，再给自己点了支烟。他就着漫天雨水，自顾自地抽起烟来，狼狈中透着一股从容。

从目前的情况来看，也不算毫无收获，他至少知道了两件事。

第一件事，和流氓打交道，没钱是不行的。这群人豁出性命，出来靠干违法乱纪的勾当谋生，自是将钱财看得比什么都重要。

第二，"蚂蚁王"张老爷子和罗苹是敌人。

既然罗苹曾坏过他的"好事"，自然是将他贩卖人口的计划破坏了。

这和民间百姓对罗苹这人的描述很接近，一个急公好义、心地善良的侠盗。他的存在，是为了打击存在于上海阴暗处的恶势力。

但是，这么一位良善的侠盗，何以会对一个商人痛下杀手呢？

或许江慎独并不算什么好人，但也没到恶贯满盈的程度。在他之前，就连那些罪大恶极的杀人犯，罗苹都没下过杀手。

白沉勇从嘴里吐出一口缭绕的烟雾，但没过多久就被雨水打散了。

——正如他原本的计划一样。

"要是让人家看到，上过报纸的大侦探这副腔调，台都要坍光了。"

弄堂深处传来一阵女声，跂跂足音是高跟鞋踩在水洼里的声音。

白沉勇闻声望去，见黑暗中慢慢显出一个身材曼妙的女子。女子撑着一把绣花油伞，由于光线不足，这女子的相貌瞧不清楚，只知道她留着一头长卷发，身上穿着一件紧身的深蓝色旗袍。由于旗袍直摆衩开得很高，露出一截腿来。

她腿上没有穿衬裤，这种大胆的穿着令白沉勇十分吃惊。

要知道，当时高开衩的旗袍大多以衬裤为内搭，女子在旗袍下都穿衬裤，旗袍的开衩虽高，但绝不会露出肌肤。不过，在当时的上海已有不少摩登女郎开始脱去袜子，招摇过市，她们不拘泥于传统的打扮，穿着极薄的丝绸旗袍，微风过处，衣衩缝里，玉腿莹然。

注意到这种风气的上海政府立刻发布了禁令。禁令指出："人民服饰与社会风化关系甚巨，前经内政部拟定服制条例，呈奉国民政府公布实施，对于奇装异服，并经通令查禁在案。近查市内发现少数妇女，衣裳华丽，不袜而履或短袜露腿，有伤风化。通令各区所，从严查禁外，故意为之，严惩不贷，切切，此布！"

"侦探可不是高高在上的，不是在办公室里吃两根香烟，跷着二郎腿就能把案子办了的，而是需要去到最黑暗的角落里寻找光明。你看看这里的环境，是不是很适合？"

雨哗哗地往下掉，在地上砸出四溅的水滴。

白沉勇望向女子，屁股还是坐在地上，那女子也止住脚步，倩影大半还隐藏在灯光照射不到的黑雾之中。一明一暗的光影，将两人隔开。

"我猜想，你在张老爷子那里，没打听到你想找的人。"

"只要不瞎，都能看出来。"白沉勇双手一摊，以展示自己此刻的落魄，"这位小姐，我们现在的谈话，未免有些不太公平。你知道我是谁，我却不知道你的名字。"

女子在暗影下冷笑："相比我的名字，你应该对罗苹在哪儿更有兴趣吧？"

"你知道他在哪里？"

"我不知道。世界上没几个人知道罗苹在哪儿。"

白沉勇笑了起来，他感觉这个女人在耍他。

女子似乎读懂了白沉勇的心思，又道："不过，虽然我不知道他在哪里，但我手里有一点线索，对你可能有用。"

"所以你是来给我提供线索的？换言之，你是来帮我的？"

这时，白沉勇注意到，在女人的脚踝外侧，文着一只黄莺鸟的图案。

"可以这么理解。"

"为什么?"白沉勇按灭了烟头,站起身来,"为什么要帮我呢?"

——从仰视变成了平视。

"因为我也在寻他。"女子说道。

"那你为啥自己不去?难道线索不够,所以要找人帮忙?"

"这倒不是。"女子笑笑,继续道,"只是我不太方便露面。"

"我可以问个问题吗?"

白沉勇往前走了一步,他在污浊潮湿的空气中,竟闻到有香水的气味。

"请问。"女子没动。

"你和罗苹认得,对不对?"

"不仅认得,我还和他打过赌。但是这个男人,赌品似乎不太好,输了喜欢赖账,所以我必须找到他,让他认赌服输。"

"他欠你很多钱吗?"白沉勇又走了一步。

潮湿的空气中,女人身上的香味越发浓烈。

"我对他的钱,没有任何兴趣。他也是个对钱无感的人。所以我们赌的是其他东西。"

"方便告诉我吗?"

"恐怕不行。"

白沉勇觉得这个女人说话总说一半,想必还有很多事瞒着他。像她这样的奇女子,在江湖上绝不会是个无名小卒。

"好吧,我不勉强你。说说看你这边的线索。你也知道,我是个冒牌的青帮小流氓,张老爷子不愿意帮我的忙。"

白沉勇心想,如果他再往前走一步,或许能看清她的样子。

"你应该知道,罗苹的朋友不多。"

"确实，没人愿意和贼骨头①交朋友。"白沉勇点头。

女子对他这句话有些不悦。

"侦探也好不到哪里去。偷盗的行为虽然不光彩，但如果出发点是为了救国救民，那就是侠盗，正如英国的罗宾汉那样。为了中饱私囊，那才是小偷。"

"你说的对，所以社会上对罗苹的赞许声从未停止过。请您继续。"

"罗苹的朋友不多，不代表他没有朋友。我知道在上海，有一个人和他的关系非常密切。在他那里，也许有罗苹的消息。"

"是谁？"

"一位写侦探小说的文人。"

"作家？"白沉勇以为自己听错了。

"没错。此人平日里不修边幅，行事却十分仗义，是个性情中人，所以和罗苹一见如故，逐成至交。如果说上海滩还有人知道罗苹在哪里，就只有这个人了。不过他因此也惹上了不少麻烦，不仅巡捕房探长是他家中常客，地痞流氓也会去骚扰他。但他胆识过人，口风又紧，威逼利诱都无法让他讲出罗苹的下落。他孑然一身，死则死矣，一副'舍得一身剐，敢把皇帝拉下马'的架势。时日一久，大家也都放弃从他那里打听罗苹的消息了。"

"他叫什么名字？"

"写作时的笔名叫'野猫'，真名姓孙，双名上了下红。罗苹的许多事迹，都被孙了红写成了侦探小说。罗苹你找他不到，情有可原，但这有名的一位作家，我相信以你的侦探能力，不会查不到他人在哪里。"

白沉勇跨出一步，口中道："别人问都不肯说，我去问他会愿意

---

① 贼骨头，上海方言，意为小偷。

告诉我吗?"

女子摇了摇头:"我不确定。我现在唯一能确定的是,你如果再敢往前走一步,可能会死得很惨。这句话是警告,希望你别以为我在开玩笑。"

尽管光线很暗,不过白沉勇隐约能看见女子手里握着一把小型的黑色手枪,枪口正对着自己的胸膛。他想如果此时子弹从枪膛里射出,打穿自己的身体,不知道鲜血和火药的气味能否盖住这个女人身上散发出的迷人香味。

他想了一会儿,还是认为盖不住。

"很好,你就站在那儿。"

"我还可以再提一个问题吗?"白沉勇把手伸进口袋,并解释道,"别紧张,我只是拿烟。"

"什么问题?"

"我们还会再见面吗?"

"等你找到罗苹的时候,我自然会来见你。不过在此之前,我劝你别费心调查我,把心思都放在寻人上比较好。我会在暗中看着你。可别对我耍花招!"

白沉勇苦笑道:"好吧,我都听你的。我一向喜欢听女人的话,尤其是漂亮女人。我猜你一定是个漂亮的女人。"

"少油嘴滑舌。"

"那你可冤枉我了,我是真心诚意……"

话甫出口,白沉勇忽地将手中的钱包朝女子的头部猛掷过去,与此同时,身形一闪,快步朝她扑去!这一切发生在电光石火之间,容不得半分犹豫!

女子也是一愣,竟忘了开枪,待她反应过来时,白沉勇已欺近眼前,弓背展臂,将她拦腰抱住。谁知还未抱稳,女子就开始了反击,握枪的右手手肘猛然往下，重击白沉勇的背心。白沉勇没想到这弱女子的力量竟如此之大，被她砸中的背部一阵剧痛，双手登时没了力气。

与此同时，女子往后退开一步，脱离开白沉勇的环抱，然后快速抬起右腿，一记猛烈的膝撞狠狠轰中白沉勇的下颌！

他顿时感到天旋地转，好似一个重达两百斤的拳击手给他来了一下。

女子还不甘心，仿佛要让他因刚才的无礼举动付出足够的代价，在白沉勇踉跄的时候，踩着高跟鞋向他奔袭而来，将手中的枪柄狠狠朝他太阳穴抡了过去。

白沉勇见状，想伸手去挡，却因刚才那记膝撞暂时失去了四肢的支配权，摇摇晃晃间，被"砰"地一下砸中，整个人直直朝左边摔倒。跌倒在地时，还溅起了一片污水。

两招之内，白沉勇就败下阵来。

他躺在地上，伸手摸了摸头顶。还好，帽子没落脱。就算被揍得再惨，帽子可不能掉。紧接着，白沉勇的视线开始模糊，身体也渐渐失去知觉。他本以为可以轻易制服这个弱女子，再拷问出她的目的，谁知猎手往往以猎物的姿态出现，他才是那个弱者。本以为自己是个硬汉，却连个女人都打不过。

真是可笑！

可惜白沉勇现在连"笑"这个动作都显得无能为力。

女子慢慢走近，蹲下身子对他道："别忘了去找孙了红，打听一下罗苹的下落。我会一直在暗处看着你的。"

这是他昏迷前最后听见的话。

慈恩疗养院（三）

房间里大约有十几个男性病患，他们神色木然，呆呆地围坐在一张长方形的实木桌边。桌子上放置着各种积木。按理说以他们的年纪，早就该告别这些孩童的玩意儿，毕竟这些男人中，最年轻的也有三十来岁，最年长的起码六十开外。

长桌的尽头是吴中华医师，他神情冷峻地摆弄着桌上的积木，将它们搭成一个宝塔的形状。整个过程花费了十分钟。完成"宝塔"之后，吴中华便将目光洒向在座的病患们。那些病患们会意，开始依样画葫芦，拿起桌上的积木，学着吴医师的顺序，将积木一块块地垒成塔状。整个过程都很顺利，大家很快就完成了任务。

其中有个男患者引起了我的注意，倒不是因为他脸上那块青色的胎记，而是他每一次都能最快地完成吴中华医师布置下的任务，且完成的程度也最好，可见其思维与执行能力，远远高于其他患者。或许是在此地待的时间太久，相互之间会有感染，他的神态倒是与周边的人没有两样。

这些人只不过在精神上出了问题，智力上和正常的成年人没有区别。

那么，为什么还要他们搭积木呢？

用吴中华医师的话来说，搭积木也是治疗精神疾病的一部分，叫"职能治疗法"。他说这种治疗法，可使有心理发展障碍的人，重新获取独立性。

我对医学不太了解，尤其是精神病学，兴趣也不大，所以没有多问。

昨晚与吴中华医师一番不算友好的谈话之后，翌日中午，他又邀请我来到他的治疗室，观摩一场对有心理障碍疾病患者的治疗。阿弃表示没有兴趣，我便独自来看。过了一个钟头之后，我才意识到阿弃是对的，我不应该来这里。

我打了个哈欠，随手拿起手边的报纸。由于这边属于较为荒僻的所在，是以报纸上载的还是数天前的旧闻。然而在穷极无聊时拿来当作消遣，还是很不错的。我扫过几版头条：著名女明星吃安眠药自杀；伪满洲国国务总理大臣下台；意大利入侵衣索比亚，衣索比亚军民抗击意大利的卫国战争开始打响……

放下手里的报纸，我看了一眼手表，在这间治疗室已坐了一个半小时。我望向他们，吴中华医师和病患们已放下了积木，每个人手中都分配到了纸笔，像是要准备作画。我想了想，若再继续待下去，这群患者的病是医好了，我反倒要发疯了。

做好决定，我便起身朝吴医师走去。

他见我走来，心底也明白了七八分，笑着对我道："怎么，张神父是坐得不耐烦了吗？"

我摇摇头道："不，很有趣，让我开阔了眼界。只是我昨夜没有睡好，坐着的时候头一直发昏，想回房间休歇。"

话是场面话，但吴医师是聪明人，怎会不明白我的意思？

他道："原来是没睡好，也是，昨夜你们刚到这里，舟车劳顿，固然要好好休息。既然感到头昏，那就先回吧。对了，你头昏得厉害吗？需不需要我拿医头昏的药给你？"最后这句话，自然是讽刺我的。

我摆摆手，笑道："还没那么严重，留着给需要的人吧。"

互相道别后，我便离开了治疗室。

临走时，我发现那个有青色胎记的男患者偷偷瞧了我一眼。

白天的慈恩疗养院与夜晚的情况相去不远，院内行走的人相当少，偶尔会见几个身披白大褂的医师或护工匆匆走过。可见此处虽久负盛名，但来看病的人却寥寥。我想，地处偏僻是一大原由，此外，大部分国人还是会将疯病与中邪相混淆，通常会请几个"高人"来家中作法，摆个祭坛，烧点纸灰，让病人喝下去。即便无法康复，这么一通操作下来，也比送去医院使他们心安。

我穿过喷泉，正准备进职工宿舍楼的大门时，忽然听见身后传来一阵尖叫声！那声音十分刺耳，若不是受到极度的惊吓，断然发不出这样的叫声来。

那声音来得突然，我自然是被吓了一跳，立刻把头转过去。

只见一位穿着蓝色病服的女子，冲到我面前，蓦地跪下，同时双臂展开，将我的右腿死死抱住。我被这突如其来的变故惊得目瞪口呆。

这女子披头散发，发丝枯黄毛糙，露出的脸泛着青色。她脸上没有肉，仿佛罩着一层薄皮的骷髅头，身体又瘦又薄，一阵风就可以将她吹散。唯有她那双因极度惊恐而瞪大的双眼，尚能证明她还是个活物。瘦骨嶙峋的模样使我难以判断她的年纪。

以我的身手，若想躲过这个疯癫女子，可以说轻而易举，决计不至于像现在这样，整个人僵在原地，目瞪口呆。只是因为觉得这女子身上有股说不出的可怜，令我顿生怜悯，不忍用粗暴的手段将她推开。

那女子死命抱住我的大腿，虽看上去弱不禁风，但手上的力气却大得很。她像是一个落入海中溺水挣扎的泳者，我的腿就是那里唯一的浮木。

"救……救我……求求你……救救我……"

她咧着嘴对我喊道，听口音不是本地的，像是北方人。

我想将她扶起，但弯下腰后，她将我的腿抱得更紧了。

"我知道……我知道你不是这儿的人……救我……带我出去……"

"有什么事，你起身慢慢说。你这样抱着我作甚？你放手，我答应你不走开，好不好？"

"不行，我一放手，他们就会把我带走的。"疯女癫狂地自言自语起来，"这里太可怕了，我要走，不能再待下去了，否则……否则……"

她话刚说到一半，病房大楼那边就传来一阵骚动，随后冲出来三位男性护工。疯女见了他们，大喊一声，撒开了我的腿，朝另一边跌跌撞撞地跑去。那三个护工冲着她的背影喊道："在那里！"便齐齐朝她追去。

疯女双腿无力，跑两步就摔倒，站起来再跑，速度肯定快不了。而身后追逐她的护工们，个个身强体壮，奔起来快而有力。对比之下，疯女当然不是他们的对手，没过多久就被他们按倒在地。疯女在地上全力挣扎，却也动弹不得，唯一能做的事就是不停地哀号。

护工将她架起，并把她双手反扣在背后，朝病房大楼押去。经过我面前的时候，我能看见她双目中透着绝望。她看着我，像是在无声地呼救。

我于心不忍，决意管一管这桩闲事，便两步并一步，上前将护工的去路堵住。

"你们要带她去哪里？"

"她是个疯子,刚才趁我们不注意,自己偷跑出来,我们这趟是送她回病房。你又是什么人?"为首的护工打量着我,眼里充满了不屑。

"我是李查德院长请来的神父。"我回答道。

"神父?神父来我们这里做什么?"后面一位护工提出疑问。

"他来这里做啥,和你有关系吗?尽好你的本分!"为首那人回头骂了一句,然后转过头对我道,"我们在执行公务,请你让开。"

我没有动,细细打量起眼前这位气势汹汹的护工。此人四十来岁,理了个平头,皮肤黝黑,体格健硕,下颌有一道疤痕,从嘴角延伸到眼角,令他半张脸失去了表达感情的功能。不论怎么看,他都不像是一位疗养院的护工,说他是八埭头①来的流氓,会比较让人信服。

"即便她害了疯病,行为不正常,但你们这几个大男人用如此粗鲁的手段来对待一位女士,是不是有点过分了呢?"

为首的护工见我寸步不让,有些恼火,威胁我道:"我敬你是院长请来的贵客,所以卖你几分面子,否则……你别不识抬举。识相的就快让开,要是延误了治疗,使患者的病情加重,你负得了责任吗?"

见他的言语如此挑衅,我也不太买账,便对他道:"患者家属将病人送来这里,是希望她得到救治,而不是被你们虐待。我只是提出疑问,你就用这种口气威胁我,不然怎么着?如果我不让开,你还准备动武?"

"你到底让不让开?"那护工急了,往前一步,与我面对面对峙起来。他身后另外两人则面面相觑,一副不知如何是好的表情。

"我倒要看看你能把我怎么样。"我与他一双凶目对视,毫不退缩。

若是在别的地方,我早就一拳将他撂倒,哪里还由得他这般与我

---

① 八埭头,今杨浦区西南部。

叫嚣？只是目下任务在身，首要是找到子乍弄鸟尊，而不是与这些个喽啰置气。况且我是院长请来的客人，我还不信他敢动手碰我，除非这人想砸了自己的饭碗。

正当我们俩谁都不让，争斗一触即发之际，李查德院长竟然现身，从远处走来。我怀疑他是在办公室听见争吵声才下楼的。

"你们两个怎么了？荣旺，你说说看！"

那护工拉着李查德院长的袖口，将刚才发生的事情，添油加醋地讲了一遍，说我阻碍他正常的工作，寻他鹁势①。我不屑反驳，任他污蔑，我倒要看看院长如何处理此事。

李查德院长静静听完，缓缓点了点头，然后从脸上勉强挤出一丝笑容，向我解释道："荣旺是我们这里最优秀的护工，工作上十分认真，认真到有些固执的地步，所以可能会冲撞了您，还请张神父谅解。这位女病患，脑筋已经混乱之际，家里人也已放弃治疗，但我们医者仁心，怎么会就此放弃？不过因为病入膏肓，普通的治疗手段对她已无效果，必须用一些特殊的手术进行调整，但患者表现出抗拒，我们也只能稍稍用强，因此才让张神父误会了。"

后来我才知道，这平头大汉名叫鲍荣旺，是慈恩疗养院护工的头头，除了李查德外，谁都不放在眼里。也许他认为自己是院长的心腹，所以做起事来，肆无忌惮，据说还曾经殴打过不听话的同事，李查德包庇他，反倒将被打的人开除。这件事导致疗养院里的工作人员对姓鲍的敬而远之，生怕惹到他。

这些事我当时并不知晓，不过我也不傻，李查德这番话里的意思，我是听得明明白白。

首先，他在这件事上不怪护工鲍荣旺，反而夸赞他尽责，将威胁

---

① 鹁势，上海方言，意为生气、闷。

我说成了性格认真。其次，对这位疯女使用强硬的手段，不是在伤害她，而是为了她好。

话已至此，我也不便多说，只能尴尬地朝李查德院长笑笑。他还假意要让鲍荣旺向我道歉，被我谢绝了。

我说："既然是一场误会，那也没有谁对谁错，何来道歉一说？我对情况不了解，打扰了这位女士的治疗，要道歉的话，也应该我道歉。"

这番漂亮话当然是故意说给他们听的，好教他们几个放下对我的戒心。鲍荣旺见我这样，态度也软下来。两边台阶给足，都能下得了台，李查德的目的也达到了。只是我们的和解，对那位疯女却是一个致命的打击——就连唯一一个肯替她出头的人都没了。

"荣旺，对待发病期间的病患，虽需采用强制手段，但也要掌握一个度，人家张神父说的对，毕竟是女士嘛。好了，你们几个别扣着人家的手臂了，扶她回病房吧。"李查德吩咐完毕，三人齐声答应。

等护工将疯女带走后，李查德院长拉着我的袖子，将我拖到宿舍楼的暗处，对我道："张神父，驱魔仪式准备得如何？我们几时进行？"

"问题不大，只是吴中华医师似乎并不赞成对他的病人进行驱魔。"我不知该如何回答，只能把问题归结于吴医师的阻挠。

李查德像是早就料到一般，很快地答道："不用理会吴医师，这女孩要能治疗得好，早就康复了，所以还是试试你的办法吧。我看也不用再拖下去了，眼见冯素玫一日日消瘦下去，我还真怕她顶不住。要不明天就把这驱魔仪式给办了，张神父，你看行不行？"

这是赶鸭子上架，可我也不好拒绝，否则便会露了马脚。

"好的，一切听您安排。"我只能这样回答。

李查德院长对我的答复非常满意，用手拍了拍我的肩："冯素玫有没有将来,就靠你啦!千万别让我们失望哦!"

"尽我所能,尽我所能!"

我脸上虽然挂着笑容,内心却十分苦恼。本以为可以利用吴中华的拒绝拖延一下,谁知李查德根本不把他放在眼里。这驱魔仪式一结束,不论有效无效,我和阿弃都得卷铺盖走人,所以我必须想办法延迟这场仪式。我需要一个借口。

回到宿舍大楼的房间,阿弃正躺在床上打哈欠。听见我进门后,便坐起身来,对我道:"怎么样?治疗精神病好不好玩?"

"我可没心情和你开玩笑。"

阿弃瞧出我有心事,端正了态度,又问:"歇夫,发生什么事了?"

"有两件事。第一件,李查德希望我们明天就举行驱魔仪式,刻不容缓。这意味着,我们要在明天黎明之前,在这座疗养院里找到孑乍弄鸟尊。这可不是一件容易的事。"

"一个晚上?根本办不到啊!"

"办不到的话,我们就卷铺盖走人。我是假冒的神职人员,说话都漏洞百出,更何况驱魔?我们时时刻刻都可能被人拆穿。"

"那你打算今晚行动吗?"

"我们别无选择。"我慢慢地说道。

"好,歇夫,我听你的。对了,那第二件事是啥?"

"今天我遇到一个疯女人。"

"这算啥?你人在精神病院,遇到疯子多正常啊!"

我的话听到阿弃耳中产生了歧义。没办法,我只得一五一十地将今天发生的所有事都和他讲了一遍。阿弃听得很仔细,尤其是听见几位护工欺负疯女的时候,还攥紧了拳头。我想幸好当时是我在场,若是阿弃也在的话,那三人估计小命都难保。

阿弃静静听完，对我道："你认为那个女的是疯子吗？"

"不敢肯定。不过，她当时抱着我的腿时，说了许多话，当疗养院护工出现后，她又闭起了嘴，一个字都没讲过，这点我就很奇怪。你可以解释说，疯子见了护工害怕，但如果这样的话，说明她具备一定的辨识能力，即便是疯，也应该残留着一部分正常思考的能力。"

"我不想听你分析，我希望你告诉我，她是疯子吗？直觉。"

阿弃用手指了指自己的太阳穴。

我思考了片刻，答道："我觉得她没疯，只是因为受到了虐待，所以才现出癫狂的状态。"

"疗养院怎么会虐待病人呢？"

"恐怕咪夷买下这座疗养院，目的不单单只是文物这么简单，这里面必然有问题。"

"要不要夜里去病房大楼探一探？"

我的想法与阿弃不谋而合。自从疯女被带走之后，我内心确实有一丝愧疚之情。她在遭逢大难时求助于我，但我却因为要继续伪装神父的角色，眼睁睁地看着她被重新抓回病房。若是在平时，豁出这条命不要，我也会将她带离这里。阿弃的提议，正中下怀。

"嗯，找文物与这事不冲突，我觉得可以一起做。好了，我们先回床上休息，恢复一下体力，夜里还有许多事等着我们呢。"

我们俩各自回到床上，闭目养神，直到吃晚饭的时候才起床。

晚餐依旧由看护王小姐替我们送到房间，因为我之前对她吩咐过，我和阿弃不去疗养院的食堂用餐，喜欢在屋里吃饭。

这顿晚餐很丰盛，不知是不是李查德有嘱咐过，鸡鸭鱼肉放了满满一桌子，我和阿弃吃得很香。要干活之前，总得先把肚子填饱。

吃过晚饭，我和他闲聊了几句，就去看书了。阿弃躺在床上闭目养神。他文化程度不高,认字不多,对阅读没太大兴趣。

我读的是讲西洋驱魔史的书,里面不少内容,我都硬背了下来,生怕李查德院长突然将我喊去替冯素玫驱魔。有备无患,熟悉熟悉也好。

时间一晃就到了深夜十二点,我和阿弃趁着夜色,悄悄溜出了职工宿舍。临走前,我将带来疗养院的手电筒、打火机和匕首塞进裤袋。

我提议先去探探那栋儿童区的病房大楼,原因是李查德曾对我们说,儿童病房目前没人,是因为父母不太愿意将孩子送来疗养院治疗,这当然可以解释,不过还是有点刻意,总不见得一个都没有吧?或者说,他们从一开始就不收治儿童病患。为什么呢?这里面容我们遐想的空间还是很大的。如果我是他的话,会把见不得人的事藏在哪里呢?

一定是平日里不许别人踏足的地方。

楼外除了几盏昏暗的路灯能勉强照亮一小块地方,其他区域都被黑暗吞没。夜色下的疗养院十分静谧,偶尔有几声虫鸣。我们俩蹑手蹑脚地寻到儿童病房大楼的门口。拱形的大门被一把铜挂锁锁住了。大铜锁中间有个硬币大小的圆圈,中间刻着"YALE"四个英文字母。

"这是美利坚产的耶鲁铜锁,问题不大。"我对身边的阿弃说道。

"多久能打开?"阿弃绷着脸,不知是因为紧张还是兴奋。

"一霎眼的工夫!"

我从裤兜里取出一根铁丝,插入铜锁的锁孔,根据手指传来的触感,上下搅动,没几下就把这耶鲁铜锁撬开了。

"宝刀不老啊!"

阿弃的表情缓和下来,看来他刚才是怕我对付不了这洋玩意儿。

我笑着道:"我干这行的时候,宣统帝还没退位呢!"

推开大门,宽敞的大堂内一片漆黑,我取出手电,朝前方照去。光源时明时暗,只能照亮前方三四米的距离。这是上海五洲厂制造的手电筒,在国内算是质量上乘的产品,但其电力也极为有限,所以我们的动作必须要快。

我握着手电筒,在四周转了一圈,发现大堂内空荡荡的,连桌椅都没有,墙壁上也是光秃秃的。我左手一侧的角落里纵横着蛛网,地上覆着一层厚厚的灰尘,眼尖的话,还能看见几只死掉的昆虫尸体。扫了一遍这里的环境,我感到有种奇怪的感觉,但一时却说不上来。

眼前的景象更加印证了我此前的观点——此处并非儿童病房大楼,而是一栋建造完成,却没投入使用的大楼。

"这里根本不像是病房。"阿弃也瞧出了问题,"既然不用,为何要造呢?感觉这栋楼很有问题。歇夫,你怎么看?"

"看下去就知道了。"

我举着手电筒,继续往里走去。大堂的尽头是欧式的双排楼梯,通向二楼。我们从右侧的楼梯走上去,由于是木梯,走在上面会发出"嘎吱嘎吱"的响声,在幽静的空间里,这种声音被无限放大,令人感到心里发毛。上楼的时候,我故意用手电的光源找了一下阶梯,发现上面除了灰尘外,还有若干个脚印,看来拜访过此地的,并不只有我和阿弃。

到达二楼,是一条狭长的走道,我们立在走道的中央,走道的左右两边均有不少紧闭的大门。走道的尽头有一扇窗,月光透过玻璃洒进走道,使得此地比大堂的能见度提高不少。

"一人一边,检查看看。记住,尽量不要发出声响,这楼里可能还有人。"

"可你只带了一个手电筒啊!"阿弃双手一摊。

"我早有准备,接着!"我从口袋中取出一只法国产的煤油打火机，朝他丢了过去。

阿弃接住，大拇指一搓，火苗就蹿起来了。不过他似乎还是不太满意，觊觎着我手里的手电筒。"我能和你换一换吗？这玩意儿光源太小了，看不清东西。"

"你是年轻人，视力比我好。"我转身朝右边的走道走去，把背影留给了他。

来到第一扇门前，门板上的木漆都被灰尘覆盖着，依稀能看出原本的颜色。我轻轻转动门球，发现门没锁，门轴发出一阵尖涩的摩擦音。门被打开了，屋里的画面印入我的眼中。

这是一个不大的房间，有一扇窗，里面依旧没有桌椅，也没有别的家具，就是一间正正方方的空屋。我小心翼翼地走了进去，暂时关掉了手电，借着窗外的光线环视四周。墙壁上有些斑驳，有的地方还打了孔。再看地面，靠墙的附近有四个银元大小的黑点，呈长方形。看来这里曾经放置过一张床，墙壁上也挂过框，但是有人将这里的一切都转移了。我抬起头，发现墙顶也有些开裂，几块白色的墙皮掉在地上，和灰尘融为一体。

我退出房间，继续往前走。第二个房间与第一个相同，都没上锁，也都空空如也，唯一的区别是除了靠墙的位置有放置过床的痕迹外，靠窗的地方还有放桌子残留的痕迹。接下去第三、第四个房间，全是如此的空屋，桌子和床的痕迹也大差不差。

右侧走廊的房间逐个巡视完毕，没有什么发现，我又回到了原处，等待阿弃一起上三楼。

我等了许久，一直没见到阿弃出现。算上我巡视的时间，他已去了足足三刻钟，即便是爬，也该爬回来了，难不成出了意外？

想到此处，我心里咯噔一下。如果阿弃遇到了危险，何以一点声息也没有？以他的身手，普通人三四个都难以近身，除非……

我不敢想下去，立刻打开手电，快步走向左侧沉寂的走廊。

狭长的走道里回荡着我的脚步声，我几乎能听见自己的呼吸，却一点也感受不到人气。

我不敢高声呼喊阿弃的名字，我也不能这么做，这样会让我们同时陷入危险之中。或许我们进入这栋大楼时，就已经被人盯上了。又或者，盯上我们的"东西"并不是人。我眼前仿佛出现了冯素玫被附魔时的样子。

我突然觉得好笑，身为一个唯物主义者，我为何会有这种奇怪的念头？

然后，一种近乎生理性的恐惧感油然而生，同时也夹杂着些许兴奋。这种兴奋感，是我闯荡江湖数十年来所赖以生存的法宝。越是在这般危险的境地，这种兴奋感就越甚。从科学上讲，就是一种叫"肾上腺素"的激素，让我的五感变得极其敏锐。

推开第一扇门，空荡荡的房间。

第二扇门，同样是一无所有，没有发现阿弃的影子。

待我推开走廊尽头最后一扇门之后，我也没见到他。

走道里那一排被我推开的大门，犹如一张张吞噬万物的恶魔之口，等待着祭品送上门。

阿弃确实不见了！

我们曾携手经历过不少惊险的行动，却从未发生过这种情况。阿弃年轻气盛，时常会做一些出格的事情，但在执行任务时，他绝不会和我开这种玩笑。眼下只有一种可能性，此时的他已失去了与我联络的能力。那么，究竟是什么人，将阿弃带走了呢？更可怕的是，要悄无声息地把他带走，扪心自问，我也做不到。

正当我一筹莫展之时，忽然听见一阵小儿的啼哭声！

在这冷清空寂的走廊里，这啼哭声显得十分诡异。那哭声持续了几秒便止，四下里又恢复了寂静。那记哭声入耳清脆，甚至可以用响亮来形容，我绝对不会听错。

纵然我经历了那么多险象环生的冒险，也被这小儿的啼哭声惊出一身冷汗！

等我缓过神来，闻声辨位，发现这哭声是从楼上传来的。

我立刻举起手电，快步跑上三楼。除了心系阿弃的安危之外，我更好奇三楼里藏了什么，会不会是李查德院长偷偷将孩子藏在这栋废弃的病房大楼里，如果是，那他的目的又是什么？这和今天我所遇到的疯女人有没有关联？

刹那之间，无数个疑问涌上我的心头，使我心神不宁。

上楼梯之时，我感到光线越来越暗，这不是手电筒的问题，而是整体环境委实比二楼暗了不少，直到我到达三层，我才明白原因。

眼前的景象令我感到震惊。

三楼走道的两边，竖起了两堵"木墙"，每堵"木墙"均由数块零碎的木板拼接而成。由于木板的存在，以致两头窗户的光源无法射入走廊，自然也看不见走廊里的房间。这些木板上除了灰尘外，还覆了不少蛛网，想来是有些时日了。如果是这样，说明木板没人动过，三楼就不可能有人，那小儿的啼哭声又是从哪里传来的？阿弃又被掳去了哪里？

我上前推了推左侧走廊的木板，纹丝不动，完全不像刚安上去的。

整件事越发古怪，显然已脱离了我的掌控。

必须撞开这堵木墙，去后面的房间看看。为了找出这栋病房大楼的真相，我已顾不得那么多了。下定决心后，我抬起腿，猛然蹬向木板。我使出了七八分力道，踢在木板上，只听"咔嚓"一声巨响，那木板生生裂开了一道口子，木屑伴着灰尘扬起，同时一股刺鼻的怪味从木板裂口处朝我扑来。我用手将面前的怪味与灰尘挥散，定睛朝前看去。

　　那道口子还不足以让我整个人进入，只得伸手将边上那些摇摇欲坠的木板扯下来。好不容易才捣鼓出一个进口，来不及考虑，我便侧过身子，钻了进去。

　　木墙后的走廊，完全被黑暗吞没，什么都看不见，望去尽是一片虚无。恐怕连尽头的窗户都被木板钉住了，没有一丁点光线。

　　我将手电筒往里探，一缕光线射入狭长的暗廊，无数灰尘扬在空中，在光柱中显得尤为明显。就在这时，更奇怪的事情出现了。

　　不论手电的灯光照向何处，均是黑色，墙上、地上，甚至连门上，都像被人泼了墨一般。

　　过了好一会儿，我才反应过来，这里应该发生过一场火灾！

　　也只有火灾的现场，才会出现眼前这如地狱般的景象。

　　这层楼的格局与二楼相近，两侧都有房间。我推开第一个房间，发现与二楼的不同之处在于，这边家具都还在，只是大多都被烈火焚烧得破败不堪了，木质的家具只剩下半具残壳，金属材质的则全都变成了黑色，部分还变了形。

　　我注意到其中有一个大房间，放置着许多张钢丝床，大多数已被焚烧得只剩一个床架。这些床的尺寸比普通床略小，一看就是给儿童睡的。

　　窗台边上，还有一些未被完全烧毁的儿童杂志，我拿起翻了几页，是民国二十一年由儿童书局出版的《儿童》杂志，另外一本是同年商务印书馆出版的《儿童画报》。大慈善家马正因就是在这一年正式接手慈恩疗养院的，不久后就发生了这场火灾。

　　我将杂志残本放回原处，离开房间，沿着走廊继续朝前走。

　　连探了好几个房间，我几乎可以确定，这一层之前所住的都是孩子，有四五岁的幼儿，也有十一二岁的少年。

此时，一幅惨烈的画面，渐渐在我脑海中浮现出来。

熊熊燃烧的烈焰，在病房里燃烧，火舌无情地吞食着这里的孩子，十来岁的孩子尚有能力冲下楼梯，可那些幼儿却只会待在原地哭泣，寄希望于父母来救他们。火势蔓延的速度惊人，浓烟呛得他们连哭都哭不出声来，短短几分钟，不少孩子已被浓烟憋死，他们还算幸运的，最惨的还是那些清醒着，却被活活烧死的幼儿……

我长叹一声，心情十分沉重。

此时我终于明白，为何儿童病房大楼没有病人。

我错了，本以为是还未投入使用的病房大楼，其实已经使用过，但是因为发生了某些惨剧，从而被封存了起来。并不是因为孩子不会患上精神疾病，而是这里曾发生过如此严重的事故。按理说，若是发生了这样规模的灾难，受害者又是孩童，报纸应该报道过才对，何以我一点印象也没有呢？难道是我疏忽了？

这件事必须得让孟胖子去调查一下。

火灾的事先放一放，眼下最重要的，还是先找到阿弃。

巡视完左侧的走廊房间，我又砸开了右侧的木墙，进去探查。

手电筒的光线变暗，说明电力支撑不了多久，我必须加快速度。接下去的巡房变得十分粗暴，每推开一扇门，就用手电往里面扫射，光源探遍各个角落，发现没人，就进入下一个房间。结果就是，这边也没有找到阿弃。

他像是人间蒸发了一样。

三楼已是最高的一层，再往上就是屋顶了。我思来想去，唯有一种可能，就是阿弃在探查房间的时候，遭人暗算，再从我眼皮子底下，被偷偷带出了这栋病房大楼。不论哪种情况，阿弃这番怕是凶多吉少。

我忽然有些后悔将他带来这里。

这时，手电筒的光线猛地一闪，忽地熄灭了。四周瞬间被黑暗包裹起来。看来筒内电池的电量已经耗尽。没了光源，我只能先行离开这里，待装置好备用电池，再来这里寻找阿弃的踪迹。以往的经验告诉我，眼下的境遇再困难，也不能慌乱，要保持冷静的头脑。

我像个盲人般，用手摸索着下了二楼，不敢走得太快。幸而光线比三楼充足了不少，借着月光，还能依稀辨清走廊和楼梯的位置。

就在我踩着木梯缓缓下楼时，三楼又传来了小儿的哭声。

阿弃神秘失踪，生死未卜，令我心神大乱，此时又听见这诡异的哭声，一时间令我失去了判断力，究竟是有人故意恶作剧，还是这栋楼"不干净"？如果有人，他藏身于何处？明明每个房间我都检查过一遍，别说人，就连一只老鼠都找不到。

这栋病房大楼没有任何"活物"。

下到一楼，哭声忽然停住了，我也同时停住了脚步，侧耳聆听。四周果然又恢复了寂静。寂静得仿佛能听见空气流动的声音，这种极致的静，让刚才的哭声如梦如幻，甚至令我怀疑自己的耳朵出了问题。

我已不想再在此处多待一秒，赶忙往大门口走去。

走到门口，我伸手抓住把手，往内一拉，大门被我扯了一下，响起一阵金属摩擦声，但门并没有打开。一见此景，我不由得暗暗叫苦。从门缝中可以看出，这栋大楼被人从门外锁住了。那把被我撬开的耶鲁铜锁，此刻正挂在门上。

有人故意把我困在这里。从门外撬锁容易，从门内可就难了。我若是来硬的，将这扇木门砸开，虽不是什么难事，但难免会惊动别人。如果李查德发现我半夜潜入这边，后续的工作可就难了。我想，也许是有人将阿弃掳走之后，顺手将大门上了锁。

面对如此狼狈的境地，我突然苦笑起来。

名震上海滩的堂堂侠盗罗苹，今日竟然会栽在一栋破楼上。这事要是传出去，被江湖上的兄弟们听见，怕是要笑掉大牙。我时常教导阿弃，执行任何任务，都不能轻敌，这是大忌。行动之前，必须要做好完全的准备，计划也要备足，以防意外发生。

这次怪我太轻敌！

掳走阿弃、将我困在此地的人，真是神通广大。他在暗，我在明，我的行动他了若指掌，可就连他是谁，我都搞不明白。

事情变得越来越有趣了。

鸟尊喋血记（三）

白沉勇感到面孔有点痒，他睁开眼，发现刘小姐正目不转睛地盯着他看。她弯着腰，脸凑得很近，头发都垂到了白沉勇的脸上。见他醒来，刘小姐才站直了腰，双手环抱胸前，一脸幸灾乐祸地说："我还以为你死了呢。"

"不好意思，让你失望了。"

说完，他环视一圈，发现自己正躺在侦探社的沙发上，浑身的骨头像是要散架一般。他勉强撑起身子，从面前的茶几上取来银质烟盒，敲出一支烟。可还未等他将烟塞进嘴里，就被刘小姐劈手抢过。他抬起头，表情茫然。

"你照照镜子，看看自己现在啥样子！还吃香烟？"刘小姐气鼓鼓地说。

白沉勇转过头，墙边正好有面落地镜。镜子里的他，眼角裂开了一道口子，眼皮泛青，嘴边肿了一大块。身上的白衬衫血迹斑驳，领子已被扯破。他如果就这样走在马路上，和路边讨饭的流浪汉没有区别。

"不是蛮好的嘛。"白沉勇趁刘小姐不备，一把夺过香烟，叼在嘴边。

由于嘴边软组织受到了损伤，他感到一阵刺痛。

"我给你倒一杯华福麦乳精驱驱寒。"刘小姐用金属勺子撬开一罐圆罐头的盖子，挖了两勺放在杯子里，"你最结棍①！最了不起！我也搞不懂了，为啥你每天都要打架？没事情硬要找点事情，对吧？"

"好啦，每次都这几句话，耳朵都要听出老茧了。"

刘小姐用热水瓶里的开水冲好一杯又黑又浓的麦乳精，端到他面前。

"对了，昨天我是怎么回侦探社的，你知道吗？我一点印象也没有。"白沉勇伸出手，绕开杯子，拿起茶几上的煤油打火机，点燃了烟。

"是那个邵探长送你回来的。"

"邵大龙？"白沉勇吐出一口烟，"怎么是他？"

"他说有个女人打电话给他，说你躺在老城厢，半死不活，让他去救你。他接了电话就赶过去了，发现你正在昏迷。然后他就联系了我，一起把你带回这里。不说还好，一说到这桩事情我就来气，打架打架，你什么时候死外面就好了。"

白沉勇知道刘小姐说的是反话，笑着道："我死了，你怎么办？"

刘小姐双手叉在腰间："要你管？你死了，我大不了重新回医院当护士。在侦探社上班，每天都要帮你擦屁股，搞不好还要被黑帮威胁，有啥好的？再讲了，你钞票给得又不多。"

"好好好，回头给你涨工资，好了吧？你要几钿，自己讲。"白沉勇苦笑，有时候他真不知道，究竟谁才是这里的老板。

"怎么？阿是嫌我烦？我还没嫌你事多呢。昨天你不在社里，人

---

① 结棍，上海方言，意为厉害。

家沈小姐还特为寻过来了呢！还问我，白先生在伐？"

"谁是沈小姐？"白沉勇莫名其妙。

"好嘞，真来事！约人家七点钟去洋人街①吃咖啡，结果自己忘得一干二净。老板，我有时候阿蛮佩服你的，外面小姑娘么要搭讪的，放么不把人家放心上的。你这种花花公子啊，活该当光棍，以后老了，没人要你！"

经刘小姐这么一提醒，白沉勇这才想起的确是自己爽约了。

"也没办法，巡捕房的邵探长寻我做事，难不成拒绝吗？做生意要紧，咖啡可以下趟再吃嘛。她来之后，你怎么帮她讲的？"

"我叫她以后别来了，每天都来一堆女的，我赶都赶不走！"

"你哪能瞎三话四②？"

"我这是搞搞你路子，让你晓得，不三不四的女人少往侦探社带，除非你把我开掉，否则下趟我还这么讲。"

刘小姐得意扬扬，脸上挂着一副"你能拿我怎么办"的表情。

白沉勇对她没辙，双手一摊，表示投降。

"对了，有桩事体要拖你去办一下。帮我去查一个人，应该是个作家。对了，你不是很爱看侦探小说吗？有个叫孙了红的小说家，你认识不认识？"

刘小姐点点头："当然认得！他的'侠盗鲁平奇案'很有名的！"

"我要和这个人见个面。你查一下他的小说刊登在哪儿，联系一下。"

"好吧，不过我至多联系到出版社，至于他们会不会给小说家的联系方式，那还不好说。"

"这有啥难的，你打电话过去，就说是他的书迷，想给他寄信，苦于没有地址，问问出版社能不能行个方便。"

---

① 这里指前文的"西摩路"，今陕西北路。
② 瞎三话四，吴语词汇，意指无根据的推测，不符事实的言论。

"是啊,不难,不难你为啥自己不打?"

"我是个男的,他没兴趣见我。男性小说家通常对女读者更有兴趣,你提出的要求,他不会拒绝,异性相吸嘛!"

"谬论!"

刘小姐嘴上虽然这么骂,但白沉勇托她办的事情,没有一件怠慢的。这也是她为何能够胜任侦探秘书的原因。

她离开办公室后,白沉勇躺在沙发上,慢吞吞抽了一口烟,向空际一喷,吐成一个灰白色的烟圈。他站起身,拿起刘小姐给他冲的麦乳精,把又黑又浓的热饮尽数倒进了窗台上的花盆里。随后,他来到玻璃柜前,拿起一瓶尊尼获加黑牌威士忌,给自己倒了一小杯。

半杯烈酒下肚,他脸上微微泛红。突然,他像是记起了什么,便走到留声机前,掀开盖子,放入一张粗纹唱片。过不多时,*King Porter Stomp*(《波特国王的踩脚舞曲》)的音乐从留声机中流淌出来,充盈了整个房间。白沉勇眯着眼,跟着曲子哼唱,脚步也轻盈起来。

他嘴上叼着烟,一手提着酒瓶,一手握着酒杯,重新躺回了沙发上。

没人打扰,这才是属于他的快乐时间。

喝了几杯威士忌后,白沉勇开始回想昨晚发生的事。

把邵大龙叫去老城厢的,应该就是昨天那位神秘女子。因为煤气灯太暗,照不清女人的脸庞,白沉勇唯一的印象就是女子外侧脚踝上的文身。像她这样的身手,绝不是寻常女子,如果他想要好好查,还是可以查到的。

白沉勇拿起办公室的电话,就给邵大龙所在的巡捕房打了过去。

接线成功,听筒那头传来邵大龙的声音。

"她脚踝上有个黄莺的文身。"白沉勇也不废话,直奔主题,"告诉我你想到了谁?"

"你确定?"邵大龙的声音显得有些犹豫。

"把你知道的告诉我。"

"好吧,我真希望你遇到的人不是她。这女人是个麻烦。但整个上海滩除了她之外,没人会在脚踝上文一只黄莺鸟。"

白沉勇仿佛能看见邵大龙在电话那头用滑稽的姿势挠着头。

"那我更想知道她是谁了。"

"那女人名叫黄瑛,也是个大盗。不过与罗苹不同,她专劫赌场。"

"有这种事?"

"你也知道,眼下的上海赌博成风,都是洋人带来的玩意儿,害得多少人家破人亡。"

当时的上海赌场,大部分都是有问题的。赌台上的骰子都被灌了铅,轮盘赌的赌具下面放有吸铁石,这都是常规操作。假设有赌客赢了钱,也会被赌场的人跟踪,轻则"剥猪猡"①,吃几记耳光,重则丢吴淞口"种荷花"②。这些赌场每个月还会贿赂巡捕房及会审公堂的职员,从几十到几百。然后还会安排他们来"捉赌",被捉的赌客要交几百的保释费才可以放人,这其实都是赌场老板和巡捕房联手布下的圈套。

邵大龙继续道:"所以她劫掉那些赌场,把钱还给百姓,也算是在做善事吧。当然啦,从我的角度来讲,她的这些行为也是犯罪,是不被允许的。"

"她的真实身份你们知道吗?"

"不晓得。和罗苹一样,她极少现身。上海滩那么多大佬,从事赌博业的,哪个不想要她的命?上海的赌鬼都晓得,如果在场子里看到'黄莺',这家赌场就要倒霉了。"

---

① 旧时上海盗匪抢劫行人,将受害人身上衣服也抢去,谓之"剥猪猡"。
② 旧上海溺人于水,谓之"种荷花"。

"她说也要找罗苹,还让我去找一位姓孙的小说家。"

"她找罗苹有啥事?"

"想不通。我姑且就顺着她给的线索查查看,如果有眉目,我再和你联系。"

挂掉电话,办公室的门就被推开了。刘小姐笑吟吟地走进来。

"搞定了?"白沉勇问她。

"我查到孙了红在《新上海》杂志上连载了一部名为《人造雷》的中篇小说,正巧手边有一期,丁是查了他们杂志社的联系方式,打电话过去,一位姓黄的编辑接的电话。我吹牛皮说自己是孙了红先生的忠实读者,想要与他面对面交流一下对侦探小说的看法,不知能否提供他的联系方式给我。杂志社的编辑起初并不愿意,觉得从没有这种先例,后来实在没办法,我就对他发嗲,求了半天,他终于还是松了口。"

"我说的吧,异性相吸。"

"去你的!你应该夸我会说话,头脑灵光!这位编辑告诉我,联系方式属于个人隐私,这是万万不能给的。不过呢,明天夜里七点半,孙了红先生会出席在陶尔斐司路[①]一家书店的研讨会。他们这个研讨会,参与者均是'中华侦探小说会'的成员,有小说家,有编剧,有评论家,还有电影导演呢。而且,这家书店特别有意思,是一家卖侦探小说为主的书店。世界各地的侦探小说,店里都有售卖。"

"上海还有这种书店?叫啥名字?"白沉勇有点好奇。

"孤岛书店。"刘小姐略带兴奋地道,"听说我喜欢的大导演徐欣夫也会出席。"

"徐欣夫是谁?"

[①] 今黄浦区南昌路。

"旧年电影院放的《盐潮》就是他执导的作品，还有大明星胡蝶演的《美人心》，也是他拍的。据说他近期对侦探小说十分痴迷，读了不少这类小说，想趁热打铁，多拍几部侦探片，听说其中有一部是'中国大侦探陈查礼'[①]回国探案的故事！所以，他这次也会参加研讨会，为的就是向其余几位侦探小说家请教。"

"陈查礼我知道。"白沉勇平时去电影院的次数很少，所以刘小姐说的那几个名字，他听都没听说过，倒是对"陈查礼"这个侦探角色有所耳闻，"不过我不喜欢陈查礼这个人物。"

刘小姐一副似笑非笑的表情，眉毛皱成了八字。

"为什么？"

"故事里的陈查礼走路像个女人，脸像个婴儿一样肥胖，说起话来温文尔雅，永远彬彬有礼，这样的中国男人对西方男性构不成挑战，毫无威胁，这才是他们所能接受的——不能有阳刚的一面。对他们来说，那代表攻击性。还有，陈查礼喜欢说一些警句，包括孔夫子的名言，但这些名言我很怀疑是作者自己编造的。这完全是美国人想象中的中国人形象，不是真实的。他的外貌虽然是中国人，但内里确是百分百的美国人。"白沉勇解释道。

"我觉得这些话你可以当面讲给徐欣夫听。"

"那岂不是得罪他了，要不你替我转达？"

"所以，你想带我一起去？"刘小姐欢快地问道。

"不行。"白沉勇摇头。

"为啥不行？你出任务从来不带我，没劲！"

[①] 陈查礼（Charlie Chan），现今一般译为"陈查理"，美国作家厄尔·德尔·比格斯（Earl Derr Biggers，旧译欧尔特·毕格斯）笔下的著名华人侦探形象。1939年起，上海中央书店曾陆续出版发行由程小青等人翻译的"陈查礼侦探案全集"（六册），包括：《幕后秘密》《百乐门血案》《夜光表》《歌女之死》《黑骆驼》《鹦鹉声》。另据《陈查理传奇：一个华人侦探在美国》（黄运特著，刘大先译，上海文艺出版社，2014年7月）一书"附录2陈查理电影列表"统计，1926—1949年间共有47部陈查理电影问世。

"我是在查案子,不是在玩,而且你是我的秘书,就应该留在侦探社里,替我接待前来委托我办案的主顾们,好了,这件事不用再商量了。"

"哼!"刘小姐气得直跺脚,骂他没良心。

白沉勇任由刘小姐责骂,也不理她,慢慢地将手里那半截香烟在烟灰缸里按灭。

他心里盘算着见到孙了红后,该怎么开口打听罗苹的下落。结果他想了半天,也没个头绪,于是便放弃了思考,想着明天到书店后再想办法,船到桥头自然直。

翌日傍晚,天空突然下起雨来。凡是落雨的天气,侦探社的生意一向不好。白沉勇早早就关了门,带着刘小姐去霞飞路新开业的红房子西菜馆吃饭,权当作为补偿。

两人吃好饭就道了别,刘小姐约了朋友去国泰大戏院看电影。白沉勇撑着伞,独自沿着迈尔西爱路漫步,朝孤岛书店的方向走去。见到阿斯特屈来特公寓后,他转入环龙路笔直走,过了金神父路就到了陶尔斐司路上。圣保罗公寓边上的弄堂走到底,再左转便能看见孤岛书店。到书店时,天色已经很暗了。

书店的店面不大,仿欧式外立面,一半是橱窗,另一半是店门,招牌题着"孤岛书店"四个大字。

白沉勇走近橱窗,看见里面铺陈着一本新智书局出版的《傀儡侦探》,署名"天醉译述"。此外,还有北新书局的《小侦探》,也是今年最新出版的小说。

店内十分明亮,迎面就瞧见一张大书桌,有两位学生模样的女孩正坐着读书,书桌后面,靠墙摆着一排大书架,有一位穿着灰色长衫的老者正在书架前徘徊。白沉勇将雨伞放在门外,踩了几下鞋,然后才踏进去。那老者手里捧着一堆书，又从书架上抽出一本美利坚侦探小说家范达痕的《贝森血案》，端详片刻后，开始高声呼唤老板。

过不多时，从书店深处快步走来一位穿着黑色西服的中年男子。他看上去四十不到，长着一张长脸，鼻梁上架着一副黑色圆框眼镜，人中极长，下巴就显得有点短了。他理得一头干净短发，西装革履，显得整个人文质彬彬。老先生显然认得他，对他说："哎哟，陆先生，你今天怎么在这里？"

戴眼镜的男子说："时先生有事不在，我替他看会儿店。"

老者见白沉勇立在他身后，神色茫然，便指了指戴眼镜的男子，代为引荐道："这位是上海顶有名的小说家，陆澹安先生。"

陌生人的热情令白沉勇有些拘束，他脸上挂着微笑，朝两人点头致意。

陆澹安摆摆手："哪里哪里，就是业余时间，做一点俗文学的创作，不足挂齿。对了，这位老先生，想要寻啥书？"

"喏，就是这套范达痕的侦探小说。"老先生将手里的《贝森血案》递给陆澹安，"这套世界书局刊行的'凡士探案'，还有几本？"

陆澹安道："除了这本之外，应该还有三本，分别是《金丝雀》《姊妹花》《黑棋子》，目前店里只有《金丝雀》，其余两本还未进货，你若是需要的话，待书到了之后再联系你。"

老先生点头："要的，还有啥好书推荐？"

陆澹安道："我推荐英国人奥司登著的《桑狄克侦探案》与张碧梧的《宋悟奇家庭侦探案》，这两本书你可读过？"

老先生摆了摆脑袋："桑狄克这个名字，我有印象。此前《小说世界》杂志上曾刊登过一篇《失去的遗嘱》，也是这位作者写的？我记得叫荓利门。"

陆澹安笑道："是同一位作者，只是译名不同。"

鸟尊喋血记（三） 103

"这本《桑狄克侦探案》和范达痕的小说我要了，不过那位张碧梧先生嘛……"老先生尴尬地笑了笑，"你知道，我不读中国人写的侦探小说。"

"那本我要了。"白沉勇怕陆澹安尴尬，抢着说道。

陆澹安道："好，我这就替两位拿书。"

老先生付了钞票，谢过陆澹安后，就打着伞离开了。白沉勇拿了一本《宋悟奇家庭侦探案》，付了书款。这时，店内的顾客大多都已离开，只剩下他和陆澹安两人。陆澹安见他没有要走的意思，便请他落座，又给他倒了一杯茶，态度十分客气。

陆澹安坐在白沉勇对过，圆框眼镜后面闪着一双充满智慧的眼睛。他指了指白沉勇的头，又指了指书桌，道："帽子可以放在这里。"

"这是我的……"白沉勇伸手拍拍他头上那顶费多拉帽，"这是我的造型。"

陆澹安笑了起来，问道："先生贵姓？"

"免贵姓白。"

"白先生，我猜你不是特为来买书吧？有其他事？"

白沉勇开门见山地说："我打听到书店夜里会办研讨会，我正好有点急事，想寻孙了红先生帮忙，就来此地碰碰运气。这件事主要为了……"

他话刚起头，陆澹安就打断道："此事与我无关，你没必要讲给我听。既然是你托孙兄帮忙，直接与他私下说就可以了。否则的话，我等于听了别人的隐私，那多不好啊。"说完就笑了起来。

白沉勇道："那我今天能不能见到孙先生？"

陆澹安摇摇头："恐怕不行。"

"为啥？"白沉勇不解。

"白先生有所不知，因为今朝落雨，所以'中华侦探小说会'的作品研讨会就取消了。这是我们小说会长久以来的规矩。"

"那孙先生的地址不知方不方便告诉我？我去登门拜访。"

"你这可是为难我了。别说我不知道，知道的话，未经孙兄同意，我也不能告诉你。白先生，你说是不是这个道理？"

"那下次作品研讨会是何时？"

"大约在两个月之后。"

陆澹安的话令白沉勇感到失望。

两个月，对他和邵大龙来说，实在是太久了。他们现在是与时间赛跑，拖上一天，抓到凶手、夺回鸟尊的希望就少一些。

见白沉勇皱着眉头，或许是过意不去，陆澹安便主动与他搭话，聊起关于孙了红的一些故事。他以为白沉勇是孙了红的忠实读者，便想说点孙了红的事给他听，一来满足一下读者对小说作者的好奇心，二来不至于让他白跑一趟。

陆澹安道："如果你将来见了孙兄，恐怕会被他的言行举止吓一跳，到那时你可不要见怪。"

"何出此言？"白沉勇忙问道。

"孙兄因年少蹭蹬，是以中岁后意气消沉，牢骚满腹，觉得茫茫人海，可亲者少，而可仇者多，遂致性情乖僻，与世相遗，不与俗谐。哎，你以后认识他，就会知道了。"

原来孙了红出身很好，生在一个富裕的家庭，家里经营着一个专售外国货的钟表店。据说，来访的顾客都是衣着华贵的老爷太太，来来去去都是有轿车接送的，出手也极为大方。后来因某些原因家道中落，钟表店没了，花园洋房也卖掉了，全家人都搬到火车站旁边的升顺里，后又迁至吴淞，与外祖父同住。他在吴淞住了十年，因兵祸才重新迁回租界。

孙了红起初创作的并非侦探小说，而是一些微型小说，没什么情节,但心理描写却十分细腻。在文坛活跃的初期,他还悄悄参加了杭州兰社的文学活动,兰社是由杭州的文学青年组建的,曾发行过社刊《兰友》,当时兰社成员的文学兴趣偏向通俗文学,不知孙了红对侦探小说引起兴趣,是不是在那个时候。孙了红结婚之后,没过多久,厄运就降临到他的身上。肺病复发期间,他的妻子离他而去。后来,孙了红在文章中写下了原因——两人系自由恋爱结合,后女方不满意孙了红的经济状况,于是离开。婚变之后,孙了红十分痛苦,屡次苦求爱侣回心转意,却未能打动对方。因此,孙了红受到了严重的刺激,精神方面出现了异常。

《小日报》主编冯梦云与孙了红交谈后,判断他因落魄、失恋等原因,神经已完全错乱。此外,孙了红的好友陈蝶衣也对他的精神异常做过记录。综合起来,孙了红精神异常主要有以下症状:其一,异常邋遢,不修边幅。孙了红进入《小日报》报馆时,长衫暗淡如酱油色,发长如蝟,报馆的员工见了,还以为他是小偷。其二,情绪失控,狂躁。孙了红在激愤之时,曾将几万字的小说稿件撕成碎片,抛诸黄浦江,而这书稿亦是他衣食所系。有时候他故意和人争吵,就为了能够和人打一架,陈蝶衣就为此和他动过手。症状三,间歇性失忆与逻辑障碍。他常常会说出一些前言不对后语的句子,时而癫狂,幻想出有人要害他,恐惧地躲藏在床底;时而冷静,把自己当成了他笔下的侠盗,似正在经办某个重大的案件。友人们怕他接受不了现实,常常会哄着他。

"不过这段时间他的精神状态好了不少,大抵是陈蝶衣带他去疗养院看过了名医,吃了治疗精神的药,可是肺病却一直困扰着他,药吃下去也不见效,肺疾顽固得很呢!所以近来我们见他面的次数,也是极少。"

陆澹安话音刚落,书店门外就传来一阵动静,白沉勇转过头去,见走进来四个中年男人。这四人看起来，都是三十来岁，为首的男人穿着青色长衫，剃着一头极薄的圆寸，身形挺拔，双目炯炯有神；他身后三人，一人长着方脸，戴着金边圆框眼镜，身形较为健硕，穿着灰色长衫；一人与陆澹安一样是张长脸，穿着长衫，不同之处是他戴着墨镜，嘴唇略厚，皮肤也较为黝黑一些；另一人西装笔挺，梳了个油光光的包头，面孔有些冷峻，一双剑眉，五官十分立体。

陆澹安一见到他们，立刻起身，上前与他们一一握手，相互寒暄起来。

白沉勇从他们的对话中了解，穿青色长衫的男子名叫程小青，是国内最有名的侦探小说家，后面三人，灰色长衫的方脸男子叫赵苕狂，是国内众多知名通俗期刊的主编，黑色长衫的长脸男子叫张碧梧，正是白沉勇手中那本《宋悟奇家庭侦探案》的作者。最后一位穿着西装梳着包头的高冷男子，便是鼎鼎大名的导演徐欣夫了。

这四人约在法国公园边上的一家苏菜馆子吃饭，本准备用晚餐后一起来书店开会，谁知突然下起雨来。于是赵苕狂便提议，既然来都来了，步行过去也用不了一刻钟，不如去书店坐坐，寻陆兄嘎讪胡①。四人一拍即合，顶着雨就来了。

四人落座之前，陆澹安对他们介绍了白沉勇，说他是来买书的顾客，又对张碧梧道："这位白先生还买了你的书呢！"张碧梧见了大喜，主动替白沉勇签名题字。

"我在此地，不会打扰各位吧？"白沉勇不好意思道。

"不搭界，你愿意坐就坐，愿意逛书店就逛，我们管我们聊。反正今朝也不是正式的研讨会，大家讲对不对？"

程小青说话和态度都很直爽，其余几人也都附和他。

---

① 嘎讪胡，上海方言，意为聊天。

鸟尊喋血记（三） 107

既然主人没下逐客令，白沉勇也就厚着脸皮坐下旁听了。陆澹安给他们沏好了茶，又备了些南瓜子和果干。赵苕狂说这么开心的日子，当浮一大白，陆澹安板起脸说有规定，书店内不得饮酒，又开玩笑说如果书店老板回来，见自家的茶叶和瓜子都没了，千万别说是他拿的。众人听了，哈哈大笑。

闲话叙过，徐欣夫便说明了来意。他说："在座各位都是精通侦探小说创作的方家，眼下我正在创作一个剧本，名字暂叫《翡翠马》，故事想讲一个与毒品有关的谋杀案。此外，我还想拍一部大侦探陈查礼回国探案的电影。所以在写这些侦探剧本之前，想请教各位一些创作方面的技巧。"

张碧梧先开口道："电影剧本我没写过，侦探小说倒是写过几篇，我先谈谈我的看法，如果诸位不同意，随时可以打断我。我以为，做侦探小说必要有曲折奇巧的情节。但这曲折奇巧的情节，岂是容易凭空想得出的？做别种体裁的小说，大概都是做到哪里，想到哪里。譬如要做第三回才想第三回的情节，第四回中是什么情节，并不顾到。等到第三回已经做完，这才用心思想起来，或是继续第三回的情节做下去，或是另外寻一个头绪，这都无不可的。但是做侦探小说绝对不能这样。在刚动笔写的时候，必须把全篇的情节，大概拟个腹稿，然后一层层地写下去，才能前后贯通，有呼有应。因为前面所述，都是后面的根由，后面所述，又都是结束前面的。倘胡乱地写起来，便难免有错误和矛盾的地方。"

徐欣夫带头鼓起掌来："说得好，做侦探小说，在落笔之前，故事所有的走向都得了然于胸，才能做到有呼有应。张碧梧先生这番话，徐某记下来了。"

张碧梧接着道："另外，要做良好的侦探故事，必须善用险笔。"

徐欣夫问道："何为险笔？"

张碧梧解释道："譬如叙述这侦探因侦查贼党，反为贼党所困，身陷险地。或是叙述这侦探用尽了千方百计，仍不能查明贼党的举动，差不多要绝望了，然后再从绝处，辟出一条捷径，而使贼党完全失败。读者读到此等处，才能觉得喜出望外，拍桌叫绝，称为佳作。"

待他说完，程小青对赵苕狂道："雨苍兄，你也来谈一谈吧。"

赵苕狂正在喝茶，突然被点了名，吓得烫了嘴，忙道："对于侦探小说的创作，我知道的也是些皮毛，不过我是编辑，稿子看得倒是不少，就谈谈目前国内侦探小说创作的困境吧。我以为有两点是十分困难的：一是侦探的作品太少，二是读者的责备太多。国内做侦探小说的，不过寥寥数人，并且侦探小说，比别的一般小说，来得费时，来得难做。不要说别人，就是在座几位侦探专门作家，也都视为畏途，轻易不肯落笔。因此一来，侦探的作品就少了起来。作品一少，优秀作品也就难觅了。"

徐欣夫听了，连连点头，说道："国内应当鼓励作家们多做侦探小说，作品数量多了，佳作自然也会多起来。"

赵苕狂继续道："此外，读者对于侦探小说，意见最是缤纷。有的绝对喜创作的，有的绝对喜译作的，有的喜情节热闹的，有的喜思想空灵的。而且一般喜欢侦探小说的读者，比别的读者来得认真。他们对于侦探小说，确是出自心中的喜爱，不肯推板一点。所以你偏于甲方，就来乙方之责备，偏于乙方，就来甲方之谩骂。是以我对徐先生的建议，若想做卖座之电影，须博采众长，不可太走极端，这样甲乙双方才会买账。"

徐欣夫回道："多谢赵先生指教。"

"好了，下一位谁讲？"程小青扫视一圈，见没人自告奋勇，便对低头吃瓜子的陆澹安道，"剑寒兄，你有什么高见？"

陆澹安苦笑道："我没什么高见，还是你来说吧。"

程小青劝道:"这可不行,徐先生大老远来请教你们,当然都要谈一谈。等你们都讲完了,我再讲,好吧?"

陆澹安却之不恭,只得硬着头皮上。他说:"我没什么高见,不过我别个①朋友对侦探小说的观点,倒是可以拿来给徐先生说一说。他们都比我有见地。何朴斋兄也曾经帮我讲过一个故事。有一次,他去大世界闲逛,在中菜室里,忽然看见有一个老人和一个少年对酌。那老人酒量很豪,并且精神矍铄。至于那个少年却成了个反比,不但是神气委顿,又似乎不胜酒力。何兄就借着这一桩事,略为穿插,便写成了一篇《红屋》,后来在《红杂志》主办的"夺标小说"增刊《红屋》里登了出来。所以他认为创作侦探小说的秘诀,可以用测字摊上的招牌'触机'两个字。倘若要写一篇极好的小说,穷思力索,竟有一天也写不出一个字来的时候。有时不须凭空结撰,借由一些事件启发来写,则会事半功倍。"

徐欣夫同意道:"灵感来自生活。"

陆澹安又道:"朱䴉兄曾说过,做我国侦探小说,须要吻合本地风光,万不可全用欧化的举动,以炫新奇。这种侦探小说,弄得不中不西,非驴非马,就是窃人皮毛。"

徐欣夫应道:"同意。不论是电影还是小说,中国人自然要讲中国人的故事。每个民族文化不同,习性不同,案件发生的根由也不同,胡乱借鉴,反而画虎不成反类犬。"

张碧梧故意开玩笑道:"提起这个朱䴉,真是气不打一处来,他说剑寒兄的《李飞侦探案》情节不甚曲折;说雨苍兄有几篇很好,有几篇读了,却莫名其妙;说我译著的侦探小说,长篇没有短篇来得好。唯有《霍桑探案》他大加赞赏,说是文坛中杰出的出品。小青,

---

① 别个,上海方言,意为另外、其他。

110　侠盗的遗产

我怀疑他受了你的贿赂。"

程小青笑道："我要有贿赂他的钞票，不如多来这里买几本小说。"

张碧梧道："好了，该由你发言了，徐先生还等着呢。"

程小青止住笑意，侃侃而谈起来："我所说的建议，仅是我一孔管见，倘有谬误和缺漏的地方，还请徐先生和各位能够匡正赐教，那才合着我们小说会的本旨，实在是我所十二分盼望的。

"侦探小说的结构，我以为可以分作两类，就是动和静的。动的结构，着重布局，处处须用惊奇的笔，构成诡异可骇的局势，譬如绝境待救、黑夜图劫等等，使读者惊心动魄。而且那局势还须随时变换，须得像波浪推逐一般地层层不尽，使读者的眼光应接不暇，然后步步入胜，自然可以有惊喘骇绝的乐趣了。

"静的结构，则在乎'玄秘'二字。作者的能事，除能构成危疑的局势以外，还须随处用逗引掩饰的笔，使读者有推想玩索的余地。那时须注意读者的眼光，教他有清晰明了的见解。文势上似乎使读者见得到底，而篇终结穴，却又奇峰突起，出乎读者的意想之外。同时还须将全篇的疑点，一一归结，使读者所怀的疑团，都有相当而合乎情理的解释。那时真像阴云密布的天空，忽而一阵横风，把云一齐吹散，推出一轮红日，照得四面豁朗。读到这时，就自然而然地要拍案叫绝了。"

徐欣夫问道："像我们这种拍侦探电影的，动和静如何安排会比较合理一些？"

程小青缓缓答道："各有妙处。但按我个人的见解，动的可以使人在一时间兴奋，读完一遍，不容易教人回想再看；静的却有耐人玩索的妙用，一遍既终，更可以覆按一次，细瞧有没有破绽或牵强之处，或是寻究篇中的脉络，伏在哪里，比较的略有深味。譬如瞧一种专靠动作的冒险影片，瞧的时候，未尝不惊心动魄，但瞧过以后，重新再瞧，便觉得没有意味。若论那静悄而以表情见长的影片，那就莫说一遍两遍，即使多瞧几遍，也不容易生厌。不过也要注意，静的作品容易流于枯寂沉闷，使观众觉得莫名其妙。动的作品呢，偶一不慎，往往要越出情理的范围，而犯手忙脚乱的弊病。若是动静两者能够相宜，那是最好不过了。"

徐欣夫听了众位小说家对侦探小说专业的分析与论调，内心大受震撼，因而对侦探故事产生了浓厚的兴趣。他拍摄的《翡翠马》是中国第一部有声侦探电影，此后，他陆续拍摄了如《金刚钻》《兰闺飞尸》《古屋魔影》《美人血》等侦探片，又将"陈查礼探案"的故事背景放在中国，推出了《珍珠衫》《播音台大血案》《陈查礼大破隐身盗》《千里眼》四部电影。此外，他还特别邀请程小青担任编剧，拍摄了《雨夜枪声》这部电影，成为了民国时期当之无愧的侦探电影第一人。

正当小说家与导演激烈讨论时，白沉勇已经没耐性继续听下去了，便起身在书店晃悠起来。看着书架上一排排的侦探小说，他一点儿兴趣也没有。

他可是真正的侦探，真实的侦探可不像小说中的福尔摩斯或斐洛凡士那样，坐在安乐椅上破案。侦探应该更像一个男人，而不是絮絮叨叨卖弄智慧的娘娘腔。传统的侦探小说早就到了该革命的时候。他心想，在座的作家们早就应该放弃玩弄智慧游戏，理当着眼于现实。谋杀案多发生在穷街陋巷，而不是高贵的洋房别墅。所以，大导演徐欣夫应该请教请教他才对，这样拍出来的电影才会更有质感。

白沉勇止步在西文侦探小说的书架前，看见了一本名叫 *The Maltese Faclon*（《马耳他之鹰》）的小说。封面上的黑鹰引起了他的兴趣，令他想起了正在寻找的子乍弄鸟尊。他拿起这本书，翻阅了一下，然后将其塞回书架。位于西文侦探小说书架的角落，另有一排科学小说、理想小说一类的新小说，白沉勇抽出一本《新法螺先生谭》，发现讲的是一个地下冒险的故事。他还看到有毕倚虹的《未来之上海》和陆士谔的《绘图新中国》，拿起来随手翻了翻，便心不在焉起来。

目光右移，他忽然瞧见书架边的矮柜上，有一册黑色皮革记事本。记事本上写着"中华侦探小说会名录"的字样。白沉勇悄悄回过头，发现陆澹安正在发言，其余人都在凝神静听，根本没人注意到他。于是，他悄悄地拿起皮革记事本，偷偷翻开。

记事本里详细记录了入会会员的资料。刘半农、周瘦鹃、徐卓呆、王天恨、胡寄尘、俞天愤、赵芝岩、包天笑、陆澹安、张舍我、俞慕古、何朴斋、范烟桥、沈知方、柳村任、时宜……白沉勇的手指扫过一个个名字，这些名字后面均有详细的入会时间及作品发表目录，令他惊喜的是，每个会员的住宅地址都有填写，大抵是用来寄送杂志书籍所用。

他继续看了下去，连翻几页，终于找到了"孙了红"的名字。

东棋盘街二十六号。

白沉勇合上皮革记事本，将其放回原处。他回过头，作家们并没有发现白沉勇的行为，正在热烈讨论关于毕格斯笔下的陈查礼要如何才能中国化的问题。于是，白沉勇趁机向众人告了别，揣着那本《宋悟奇家庭侦探案》离开了孤岛书店。

门外暴雨如注，豆大的雨滴落在伞上，噼噼啪啪响个不停。走到霞飞路上，马路上一辆转弯的有轨电车发出叮叮当当的声音。下雨天招不到黄包车，白沉勇看了一眼手表，准备坐电车去东棋盘街。他先从霞飞路上二路电车，到得黄浦滩路后，再换八路电车，在外白渡桥下车，步行去东棋盘街。

尽管下着大雨，街边还是站着不少撑着雨伞的妓女，她们向白沉勇招手，叫他过去。其中一个对他喊道："一趟两块，过夜七块。"

这些人都是些钉棚娼妓，从前在香粉弄，现在移到了东棋盘街。所谓钉棚娼妓，是最下等的妓女。那为何叫"钉棚"呢？盖因下等社会的人，将行淫比作"打钉子"，故得此名。她们中大部分都是被高等妓院开除的，有的是因为年老色衰，也有的是全身遍发梅毒，总之被龟公鸨母嫌弃，转卖到了钉棚。

其中一个妓女见白沉勇瞥了她一眼，连忙上前拖住他的手，笑着朝弄堂里拉扯。

那妓女身上的劣质香水气味，熏得白沉勇心中不悦。他恼道："放手！再不放手，我就不客气了！"

妓女咧嘴一笑，露出一口黄牙："我就喜欢不客气的！"

在马路上与娼妓拖拖拽拽，实在不雅观，白沉勇只得服输，对她道："你先放开我，我给你钱，行不行？"

妓女哪肯松手，摊开了另一只手要钱。白沉勇从兜里取出两块给她，妓女这才撒手，临走还嗤笑他蠢人。那妓女走到原处时，白沉勇见她身边还站着个五六岁的男孩。男孩衣衫褴褛，赤着脚站在地上，雨水打在他的头顶也不在意，专心吃着脏兮兮的小手指。妓女拿着白沉勇给她的钱，欢天喜地走到男孩边上，说："再忍一忍啊，待会儿妈妈就带你去买吃的。"说着捧起男孩的脸香了一口。

白沉勇别过头，不再去看她们母子。

又朝前走了五分钟，终于让白沉勇寻到了东棋盘街二十六号地址。那里是个石库门里弄，走进弄堂发现有好几栋小楼。这时，正巧有位四十来岁、穿着长衫马褂的男人出来倒马桶，他见白沉勇立在那边，四处张望，于是便问道："侬寻啥人？"

白沉勇微笑道："请问孙了红先生住在哪里？"

男人见他穿得体面，手里还捧着一本书，便问道："你阿是他的编辑？"

白沉勇既不否认,也不承认,就冲着他笑。

男人一手拎着马桶,另一只手指了指身后的房子,对他道:"喏,孙先生住了此地,两楼亭子间。可惜侬今朝来了不巧,他有交关①辰光没归来了。"

"几天没回来你晓得吗?"

"大概有两天了吧?我记得大前天出门买菜,还看到过他。"

"他以前经常这样吗?"

"这倒没有。老早再晚阿会归来此地,夜里厢一两点钟我都看到过。最近阿不晓得哪能回事体,人就消失了。反正我阿不是他房东,去哪里帮我阿么的关系。"

"好的,多谢了。"

男人走后,白沉勇进了那栋房子的前门,蹑手蹑脚地过了天井,趁没人注意,快步穿过客堂,走上了楼梯。到了亭子间门口,他装出一副敲门的模样,见楼道里没人,便拿手紧紧握住门球,肩膀猛地用力一撞,一阵木料撕裂的脆声响起,门被生生顶出一条缝。白沉勇整个人钻了进去。他进屋之后,反手关上了门。

亭子间可以说是石库门房子里最差的房间,位于灶披间上,晒台之下,高约两米,面积六到七平方米左右,朝向北面,老早是用来堆放杂物的。

白沉勇环视房间,大小不过八平方米左右,屋里整齐摆放着一张写字台、一张木椅、一张单人床,墙上的佛龛中供奉着一尊佛像,佛像边上贴着一副对联,题着"无子万事足,有病一身轻"十个大字。写字台的桌面上堆满了稿纸,钢笔、眼镜、墨水瓶随意地摆放在上面。稿纸边上还有一些旧的日历纸和香烟壳,上面空白处,都密密麻

---

① 交关,上海方言,意为很多、许多。

麻写满了字。屋子里没有书架，就在空地上堆满了书，其中有侦探小说，也有各类杂志。白沉勇心想，这作家的生活还真是拮据，租这么小的房间。

二十世纪三十年代，有许多年轻的知识分子来上海谋生，由于价格便宜，亭子间往往是首选。这群知识分子也被冠上了"亭子间文人"的称呼。在当时，这种幺二角落的亭子间，租金也不便宜。"一·二八事变"后，原本七到八元的租金，一夜之间涨到了二十元。即便如此，只要招租广告贴出去，往往糨糊还没有干，就有租客上门了。

房间就这么大，白沉勇转了几圈，发现除了一些小说手稿外，就只剩书籍，没有值得留意的东西。他拿起桌上的稿纸看了一眼，上面写着一行字：

我们愿意在这个肮脏不堪的世界上，尽情地歇斯底里一下，愿意随便哭、随便笑。我们愿意在这纯情感下，赤裸裸地生活。

翻过稿纸，背面还记着密密麻麻的字：

我一生孤苦，无人眷注，如同一只野猫，日日活在呕血呻楚之中。在生活上，父母憎我，见到我写的《侠盗鲁平奇案》便摇头痛骂，说写得劳什子的侦探小说，真是没有出息；在感情上，爱人弃我，在我病得昏沉不知人事的时候，她为谋取自己的幸福，我万不能因着我片面的爱，阻止她走那幸福的路；在事业上，我所写的东西，只是一种十字街头的连环图画，尽我最大的努力，只能做到让人看懂听懂，借以破睡。至于"作家"两字，在我脸部神经纤维的组织还不够密度时，我只好忍痛割爱而谨敬奉璧。我希望在我死的时候，不要麻烦任何人，甚至死在何年何月，葬在何处何地，都别叫人知道才好。

白沉勇放下稿纸，环顾四周。他感到有点奇怪，总觉得这间屋子缺了点什么。

孙了红到底去了哪里？为什么两天没有回家？他的失踪，会不会和江慎独的死有关呢？又或者因厌世而寻了短见？毕竟刚才稿纸上那些文字，非伤心至极的人绝对写不出来。无数个疑点浮现出来，使得白沉勇头昏脑涨。

忽然之间，他大叫一声，呆在原地。过了几秒，白沉勇立刻冲下楼去，快步跑出石库门，来到马路上，左右张望。路上没有行人，雨势越来越大，像是在冲洗着肮脏的街道。他立在暴雨中，伞和书都忘在了亭子间里。

白沉勇带着失望的心情回到侦探社，房间里灯亮着，他以为刘小姐看完电影回来了，谁知推开门才发现，坐在办公室等待他的人竟是巡捕房的探长邵大龙。

"你怎么才回来？"邵大龙用略带责难的眼神看着他，"我有事找你商量。"

"什么事？"白沉勇将湿哒哒的西装脱下，一只手解领带，另一只手空出来，去拿桌上的洋酒。他拿起酒瓶，不用杯子，而是直接对嘴喝了一口。

邵大龙注意到他的异常，惊呼道："要死！你怎么像刚掉进海里一样，外面雨那么大，你竟然不带雨伞？"

白沉勇将酒瓶狠狠砸在桌上，万分懊悔地道："我刚才被人耍了。"

"怎么回事？"

为了配合白沉勇的情绪，邵大龙很自觉地从沙发上站了起来。

"我搞到了作家孙了红的地址，住在东棋盘街。因为他和罗苹是至交好友，所以我想他应该知道罗苹的下落，所以我就去了那儿。到了那边，有个中年男人正好要去倒马桶，他告诉我，孙了红住二楼亭子间，但是有两天没回家了。我心想，反正来都来了，去看看也好，就上去了，结果扑了个空。"说完，白沉勇又喝了一口烈酒。

"所以你认为，孙了红的失踪和江慎独的案子有关？"

"没错，起初我就是在思考这个问题，直到我想起了一件事。"白沉勇盯着邵大龙的眼睛，一字字道，"现在是夜里，谁他妈会半夜里去倒马桶？谁他妈会穿着马褂去倒马桶？"

那时的石库门里弄，并没有厕所，家家户户用的都是木质马桶。一般来说，马桶是放在内间使用的，但是白沉勇在亭子间里并没有发现马桶，这是其一。其次，在这种弄堂里倒马桶，只会在早上。通常在凌晨四五点钟，收粪工才会推着粪车摇着铃铛来收粪，因为在八点之后，收粪的工作是不被允许的。这些粪便收集起来后，会被运到十六铺、淮安路、打浦桥、曹家渡等苏州河边的粪码头，用粪船送到郊县的农村作肥料。

"你……你是说拎着马桶的男人，可能和孙了红的失踪有关？"邵大龙这才听明白。

"大有关系，很可能是先我一步来到亭子间的人。他从窗台见我在里弄里鬼鬼祟祟，便拎了马桶下楼，而马桶只是为了迷惑我的工具。后来，他从我口中得知我也来寻孙了红，便吹了个牛皮，先行开溜了。"白沉勇说到此处，顿了顿，又想起一件事来，"对了，写字台上还有眼镜，如果孙了红是自己走的，那他为什么不戴上眼镜？必然是走得极为匆忙，来不及把眼镜带上，甚至……"

"甚至是绑架？！"邵大龙将白沉勇未能说出的话，讲了出来。

白沉勇愤愤道:"早知如此,我就该将那男人拦下,问个清楚!唉!"

"他们既然绑架了孙了红,何以再次回到亭子间呢?还有,绑架孙了红的,又是些什么人?他们和江慎独的死有关吗?"邵大龙又问。

白沉勇坐回扶手椅上,颓然道:"不晓得。目前知道罗苹下落的人,唯有孙了红,这帮人绑架他,也很可能是为了逼罗苹现身。他们回到亭子间,可能是在寻找什么,具体是啥,我暂时也没有头绪。"

他内心极度懊悔,原本以为离找到罗苹,只有一步之遥。仅因一时的疏忽,现在连唯一的线索都断了。不过这也不能责怪白沉勇,他常年住在公寓里,对里弄的生活不熟,瞬间没察觉到问题所在,也是情有可原。

"对了,你刚才说有事找我商量,是什么事?"

"你瞧我这记性!"邵大龙拍了拍他的大脑袋,动作十分滑稽,"我找你商量的这件事,也是和罗苹有关。"

"嚄?"白沉勇在椅子上直起身子。

"有人杀了罗苹的手下。"邵大龙说话的时候,表情忽然变得严肃起来,像是在宣布一件了不得的大事,"死的是一个叫孟兴的律师。"

白沉勇面无表情地从扶手椅上站起身,偷偷将书桌抽屉里那把白郎宁手枪塞进腰间,随后将湿透的西装外套重新披回身上。

他突然问道:"探长,你知道我为什么讨厌黄浦江吗?"

邵大龙愣了一下,不明所以地摇摇头。

"因为那里有太多的水和太多淹死的人。"

慈恩疗养院（四）

骤雨抽打着窗上的玻璃，噼噼啪啪，将我从梦中惊醒过来。

我睁开眼，发现自己正躺在床上。窗外白茫茫的一片，只听得哗哗的雨声，雨水沿着窗户的缝隙渗进了屋里，像是一条小溪，沿着窗台流了下去。窗台下的墙皮吸饱了雨水，微微隆起。如果不做处理，过不了多久，这块地方就要发霉。

屋子里除了我以外，没有第二个人。阿弃不在，他没有回到这里。从病房大楼失踪之后，我就再也没见过他。这意味着他彻底失踪了。

我直起身子，感觉腿部传来一阵酸痛感。

由于病房大楼被人从门外上了锁，在不破坏大门的情况下，我唯一的离开方式就是从二楼的窗台跳下去。落地的瞬间，脚后跟踩到一块石头，结果崴了脚。我拖着一条不太灵光的腿，一瘸一拐地回到住处。推开门的瞬间，我的心彻底沉了下去。

屋内没有阿弃的身影，这说明他要么还留在病房大楼（鉴于我反复搜寻过多次，这个可能性被否决），要么就是在不惊动我的情况下，被人以一种极为高明的手法掳走了。

又或者……是他自己偷偷离开了那里。

我用手揉了揉眉心,头部传来一阵剧烈的疼痛,感觉像是有人用电钻钻进了我的大脑。

阿弃没有理由离开这里。就算真的要走,也不会不和我打声招呼就直接离开。这个假说看来可操作性最高,但越了解阿弃的为人,越知道他不可能做出这种举动。

我摇摇晃晃地走到桌子前,拿起桌上的水杯,将杯中的茶水一饮而尽。

身后响起了敲门声。

"张神父,早上好,我是小王,能进来吗?"

"我来开门。"

我放下水杯,走去开门。门外站着的是带我和阿弃去见李查德的看护王小姐。

"早饭您是想在房间里吃还是去食堂?"王小姐对我说,"如果您想在房间里用餐,我就去帮您把早饭端过来。"

"不用麻烦了,我自己下去就行。我知道食堂怎么走。"

"好的,那我就不打扰了。"她朝我鞠了个躬,正准备离开时,脚步竟有点犹豫,身体像是被武林高手点了穴道,僵直在原地。

她好像有话想对我说。

我立在原地,想等她把事情说出口。我猜想她可能想问为什么房间里只剩我一个人了。如果她真的问出口,我也不知道怎么回答。最后,她放弃了挣扎,转身离开,什么话也没说,我自然也没好意思追问。她如果想说的话,总有一天会和我说的。

勉强女人不是我的行事风格。

我披上了修士黑袍,准备将眼镜戴上,可能是眼镜架子出了问题,怎么也挂不上去。放下眼镜,我拿起一把长柄雨伞。

把自己打扮成神父模样后,我便下楼去吃早饭。

职员食堂里人不多,加上我也只有三个,所以显得食堂很宽敞。我喝了几口白米粥,感觉有点反胃。倒不是说这粥有啥问题,问题出在我自己身上。一旦有心事,我就吃不下东西,如果硬着头皮吃,肠胃就会抗议。但如果不吃东西,可能会被人怀疑。

毕竟眼下阿弃失踪的理由我还没搞清楚,他可能是被人掳走,也可能是自行离开,不论是哪一种情况,我都不能乱了阵脚。

在子乍弄鸟尊还没找到之前,这场戏我必须演下去。

最后剩了半碗白米粥,我实在是吃不下了。浪费粮食实非我的本意,就是怕硬吃下去,刺激到胃部而引发呕吐,那就更没面子了。这种事发生过不止一次,我很有经验。

在食堂爷叔的白眼下,我拿起雨伞,灰溜溜地离开了。出了食堂,我撑着雨伞在雨中步行。黄豆大的雨点落在地上,发出"啪啪"的响声。慢慢地上的雨水越积越多,汇成了一块块小池塘。雨雾模糊了眼前的视线,我放慢脚步,仔细辨别着地上的水坑,仿佛在铺满地雷的战地中寻求一条出路。

回到宿舍大楼时,有人从背后叫了我一声,我回头去看,是李查德院长。他那头金发梳得十分考究,丝毫不会因为下雨而怠慢它的造型。

"雨可真大啊!昨夜睡得好吗?"

"嗯,还行。"我随口答道,"就是雨声太大了。"

"早饭吃过了吗?"

"刚吃过,正准备回去呢。院长,您来这里是找我吗?"

不知道是不是吃坏了东西,我的腹部传来一阵疼痛。

"对，对，这里雨大，我们上去说。"

他挥了挥雨伞，一手搭着我的肩，同我一起上了楼。

进屋后，我的腹痛稍稍缓解。我怕他瞧出破绽，向他主动提了阿弃的事。我说我那位编辑朋友自己先回去了，素材由我带回去给他。李查德对阿弃没什么兴趣，只"哦"了一声，就扯开了话题。先是关心我在此地还需要点什么，可以和他讲，他托人送过来。我当然拒绝了，说一切都很好。

简单的寒暄过后，李查德终于说出了他此行的目的。

"张神父，您看今天下午方不方便替冯素玫驱魔？您也知道，她身体一天比一天差，我怕她撑不了多久了。"他忧心忡忡地说道。

我故意现出为难的神态："今天下午？未免太赶了吧……"

正如我之前与阿弃所说的那样，驱魔仪式越早办，对我们越不利。首先就是我业务能力不足，容易露出破绽，暴露身份。其次是驱魔仪式办完，不论成与不成，我都失去了继续留在此处的理由。眼下连子乍弄鸟尊藏在哪里都不晓得，阿弃这小子又不知所踪，我还需要大量的时间进行调查。

"张神父，恕我直言，如有冒犯到您，还请谅解。"李查德收起了笑脸，气氛变得有些紧张，"您来这里也有两天了。这两天除了头一天去看了一眼冯素玫，你几乎对她的病情并不上心。这不由让我和疗养院的同事们疑心，你来此地，究竟是不是为了帮助冯素玫，抑或有其他什么目的？否则，为何对驱魔仪式推三阻四呢？"

"院长，你有所不知。"我立刻回答起来，尽管我都不知道自己下一句会说什么，张口就道，"据我那天夜里的观察，附在冯素玫身上的，是一种极为厉害的恶魔。"

"果然被附体了吗？是哪种恶灵？"李查德追问道。

"这种恶魔叫'巴弗灭'，它长着羚羊的头颅、人类的身躯，双脚是山羊的蹄子,而且它还有一根蝎子的尾巴。"这都是我从一本讲恶魔的书里看来的,此时正好派上用场,"他喜欢附体在年轻女人身上,然后诅咒她们,让她们痛苦地死去。"

"可是,你是依据什么理由,认为附在冯素玫身上的恶魔,就是巴弗灭呢?难道靠的仅仅是直觉吗?"

李查德这个问题极难回答。

"因为她所表现出来的症状。"

"症状?"

"是的。"我开始信口开河,胡乱瞎编起来,"被巴弗灭附体,通常会产生四种很典型的症状。第一是表现出对圣物的憎恨,无法直视十字架。当时我进屋后,冯素玫见我举起十字架,便显得十分暴躁,畏惧中又带有一丝憎恶。第二是超乎平常的力量。这点不需我再赘言,院长也亲自目睹过。第三,癫痫般的症状。这条也吻合。第四,知道一些不可能知道的事,这是最重要的一点,其中就包含了语言。那次见她,就听见过她说着一些毫无规则的语言。显然,她的那些语言我们甚至都不知道出处。"

以上四条,便是"附魔案"最常见的症状。师父曾经对我说过,普通的谎言很容易就会被揭穿,而三分虚七分真的谎言,却很难看破。对于李查德我也是这样。这些是附魔案亲历者整理出来的最典型的症状,至于是不是巴弗灭附体,那就不得而知了。

李查德沉吟片刻,抬起头对我道:"既然已经有了眉目,知道了恶魔的身份,那么您这边是不是也有对策了?"

"对不起,我不敢说有绝对的把握。"

其实是一点把握也没有。幸而我是个信奉科学的人,认定冯素玫是有了生理上的疾病,否则我这般胡乱驱魔,简直就是害了她。

"但我们总要试一试,不是吗?"李查德的语调充满了无奈。

我点点头，没有说话，也不知说什么好。事到如今，已经无法拖延下去了。

李查德突然握住我的双手，言辞恳切地对我道："张神父，我决定了，今天下午就替冯素玫驱魔吧！不要再等了，她已经没有时间了！"

"可是……"

不等我话说完，李查德就打断道："下午一点，请你来冯素玫的病房替她驱魔，到时候我会叫人来带你过去的。就这么决定了。"

他说完就走了，不给我拒绝的机会。

我望向床边的桌子，桌面上放着我带来的皮箱。所有的"驱魔工具"都在里面。我走过去，打开箱子，里面有《圣经》和十字架，还有一瓶我用自来水灌满的瓶子，此时我将它称之为"圣水"。下午驱魔的结果，我已能预见，十之八九会失败。尽管当时我也被冯素玫的状态吓到惊愕，但吴中华医师是对的，冯素玫的问题是生理上的。

整个上午我都在心慌意乱中度过。

熬到了中午，我没有胃口吃午饭，拎了皮箱直接下楼。

李查德找了个看护来接我，把我带到了病房大楼。走到病房门口，李查德院长已经候在那里，双目饱含希望地看着我。他见到我十分高兴，可我却笑不出来。护工鲍荣旺站在他身旁，看我的眼神中带着不屑。

鲍荣旺替我打开的门，在门打开的瞬间，我感到一股恶臭扑面而来。我屏息凝神，快步走进病房。冯素玫躺在床上，一双眼睛死死地盯着我。我朝她走了过去，整个房间的温度不太对劲，比门外低了好几度，这使我本能地感到恐惧。经历过那么多次生死，我竟然还会再次感觉到恐惧，这真是太好了。

我走近床边，与床上的冯素玫对视。

此时，房间里只有李查德、鲍荣旺、冯素玫与我四人。所有人都很紧张，包括床上那位。空气中弥漫着一股凝重的气息。

冯素玫狞笑着伸出满是鲜血的舌头，舔舐着已皲裂的嘴唇。她脸颊塌陷，双目深凹，整张脸皮都泛着黑紫色。这比上次我来见她时病得更严重了。

"她已经两天没有进食了。"李查德像是在为我解释她因何变成如此模样，"水喝得也很少。这就是我找你来的原因，我认为她撑不了多久了。"

"吴医师对此怎么说？"我问道。

"他也无能为力。就生理体征来说，她完全健康。所以吴医师无法解释，何以冯素玫会表现出癫痫的某些症状，却在检验时完全查不出来。"

我把目光重新投向床上的冯素玫。我抬起手，在床的上方画了一个十字。

也许是我的动作激怒了她。她用粗哑的声音对我说："滚开！离我远一点！妈的，离我远一点！"

紧接着又是一串我完全听不懂的语言。

我将皮箱平放在床脚，从中取出装有圣水的瓶子。见我举起圣水瓶，冯素玫的表情忽然变得扭曲且惊恐，继而表现出狂怒。若不是四肢已被皮带子固定在了床角，此时她早已向我扑来。她身子不停地朝我冲击，把整张床捣得吱嘎作响。

"去死吧！走狗！懦夫！"她用激昂的声音冲我喊道。

我将瓶子中的"圣水"朝冯素玫泼去，当水溅到她皮肤上的时候，冯素玫开始发出难听的尖叫声，同时剧烈地扭曲着身体，像是一只在铁板上被灼烤的章鱼。

李查德和鲍荣旺站在门口，被眼前的情景吓得大气都不敢出。

瓶中的圣水洒尽后，我盖上盖子，将瓶子重新放入皮箱。这时，冯素玫又开始低吼，发出饿狼般的声音。

我居高临下地看着她，将之前在书上看到的句子平缓念出。

"我们的主耶稣基督的父神，我呼唤你的圣名，谦卑地祈求你的施恩，降我以援手，对抗折磨你的造物的不洁恶灵；经由基督我们的主。阿门。"

冯素玫的眼球开始向上翻转。

"哦主，我们的保护者，转过你的视线，看看有多少仇敌在折磨你的仆人冯素玫！用你的大能来保护她，并赐福给她，所以在胜过魔鬼后，她会奉你为救主！将冯素玫从隐藏的危险中救出，并保护她远离显现的诡计，这样她会遵从你的意愿，将她从所有试探中救出，她会再次宣扬你的名！"

冯素玫的嘴里发出嘶嘶怪声，整个人直挺挺地躺在床上，翻着两个白眼球，嘴里含糊不清地说着奇怪的语言。她的行为举止令我感到不安。

"将她从魔鬼的奴役中救出！因此，在你的善行中，她会歌唱你的神迹，并战胜一切魔鬼的恫吓！"

床开始剧烈振动，冯素玫咧嘴大笑起来，冲着我吐了一口浓痰！

"没用！哈哈，没用！你这个废物！走狗！我不会离开她的身体，我要她死！"

我知道这很荒谬，但必须承认，我有点被她的行为激怒了。

我将十字架举在胸口，冲着她大喊："现在我在对你说，该死的被诅咒的灵！我知道你里面没有真诚，而是充满邪恶和仇恨！我痛恨你这一切！我鄙视一切与你所交流的！我唾弃你的脸！我诅咒你，我要将你从冯素玫的生命中赶出！从她的家庭，她的生活赶出去！"

怪声从冯素玫口中停止了，取而代之的是一阵怒吼。

"走开，恶魔，从这圣洁的地方走开！上帝命令你离开，我嘲笑你，我鄙视你！我踩着你就像天母做的那样，这样你会在上帝面前感到羞耻，我拒绝你，恶魔！被诅咒的撒谎的灵！走开，恶魔！远离自大、复仇、淫欲、邪恶、贪婪、嫉妒和背后议论！"

吼声越来越响，令人心惊胆战，冯素玫仰着头，颈部青筋暴起。

"你已使她如此痛苦，滚开！离去，恶魔！我奉圣父、圣子、圣灵之名驱除你！"我抬起手，朝着冯素玫的额头画了三次十字，嘴里念着书里看到的句子，"离去，恶魔！我奉圣父、圣子、圣灵之名驱除你！"

吼声停止了。紧接着，冯素玫开始呕吐，大量的恶臭液体从她那皲裂的双唇中喷涌而出。那股味道令我感到窒息。呕吐物不断从她口腔中喷出，她整个人开始挣扎，床在剧烈摇晃，仿佛随时就要散架。

"因耶稣流血的力量！因耶稣流血的力量！离去，恶魔！我驱除你！"

"住口！"冯素玫冲我怒吼，呕吐物伴随着唾液朝我喷溅。

"离去，恶魔！离去，该死的蛇！你是说谎者，欺诈者，杀人者！我会将你带走！我奉圣父、圣子、圣灵之名！"

我不为所动，继续背着那些句子。在某个瞬间，我甚至真的以为自己在驱逐恶魔。这种环境下，参与者的代入感太强了。难怪像冯素玫这样的人会真的相信被附体了。

冯素玫开始没完没了地咒骂我，我只是闭着眼念着祷词，手不停地画着十字。

也许是累了，冯素玫的声音开始变轻，床的振动幅度也变小了。终于，在冯素玫吐出最后一口秽物后，她"扑通"一下倒在床上，昏死了过去。

这场戏演得我满头大汗，简直比徒手攀爬二十层高楼都要吃力。

冯素玫昏迷之后，李查德立刻唤来看护和医师，检查她的身体。

在确定没有大碍后,李查德才来找我,询问这场驱魔仪式是否成功。

我灵机一动,回答道:"巴弗灭的力量超过了我的预期,他太厉害了。"

"是不是无法根除?"李查德对我的回答有些失望。

"倒也不是,这次的仪式重创了他,损耗了他一部分的能量。不过显然一次驱魔根本不够。"我看向李查德,"可能我需要多办几场。"

"还需要几次?"

"最起码三次。"我故意这样说,目的是拉长我在疗养院的日子,"或许还不够。"

"好吧,看来也只能如此了。"李查德垂头丧气地道。

这趟"驱魔仪式"使我精疲力竭,连和李查德说话的力气都没了。与他们告辞后,我拖着疲惫的身躯,回到职工宿舍。上楼的楼梯我都走得十分艰难,疲劳感可想而知。刚一进门,我连水都没顾得上喝一口,倒在床上就睡。

再次醒来已是天黑,窗外的雨也停了。我看了一眼手表,显示现在的时间是十点半。

算了一下,睡了得有七八个小时。

我起身走进卫生间,来到台盆这里,拧开了水龙头。自来水哗哗流下来,我伸手接了点冷水,弯下腰,将水泼在脸上,好让自己清醒清醒。

虽然不太可能,不过眼下我不能放弃任何可能性。阿弃会不会是故意背着我回去了?毕竟他有许多事都没告诉我。有意或无意瞒着我,其实我都不在乎。我只是不想他出事。

洗完脸之后,我做了一个决定——给孟兴打一个电话。

如果阿弃回到租界,那孟兴绝对能够把他找出来。对孟胖子来说，在上海只要不是不存在的人物，没有他找不到的人。我相信如果价钱到位，他甚至把鬼都能给你请来。

我下楼找到一位姓胡的女护工，问她哪里可以打一通电话。那护工知道我是院长请来的贵宾，亲自把我带去了院务大楼一层的一间办公室，将电话机的话筒递给了我。她说已经很晚了，准备回去休息，我打完电话，将这里的灯关掉，带上门就行。我让她安心去休息，我打完电话后就走。护工走后，我拿起话筒，接通了接线生，打去了孟兴的办公室。

这次运气不错，打去没多久，电话那头就传来一个男人的声音。

但接电话的人不是孟兴。

"大律师孟兴事务所。我是孟大律师的助手小高，请问您找谁？"

"叫孟兴接电话，急事！"我干脆利落地说道。

"恐怕不行。"对方竟然如此回答，着实让我吃了一惊。

"你知道我是谁吗？让他接电话。"

"你是谁，他都没法接了。"男人说到这里，声音变得有些哽咽，"他已经死了。"

"死了？你在和我开玩笑？"

"真没有。我哪里敢用这种事开玩笑？"

"怎么死的？生毛病？"

"被人杀死的，就在律所里被杀的。"

我仿佛是被人从背后打了一记闷棍，头脑嗡嗡作响。

"孟兴是在何处被杀的？"我继续问。

"就是在这间律所。对了，你是谁？为什么打听那么多？你是警察吗？"

"我是谁不重要，孟兴这件事，等我回去再处理。"说完，我就挂断了电话。

我怔怔地站在电话机前,本想将手里的话筒放回原处,谁知放了三四次都没对准,手不停地颤抖。打了个电话,激出了一身汗,衣服都贴身上了。

怎么会这样?前几天都还好好的,怎么会被杀了呢?

难道是我的仇家?

不可能,没人知道罗苹和孟兴的关系。我们对接任务的时候,一向都很小心。而且如果仇家知道了孟兴的秘密,没理由不查到我身上来。等等,我理一理。阿弃昨天失踪后,孟兴今天就被杀了。阿弃失踪与孟兴被杀这两件事之间,会不会暗藏着某种联系?

一种强烈的不安感在我心底发酵。我真想立刻赶回去,调查一下究竟发生了什么!

我枯坐在办公室里,坐了很久很久,心中五味杂陈。

念及和孟兴这么多年的情义,实在是令我肝肠寸断,这其中有哀伤,但更多的是愤怒。我想要复仇,不论是谁杀害了孟兴,我都要他血债血偿!

又或者,仇家的目标就是为了让我像现在这样痛苦。所以即便他们查到了我的身份,也不急于将我置于死地,而是将我身边的人,一个个除掉,从心理上击溃我。他们掳走阿弃,杀死孟兴,将我的手下从这个世界上涂抹掉,只留我孤家寡人。

如果这个假设是真的,那可真是太恶毒了!

除了孟兴之外,我还得通知其他手下,让他们做好防备。我拿起电话,才发现自己除了孟兴之外,根本记不住其余几人的电话号码。于是我再次拨通孟兴律所的电话,在他写字台的抽屉里,存着一本通讯簿,里面详细记载着我们组织所有人的联络方式,包括地址。

电话打过去,接电话的又是刚才的男人。

这次不等他开口,我便抢先道:"孟兴办公桌抽屉里的通讯簿还在不在？"

"你是刚才那个人？你究竟是谁啊？"

"是的，你先回答我的问题，通讯簿还在不在？"

我在和凶手"抢时间"，没空和他废话。

"不在了。我听巡捕房的人说，应该是被凶手带走了。"

带走？那就糟了！

这时，我听见话筒那边有些嘈杂，过不多时，另一个男声从话筒里传了过来。

"我是巡捕房探长邵大龙，专门负责孟兴的案子。你是他什么人？为什么知道桌子抽屉里会有一本通讯簿？"

听见"巡捕房"三个字，我就知道事情变得更糟了，于是立刻挂了电话。

孟兴那个助手估计将我打电话的事通知了巡捕，所以才引得那位邵探长赶到律所来。

我突然想到巡捕房可能会通过电话局查到疗养院的地址。自民国九年改共电式后，通话不需要手摇，只是仍然需要人工接线。人工电话最重要的一环就是接线员，电话接通后接线员就会记录下开始与结束的时间，每一通电话都有纸笔记录，用来结算费用。因为接听电话不收费，所以呼叫方的号码可以被查询到。

留给我的时间不多了，必须要在巡捕房查到这里之前离开疗养院。

离开之前，我必须再去探一探阿弃消失的地方——那栋诡异的儿童病房大楼。

那里的谜团实在太多了。

阿弃密室失踪之谜、令院长三缄其口的空置病房、半夜小儿的啼哭声、封锁的三层楼，包括最后谁将大楼的门从外锁上。随便一个，均是我百思不得其解的谜团。

我看了一下手表，已经过了十二点。在病房值班的护工大多也去睡了。

离开院务大楼后，我先回了趟宿舍取手电筒，随后下楼，在疗养院内闲逛了一圈。晃到儿童病房大楼门前，我仔细观察了周围，在确认没有人跟踪之后，才撬开了那把耶鲁铜锁。这次我长了个心眼，将这把铜锁揣进了上衣的口袋里。

再次踏进这栋建筑，惊悚感大不如前，感觉就是很普通的一栋空楼。我不知道是因为来的次数多了，习以为常，还是因为雨夜会令人感到压抑，从而产生一种恐怖的感觉。这次我没有在一楼多做停留，而是直奔第二层，亦即阿弃消失的那个楼层。

漆黑的走廊一如此前的模样，没有什么变化。

之前我上木梯的时候，故意放轻脚步，用一种极为缓慢的动作上楼。但还是不能避免木梯台阶发出吱嘎吱嘎的声音。因为这台阶的面是用两块木板拼接起来的，多年来的热胀冷缩，使得木头与木头之间的缝隙产生了改变。我这么做，主要是想试验一下，如果当时阿弃是有意偷偷溜走的话，有没有办法不让我听见声音。

答案是否定的。

不论用多轻的脚步去走，木梯都不可避免地会发出声响。而在如此空寂的走廊里，这种响声会被无限放大。身处同一楼层的我没理由会听不见。更何况我是罗苹，身为一流的盗贼，我的听觉绝对比常人灵敏数倍。

而排除阿弃自己离开的可能性的同时，也就排除了有人将他掳走的可能性。一个人尚且无法做到悄无声息地下楼，更何况两个人？

至此，我的推理又陷入了死胡同。

一个活生生的人，为何会在瞬息之间，消失在一个封闭的楼层里？

这简直像是侦探小说里的情节。

正当我立在走廊中茫无头绪之时，忽然听见一阵异响。那声音像是有人推了一把椅子，椅脚刮擦水门汀发出的声音。我听声辨位，立刻判断出那记声响来自我身后，也就是左侧走廊的某个房间。我举起手电筒，放轻脚步，在光源的引导下，慢慢朝那个方向逼近。

走廊里静悄悄的，唯一的声音就是我鞋底摩擦地面的呲呲声。

我推开第一间房门，将手电筒的光源照射进去，同时，也留神观察有没有人从房间里出来。很可惜，房间里什么都没有。于是，我又向前走了几步，推开第二扇门。

同样一无所获。

就在我开始怀疑自己是不是听错的时候，那个声音再次响了起来！

声音刺耳，像是拖拽椅子发出的。而声音的出处，正是我右侧的那扇门后。我的精神高度集中，目不转睛地盯着大门，同时用手轻轻握住门球，开始转动。

咔嚓！

清脆的声音过后，门被推开了。

下一秒钟，门后突然闪出一个人影，举着木椅，朝我狠狠砸来！

我及时侧身避开，木椅在地上摔碎，顿时木屑横飞。

我定了定神，发现那人趁我不备，早已跑下了楼。木梯上传来一连串急密的嗒嗒声。我急忙追了上去。那人下楼速度很快，因为脸上戴着口罩，所以辨不出是谁。我们俩一前一后，在这栋空旷的儿童病房大楼里展开了追逐。

没过多久，我发现那人的身形与跑步的姿态，像是个女子。

不过我没有把握，只得硬着头皮继续追。手电筒的光源始终紧随她的背影。在下二楼的时候，也许是跑得太急了，她被脚下的木板绊了一下，整个人狠狠摔倒在地。一大片灰尘扬起，呛得我们不停咳嗽。

趁她还未站起来，我上前一步，紧紧扣住了她的手腕。

"哎哟！"她吃痛地尖叫起来。

果然是个女子！

我将手电筒对准了她的脸。此时口罩已然落下，整张脸都暴露在光线之下。

"怎么是你？"这次轮到我惊呼起来。

齐耳的短发，秀气的五官，这不正是疗养院的看护王小姐吗？

借由光源，王小姐也看清了我的面孔，她呆了半晌，惊愕不亚于我。

"张神父，你……你跑这里来做啥？"她不仅没有回答我的问题，反倒问我。

"刚才你为何要攻击我呢？你是在等人？"

"不，我不是在等人。"可能是过度惊吓，导致她整张脸通红，汗水沿着额头往下掉，"对不起，我刚才没看清是您。哎……我……"

她看了看我，欲言又止，眼神中有一股藏不住的哀伤。

"是不是有难言之隐？"我急忙问道。

"说来话长。"她轻叹道。

"没关系，我又不赶时间。"我抬起头，张望了一下四周，"如果你信任我，可以将事情的始末都告诉我。有能帮得上忙的地方，我绝对义不容辞。"

"真的吗？"她犹豫了一会儿，才道，"你是神职人员，我相信你的为人。"

这句话说得我有点难为情。她若知道眼前的男人是个假神父，一定会对我很失望。

"我们上三楼去说吧，那里有椅子，我们不必像两个流浪汉一样坐在地上。"

王小姐听我这么说，"扑哧"笑出声来，令之前紧张的情绪缓解了不少。

"你的脚有没有事？还能不能走路？"

看她的手一直在揉右脚的脚踝，我怀疑她可能扭伤了。

她轻描淡写地说："脚崴了，不过问题不大。"

我扶着她一起上了三楼，挑了一间相对干净的房间，又找来两把椅子坐下。为了节约用电，我顺手关掉了手电筒，所以我们只能借窗外那一点月光来看清彼此的脸。

王小姐告诉我，她的名字叫王曼璐，毕业于上海圣约翰大学医学部，几个月前见了这边的招聘启事，就过来应聘，结果也很好，慈恩疗养院很快就录用了她。起初工作都很顺利，此地的医师和其他看护对她也很照顾，每天过得都很充实。

可最近一两个月，王曼璐越来越觉得这家疗养院藏着秘密。起因是她注意到，在疗养院就诊的病人数量出现了问题——简而言之就是人数对不上。发现问题的王曼璐把这件事向上级汇报，可报告打上去后，就石沉大海，一去不回了。不得已，她只能自己去问，结果得到的回复是让她做好自己的本职工作。

用心工作却换来白眼和批评，王曼璐心里也不是滋味，她想自己不过是赚点薪水，病人数量有问题，又不少她薪水，与她何干，何必没事找事呢？抱着这样消极的心态，王曼璐在工作上也就睁一只眼闭一只眼。她相信在疗养院工作的大部分人，都怀着这种态度。

然而，事情的转变发生在一个月前的某天下午。

与王曼璐相熟的病人——她称之为杨姐的一位三十来岁的女患者，也离奇失踪了。明明她一个疗程还未结束，疗养院高层竟然对她说患者被丈夫接回家了。可杨姐都未曾婚嫁，遑论有个丈夫？这实在太荒谬了。她去和上司争论，对方却轻飘飘地说："一个神经病的话你都信？我看你脑子也有点问题。"

"这里绝对不正常。仅仅一个月内，就消失了十位病人，还都是年轻女子。"王曼璐望着我，眼眶里含着泪水，但表情绝不是哀伤，而是愤怒，"张神父，你告诉我，她们都去了哪里？这些女子中，有不少都是独身一人，无父无母，无儿无女。那些有家人的，因为她们大部分身患疾病，认知上会有点问题，家里人也会嫌弃她们，把她们当成累赘，所以就算失踪，家人可能也不会太在意。"

"所以你认为她们被藏在这栋楼里？"

"我想不出第二个地方。"王曼璐叹道，"我感觉慈恩疗养院就像一头吃人的巨兽。所有来到这里的人，都会被它无声无息地吞噬，消失得无影无踪。"

她的话令我想到了失踪的阿弃。

"你来过这里几次？"我问她。

"这是第一次。不过我发现有人曾来过这里，三楼走廊的隔板都被破坏了。"

我不禁开始钦佩眼前这个女孩。她比我勇敢。

"可是这里的门上了锁，你怎么进来的呢？"我问。

"我看见二楼窗户开着，就顺着墙爬了上来。"说到此处，王曼璐笑了笑，"别看我现在这样，在学堂里可是体育健将呢！对了，神父你来这里做什么？"

我想了想，还是决定不对她说真话。我不想把她牵扯进来。

"我只是好奇。"

"好奇？"

"是的。"我故意扯开话题，"我看这里三楼曾经被大火焚烧过，但李查德院长对外宣称不适用这栋病房大楼的原因是儿童患者很少。"

"他们在撒谎。"

王曼璐话音刚落，窗外忽然传来一阵喧闹声。

我偷偷探出头，瞧见女区的病房大楼里亮起了好几盏灯，不少披着白大褂的医师和看护正从宿舍楼离开，纷纷涌入女病房楼里。我与王曼璐对视一眼，均是大惑不解。时值深夜一点，病房里到底发生了什么事？闹出这么大的动静？

耳尖的我忽然听见窗外有人喊道："有人死了！"

另一人问："谁死了？"

"冯素玫死了！"

鸟尊喋血记（四）

办公室最北面是一面书墙，书墙前是一把转椅，转椅的前方是一张书桌。而孟兴的尸体就躺在书桌的前方。白沉勇望着一整面墙壁的书籍和地上那具肥胖的尸体，他敢打赌这具尸体在生前没有读过这书架上哪怕一本书。不过人类就是这么奇怪的动物。不可否认，物品会给人带来错觉，似乎拥有了它们，就获得成为某种人物的错觉。

房间非常凌乱，像是被人彻底搜查过，但看着孟兴的脸，白沉勇一时拿不准这张脸和办公室哪个更乱一些。孟兴的眉心被人用子弹打穿，这是致命伤，但从面部的伤势来看，他生前应该挨了不少毒打，门牙和鼻梁都断了，双眼肿得和鸡蛋差不多大。

可见，凶手在杀死他之前，曾拷问了一段时间。这点与江慎独的情况一致。

邵大龙用手帕捂住口鼻，显然也是被死者的惨状吓到了。他对白沉勇说："尸体是他律所的同事发现的，死亡时间应该就在几个小时之内。被人狠狠地打了一顿，最后喂了一颗'卫生丸'①，直接翘辫

---

① 手枪狙击，谓之"吃卫生丸"。

子了。"

"这人和罗苹是什么关系?"

"孟兴表面上是律师,实际上是罗苹犯罪组织里的主要成员之一。巡捕房盯他很久了,只是苦于没有证据,一直拿他没办法。"

"组织里其他成员你们有名单吗?"白沉勇问道。

"有一部分,但是不多,都是一些小喽啰,要不要先找人把他们保护起来?"

"我觉得没必要。首先他们多数不会理会你,而且我们还不能确定这是一起目标为罗苹犯罪组织的连环谋杀案,还是他们内部起了内讧。如果是内讧,我们这么做就是打草惊蛇,毕竟子乍弄鸟尊的下落还没查清楚。你可以安排一些巡捕继续盯着他们。我们的当务之急,还是先把罗苹和小丑找出来。"

白沉勇先是检查了一下死者的四肢,但并没有发现有价值的线索。紧接着,白沉勇又将手伸进尸体的上衣口袋,邵大龙刚想出声阻挠,他已取出了不少东西。烟盒、皮夹子、打火机、钥匙、折叠刀,以及一张黑猫歌舞厅的门票。

他拿起那张舞厅的门票,对邵大龙说:"发现一个有用的线索并不需要多聪明,只要发现你的朋友在奇怪的时间准备去做一件奇怪的事,就可以怀疑这件事有蹊跷了。"

邵大龙眼神中充满了疑惑:"不过是一张舞厅的门票,有啥稀奇的?"

白沉勇道:"这可不是一张普通的门票,这是一张赠票。"

邵大龙从没去过舞厅,哪里分得清门票和赠票的区别。

白沉勇见他目光呆滞,知道他还是没搞懂,便继续解释说:"赠票的意思是你花钱票也买不到,只有舞厅老板送你,你才有。这张赠票是昨天送的,换句话说,孟大律师拿了这张赠票,还来不及去舞厅,就被人杀死了。尽管杀人的未必是这位舞厅的老板,但我觉得很有可能与他有那么一点关系。"

邵大龙总算是明白了。

"你知道黑猫歌舞厅的老板什么来头吗？"白沉勇又问。

"黑猫歌舞厅的老板叫许立山，绰号'许胖子'。他从扬州美汉中学毕业后就来了上海，一直从事舞业生意。后来在百老汇路上置业，又开舞厅，又开酒吧，后来连餐厅都开了好几家。他和青帮大佬们有很深的交情，工部局也搞得定，帮他都是称兄道弟的。有句闲话讲，在百老汇路上，宁可不知杜老板，不可不知许老板。"

"也是黑的？"

"上海一搨刮子①就这点地方，老早被瓜分干净了。不搞定黑白两道，怎么在此地做生意？对了，要不要我陪你跑一趟？"

"你太显眼了。"白沉勇摇头拒绝，"巡捕这两个字就差写你脸上了。你随我一起去的话，我相信没人会在我们面前说一句真话。"

邵大龙脸上掠过一丝失望的神色。他对白沉勇说："你玩过舞厅没有？"

"怎么？你还想教教我？"

"什么啦，就是给你点建议。如果你要去跳舞的话，必须挑一个离舞池近的位置坐下来，四处看看。好一点的舞厅，会有穿着晚礼服的俄国舞女，日本舞女和高丽舞女比较温柔，还有混血的。你买了舞票就可以请他们跳舞，也可以招呼一个陪你喝酒，就是要多花一点钱，不过千万要看好账单，她们总会喝着果汁，却收香槟酒的钱……"

"好了，好了，我是去办案，不是去玩。"

白沉勇适时打断了他，生怕他越讲越起劲。

---

① 一搨刮子，上海方言，意为总归、全部。

"好吧。不过你要当心,听说这个许老板人也蛮凶的。"邵大龙提醒道。

"我也太不好惹。"

白沉勇丢下这句话就离开了现场。

他决定明天晚上去一趟黑猫歌舞厅,会一会这位百老汇路的大亨许立山。

这儿天也不知道怎么回事,秋雨一阵又一阵,落个没完。淅淅沥沥的雨并不猛烈,却从未间断。雨水将整个城市包围,每一条街道都变得潮湿泥泞。

落在百老汇路水门汀地面上的雨水,形成了一块又一块的水洼,水洼像一面面小镜子,反射着街道两边林立的霓虹灯,各种色彩的店招在街道两边闪烁,光影在水洼里同样炫目。这时,一只高档皮鞋踩中了一摊水洼,踏碎了这片绚烂的光影,碎成小水珠四散开来。

皮鞋的主人大步流星地迈进了一家歌舞厅。门口的保安刚想说话,就被一张赠票给堵住了嘴。他知道能有这种赠票的都是尊贵的客人,丝毫不敢怠慢。

歌舞厅的通道里,各式各样的女人来往行走,有披着貂皮的白俄舞女,也有身着和服的东洋美人,有穿着海军制服的英国水手,也有一身剪裁合体的西装的精英买办。他们或欢声笑语,或勾肩搭背,将舞厅欢快的气氛烘托到了极致。

侍者将尊贵的客人引到一处座位,位置很好,能够看清舞台上的表演。昏暗的舞厅里灯光与酒色红绿相映,令人神迷。

五月的风吹在花上,

朵朵的花儿吐露芬芳,

假如呀花儿确有知,

懂得人海的沧桑,

它该低下头来哭断了肝肠。

五月的风吹在树上,

枝头的鸟儿发出歌唱,

假如呀鸟儿是有知,

懂得日月的消长,

它该息下歌喉羞愧地躲藏。

五月的风吹在天上,

朵朵的云儿颜色金黄,

假如呀云儿是有知,

懂得人间的兴亡,

它该掉过头去离开这地方。

穿着暴露的女歌手正在演唱着大歌星周璇最新的歌曲,可台下的男人们都被她窈窕的身材、性感的舞姿所吸引,耳边流淌的是什么音乐,恐怕早就不在意了。那女歌手斜挑的细眉下是一双会放电的眼睛,只见她不时朝台下抛上一记媚眼,总会引起一阵轰然叫好的声音。于是,她会继续扭动腰肢,让顾客为她继续疯狂。

与其他舞厅不一样,白沉勇一进这里,就知道是个淫窟。舞台上浓歌艳舞,舞台下娼妓遍布,一同构成了这家黑猫歌舞厅。

在这里,最受欢迎的两个节目分别是"群芳会唱"和"摩登歌舞"。

而所谓的"群芳"实际上大多是年老色衰的妓女。她们大多都是来自"长三堂子"的倌人,她们曾经在那里耗尽青春,当她们无法再吸引狎客,老鸨却并不打算收手,仍然要从她们身上榨出最后一滴油来。于是便带着她们来到这里,命她们登台献唱。游客可以扔钱点歌，其中大部分都是黄色曲目，唱词中充满了挑逗调情的色彩。

但偶尔也会唱点近期流行的歌曲，比如像今天这首歌。

与老鸨们的合作给许立山带来了相当可观的收入，但他还是觉得不够刺激，便又专门开辟了一个场子，推出"摩登歌舞"。歌舞节目表演时，会把台上灯光调暗，这样可以让台下的观众看不清舞女们的脸，以掩盖她们的岁数。表演舞蹈时，数个穿着性感的舞女会尽情地扭动身体，同时向观众做出媚态，极尽挑逗之能事。

一时间，黑猫歌舞厅的"摩登歌舞"成为沪上的热门节目，甚至吸引了许多外地游客。顾客们纷纷涌来，只为一睹性感佳人的风采，每当节目表演时，总有许多泼皮无赖挤在场子里大呼大叫，下流的喝彩声难以入耳。

白沉勇问侍者要来了酒水单，点了一瓶怡和啤酒。

台上那位女歌手令他感到不适，不论是相貌还是她的歌声。

侍者端来啤酒，他将酒水铜钿和小费一道给了，侍者道谢连连。

他心想自己是否应该在这件事办妥之后，去隔壁酒吧喝一杯，据说那边有请美国来的黑人乐队演奏爵士乐。

白沉勇拿起酒瓶，才刚喝了一口，身后便来了一个穿着长衫的男人，低头对他道："先生，我们老板有请。"

说完，那人指了指通向二楼的楼梯。

白沉勇点点头，放下啤酒，理了理胸前的领带，便跟在这个男人身后走。两人一前一后上了楼梯。来到二楼，他们穿过走廊，进了一间包房。当包房大门关上的时候，门外的歌声也戛然而止，可见此处隔音效果相当好。

屋子里有三个人，欧式复古高背椅上坐着一个，另外两个大块头立在他的身边。很明显，中间坐着的那位五十来岁的胖男人就是这家黑猫歌舞厅的老板许立山。他整个人就像一大团穿着马褂的硕大肥肉，被塞进了一把小椅子里面。椅子显得很吃力，仿佛随时就要散架。他面前放着一张小圆桌，桌子上放着一只五彩碗仔，里面盛着热腾腾的面条，面条上还有一块油腻的红烧大肉。

许立山的皮肤很白，抹了发油的头发往后梳得很整齐，厚眼皮下面是一条如缝隙般的小眼睛。他的朝天鼻几乎没有鼻梁，下巴足足有三四层。

此时，他手里握着筷子，却仅仅是搅拌着面前这碗面。他眯着眼睛观察白沉勇，这让本就狭长的眼睛变成了一条线。

"许爷，幸会。"白沉勇向他点头致意。

胖老板吃得满头大汗，不过还是不肯把身上的西装外套脱下来。

"我给孟律师的票，哪能会在你这里？我不管你是谁，今朝必须给我个满意的答复。"

"我来这里就是为了查明孟兴的案子。"白沉勇并没有被他吓退。

"案子？啥案子？"许立山面不改色，慢悠悠地问。

"孟兴被人杀死了。"

"哦？什么时候的事？"

许立山用筷子卷起面条，送入口中，大声咀嚼起来，汤水溅得桌子上都是。

他吸吮面条的声音大极了，呼哧呼哧，如猪吃食一般。他好像是故意吃出这么大的动静，似乎这种噪音可以恐吓人似的。

"昨天。"白沉勇说。

许立山安静下来。他将筷子架在碗边，歪着脑袋，似乎在判断这话有几分真、几分假。

白沉勇接着说："这事我没必要骗你。"

"你是他什么人？"许立山问。

"我和他是很好的朋友。所以对于他遭遇不幸这件事，我有义务也有责任调查清楚。我在他身上找到了您的赠票,所以这次来舞厅,主要是想向您打听一下关于孟兴的事情,如果您能提供一些线索,那就再好不过了。"

白沉勇对自己编的谎话非常满意。

许立山不动声色地看着他:"他找我谈个买卖。只可惜,买卖还没谈成,人就没了。他说他有个好东西要卖给我,一本万利的生意。"

"我来这里不是为了猜枚枚子①,我们就开门见山吧!他是不是说有件春秋时期的彝器?而且这件东西,是从大古董商江慎独那里搞来的?"

"没错。"许立山回答得很爽快。

"因为江慎独被杀,江湖上都在传是侠盗罗苹及其手下小丑阿弃下的手,加之孟兴与罗苹私交密切,又急着出手,于是许爷便想拿下来。"

"没错。"许立山忽然卸下严峻的面孔,笑了起来。

"但是呢,孟兴开的价又太高了。尽管许爷拿得出这笔钱,不过还是想捡个漏,于是便派手下人去了趟事务所,把孟兴给做掉了。随后你们就在他的律所里找到了那件彝器,带了回来。一分钱没花,又得了个国宝,真是一本万利的生意。"

白沉勇知道最后那些话是污蔑,不过他完全不在乎。他就是想看看许立山的反应,这样才能逼他亮出底牌。

许立山没有如白沉勇意料的那样骂山门,脸上还是保持着那种令人不适的笑容。

"这种坍招势②的事情,你觉得我会做吗?"

"要是这件彝器的价值,足以买下整条百老汇路呢?"

---

① 猜枚枚子,上海方言,意为猜谜、解谜题。
② 坍招势,上海方言,意为丢脸、没面子。

笑容消失了。许立山板起脸，对白沉勇道："孟大律师的宝贝，我没有拿，我与他之间也仅仅停留在商谈的阶段，他确实给我开了一个极低的价格，我也不是不懂经的人，这么好的东西，这么低的价格，碰到这种好事，我总要想一想的。本来约他来，是想先验个货，我连古董专家都找好了，啥人晓得他一脚去①了。"

"彝器的去向，罗苹和小丑的下落，您都不知道，是吗？"

"你觉得我有必要骗你吗？"笑容又重新回到了许立山的胖脸上。

"如果你有他们的线索，我也愿意和你谈个生意。"

"对不起，慢说我没有，就算有，我也没兴趣和你这种小八腊子谈。你算个什么东西？"

白沉勇用手指顶了顶帽檐，其实是为了掩饰他飘忽的眼神。他听见门外有许多杂乱的脚步声，知道事情有点不妙。

"许爷，话我都记住了。孟兴的事我会继续查下去，如果有新的消息，我第一时间告知您。告辞。"

"等一歇。"许立山叫住他。

"许老板，还有什么吩咐吗？"白沉勇的手从帽檐上移开，滑到了腰间。

"你来我开的歌舞厅，不是来听歌跳舞的吧？"

"不是。"

"那么，我是不是可以这样理解。你不是我的顾客。"

白沉勇没搭话。包房门外起码有五个人，或许有六个，脚步声太乱，他听不清。

许立山用手指朝身边勾了勾，保镖随即递来一支雪茄。他接过雪茄，放进油光光的嘴里，用含糊不清的语调对白沉勇说："戳佛！我

---

① 一脚去，上海方言，意为死亡。

鸟尊喋血记（四）　149

这里是想来就来，想走就走的？你也不出门打听打听，我姓许的是什么人？今朝别说是你，洋老爷来了，照样得留下点什么！你看，你是自己动手呢？还是我请手下人帮帮你的忙？"

说完，他一脚踹翻面前的圆桌，碗仔摔碎，汤面洒了一地。

他这话倒不是危言耸听。上海滩上谁人不知，在百老汇路，许爷连洋人都敢动，工部局的英国佬和他抢女明星，手指头都得剁下来，更别说像他这样一个没背景的普通人。

"你要我留什么？"

白沉勇凝神静听，门外的人不止六个。这扇门，他恐怕是出不去了。

许立山一只手握住雪茄的首端，右侧保镖替他划燃一根火柴，火苗斜着点燃雪茄。他轻描淡写地说："借你一条腿用用。"

话音未落，左侧的保镖就朝着白沉勇丢去一柄小刀。刀子落在地板上，发出一阵清脆的响声。刀子的切口很钝，还没开过锋，显然他们是故意的。

"我看许爷今天不是想借我的腿，而是要把我的命留在这里？"

白沉勇把目光从许立山面孔上移开，他看见在高背椅的后面，有一扇很大的窗子。

"没错，我就是要你的命！娘只老蟹，你以为你啥人？客气当福气，敢用这种口气帮我讲闲话，小瘪三，真是昏头了！今朝就教教你做人。"

许立山用夹着雪茄的手朝白沉勇一指，咧嘴骂道。他瞪大了双眼，两条缝隙中登时出现了一对散发着戾气的眼乌子。

白沉勇注意到，许立山两侧的保镖突然将手往身后伸去，他也不再犹豫，先他们一步拔出腰间的白郎宁手枪朝他们射击！与此同时，包房的大门被轰然推开，一群穿着长衫的打手手持斧头朝他奔袭而来！

他来不及思考，一边开枪，一边朝许立山跑去。许立山两边的保镖还来不及掏枪，便被白沉勇射出的子弹打倒在地。许立山被白沉勇展现出来的魄子吓到了。没想到这个穿西装打领带的斯文人，竟带着手枪来见他。惊慌之余，他立刻抱住脑袋，身体往地上一趴，那把高背椅被一同掀翻在地。

然而白沉勇的目标并不是许立山，而是要尽快从此地脱身。

临近许立山时，他高高跃起，踩着那把跌倒的椅子借力，整个人飞扑向了窗口。他直直撞向窗户，彩绘玻璃应声碎裂。

白沉勇整个人跌倒在阳台上。阳台下方是一条黑暗的小巷子，边上是成堆的垃圾，那些垃圾流出来的臭水，与天上落下的雨水混合，散发出一股难以言喻的恶臭。谁能想到，门面富丽的大舞厅，后边会有这样一条污秽不堪的小道？

那些打手见白沉勇已临近阳台，知道来不及追上，便将手里的斧子朝白沉勇投掷过去。瞬息之间，十余把锋利的斧头携着劲风向白沉勇的背后飞旋而去！

背后传来一阵空气被撕裂的声音，白沉勇忙缩紧脖子，有几把斧头砸中窗台，还有的抛出了窗外，只有一把擦着他的耳朵飞过，带出一股鲜血！

若是再侧个一两寸，他的命就要交代在此地了。

白沉勇来不及感叹他的好运，双手搭住阳台边缘的扶手，一个跨步跳了下去。当身体触及地面时，他感觉五脏六腑都已碎裂，费多拉帽和白郎宁手枪也掉在了一旁。身后还有追兵，他只得强忍剧痛爬起，湿滑的地面险些令他摔倒，好不容易站稳，他捡起地上的帽子，重新戴在头顶，随后便奋力朝小巷深处跑去。

此时，从舞厅正门处又追出十来个打手，手里也都握着斧头，迎着空中飘荡的雨水,向他奔杀而来。白沉勇双腿发软,蹒跚着朝前奔跑。雨落在地上的滴答声与身后追兵的脚步声融合在了一起,冲击着他的耳膜。而他唯一的武器——那把白郎宁手枪,也在掉落地面时不知去向。若是此时被打手逮住,这条小命算是要交代了。

好不容易跑到小巷尽头,却发现在雨雾朦胧的路口,一辆黑色奥斯丁轿车堵住了去路。

身后杀声震天,白沉勇已是筋疲力尽,再也跑不动了。

眼看就要被乱斧劈死,那汽车的车窗玻璃忽然缓缓降下,露出一张脸来。

"快上车!"车内人对白沉勇道。

这声音白沉勇耳熟,就是那日在老城厢将他击昏的女子——黄瑛。

"是你!"他惊呼起来。

黄瑛不紧不慢地说:"如果你不想被送去开山王府[①]的话。"

白沉勇连滚带爬地上了轿车,未等车门关上,黄瑛就踩下了油门。发动机轰隆一声响,轿车猛地朝前飞驰而去。

身后的打手们方才追至,眼见奥斯丁轿车远去的车尾灯,纷纷将手里的斧头朝它丢去。那些斧头在空中画出一道道无谓的抛物线,一把把掉在了地上。

轿车迅速驶离了百老汇路,朝北四川路开去。

"你头上的伤没事吧?"黄瑛把着方向盘,眼睛直直看着前方。

白沉勇用手去摸耳朵,耳郭豁开了一道很深的口子,血已将他的肩膀染红了。若不是黄瑛出言提醒,他自己都没意识到。

"没事,和上次你给我来的那下比,简直算小巫见大巫。碰到你,

[①] 以利斧劈人,谓之"开山王府"。

今朝额角头高①。"他从西装内侧口袋取出手帕捂住了伤口。不一会儿，白色的手帕也染成了红色。

"你还挺记仇。"黄瑛冷笑道。

"算了，这次你救了我一命，算是将功补过。"白沉勇翻折手帕，用干净的一面继续捂住伤口，"这辆车不错。"

"马马虎虎。"

"你还挺不客气嘛。"

"本来就是。况且，这辆车也不是我的。"黄瑛淡淡地说道。

"偷来的？"

"别讲得这么难听，借来用一用而已。"

"让我猜猜，是许胖子的？"

"聪明。"

"那他这次可是损失惨重了。"白沉勇大笑起来。

民国二年，全上海只有一千四百辆汽车，到了今年，不算华界，公共租界已有九千五百一十五辆汽车，法租界有四千一百六十辆。廿年左右，汽车的量翻了十倍不止。

不过即便如此，一辆车对于普通百姓来说，还是一种奢望。当时不仅汽车贵，就连车牌也很昂贵。比如工部局就规定，每辆汽车都要上牌，需要缴纳税金六十两银子。许立山虽是个大老板，但一辆汽车对他来说也不算小数目。

"我们现在去哪儿？"白沉勇问道。

"找个安全的地方。"

奥斯丁轿车拐进北四川路，靠边停下。黄瑛对白沉勇道："下车。"

他们将这辆车丢在路边，步行朝前走。

---

① 额角头高，上海俚语，意为运气好。

北四川路两旁的妓院鳞次栉比，门前都悬挂着红灯笼。爵士乐从几家灯火通明的酒吧中传出，打破了这条街道的宁静。在这些酒吧里，你几乎能找到世界各地的妓女，有涂着胭脂水粉的中国女孩，也有将化妆粉扑满整张脸的日本妇人，有马赛下等酒吧的老鸨，甚至有从哈尔滨来沪的俄罗斯姑娘，她们总是用蹩脚的中文对客人们说："我的王子，请给我买一小瓶桑亚葡萄酒吧！"

黄瑛领着白沉勇，快步转入一条幽窄昏暗的小路。白沉勇一时认不得这是哪里，只得跟在黄瑛身后。他们穿过小路，来到一处僻静的弄堂里。接着，他们进入一栋旧楼的亭子间。亭子间有一张单人床和两把椅子，一张方桌上堆满了各种赌博用的器具。黄瑛关上门后，又将窗户阖上，放下窗帘，只留了一盏铜台灯照明。

白沉勇扯开贴在耳朵上的手帕，血液与皮肉粘连在一起，使他感到一阵疼痛。

"好了，说说看情况。"黄瑛拖过一把椅子，坐在窗边。

"你家？"白沉勇还在四处张望，这里的一切对他来说都很新鲜。

"是不是我家和你没有关系。你只需要告诉我，许胖子和你说了什么。他和孟兴被杀的事情，有没有关系。"

"黄小姐，黄女侠，我不知道你为何要掺和进来，我想知道原因。"

"我说过，我在寻罗苹。我必须见他。"黄瑛淡淡道。

"你寻他究竟什么事？"

"和你无关。"

白沉勇伸手压了压头顶上的帽子，叹道："我猜猜，他是你男人。"

黄瑛的脸上第一次现出了怒容："闭嘴！"

白沉勇知道自己猜对了。

"你们还真是雌雄大盗呢！"

"如果你不想告诉我许胖子说了什么，那么请你出去。我相信靠我自己一个人照样可以寻到罗苹。"

"孟兴说要将一件彝器低价卖给许胖子。两个人正准备碰面谈价钱，谁知孟兴就被杀掉了。许胖子不承认自己杀人劫货，这我倒相信他。鸟尊价值虽高，但孟兴开的价钱，绝对是许胖子可以承受的。他没必要去杀孟兴。"

"你信不信江慎独的案子是罗苹做的？"黄瑛问道。

"当然不信。我毕竟是个优秀的侦探，又不是戆大，没那么好糊弄。

"江湖上都在传是罗苹杀了江慎独，盗取彝器占为己有，我不信他是这种人，他绝不会轻易杀人。现在我只想见到他，当面问个清楚。"

黄瑛露出愁容，看来那些传言对她的伤害极大。

白沉勇分析道："如果罗苹和小丑杀了江慎独，他们为何又要杀孟兴？这说不过去。如果是孟兴独占了这件彝器，出卖了罗苹，那他好不容易得来的宝贝，又为何要以一个极低的价钱转手给许胖子？如果他们没有内讧，孟兴将彝器卖给许胖子，是罗苹授意的话，那也很奇怪。以罗苹的行事作风，他对许胖子这些流氓是深恶痛绝的，怎么可能愿意与他们做生意呢？眼下所发生的事情太奇怪了，我无法理解。还有一种可能，就是除了罗苹之外，还有另一股势力也介入了这次的鸟尊争夺战。如果是这样的话，罗苹现在的处境也不容乐观。"

他这番话不知是不是为了安慰情绪失落的黄瑛。

"如果孟兴和罗苹没有内讧，怎么解释他将彝器卖给许胖子呢？"黄瑛问道。

"可能是罗苹设的局。他未必会真的将鸟尊给他，而是有其他目的。可惜孟兴死了，一切都无从问起。除非我们能找到罗苹和小丑。"

黄瑛轻叹一声："我寻遍了上海滩，都没有他们的消息。"

"有没有一种可能,他们两人不在上海?"

"不在上海?"

"是啊。如果他们不在上海,或在一个极为封闭的环境,那上海这两天发生的事情,自然不会知道。他们也不会晓得自己被冤枉成了杀人凶手。"

"他们能去哪里呢?"

"这我就不晓得了。"

"对了,上次让你去查孙了红,情况如何?"黄瑛想起了这件事。

白沉勇苦笑,将去寻孙了红未果,却被人骗的整个经过说了出来。

"那个去倒马桶的男人,会不会就是你说的'另一股势力'呢?"

"这件事恐怕没么简单。我总感觉暗中有许多力量都在阻止我们寻到罗苹。所有和罗苹有关的线索都被破坏了,目的就是让我们找不到他。而我们甚至连他们的样子也看不清。"

两人同时陷入了沉默。

眼下孙了红和孟兴这两条线索都断了,他们不知该如何查下去。

忽然,窗外响起了零星的脚步声。

黄瑛悄悄拉开窗帘,瞧见十来个身穿长衫、手握斧头的男人,在弄堂里张望。

她转过头,低声对白沉勇道:"许胖子的人追过来了。"

"这么快?"白沉勇心想,可能是停在路边的轿车引起了他们的注意。

警觉的黄瑛本打算去关掉台灯,却被白沉勇伸手阻止。他低声道:"他们一看哪间屋子熄灯,就会找上门来。灯就开着,他们要找到这里,也需费点时间。我们从后门出去。"

黄瑛点头道:"好,你跟我来。"

谁知两人刚打算出门,门后竟传来一阵杂乱的脚步声。原来是白沉勇耳朵一直流血，许立山的手下循着血滴，竟直接找到了他们这条弄堂。

正是"屋漏偏遇连阴雨"，就在他俩进退不得之际，敲门声响了起来。

黄瑛忙对白沉勇道："他们没见过我，你快躲床下，我来应付。"

白沉勇没得选择，只能听她的话，俯身钻进床底。

敲门声逐渐大了起来。"开门！开门！"

"来了！"黄瑛故意尖着嗓子喊了一声。

她待白沉勇躲好后，才缓缓走近房门，转动门球将门打开。

门外立着三个打手，原来他们一行人分散行动，这样才能最快地寻到他们。

打手望了一眼亭子间的布置，对她道："有没有见到一个男人？"

黄瑛笑起来，故意装出一副轻佻的模样，嗲声嗲气地道："我倒是想见男人，哪儿有这个命呢？你瞧我都三十来岁了，还没嫁出去呢！家里爸妈都催，不得已才自己搬出来租了这么个亭子间过。哎，小哥，你若是有合适的人，不妨介绍给我？啊？"

那打手被她胡言乱语搞得头昏，对身后两人道："去楼上看看。"

正要离开时，那人身后的打手突然道："哥，地上有血！"

循着那打手所指的地方看去，果然有两三滴血迹，就是白沉勇在撕扯粘连在耳廓上的手帕时滴落下来的。

黄瑛心头一震，脸上却依旧保持着笑容，对他们道："哪里有血呢？开玩笑，你们进来看看，哪里有血？我倒是不信了！"

说着将三人推进房间，顺手转动门球，将门上了锁。

为首那个打手猫着腰，低头望了一眼，怒道："这就是血啊！"他刚转过头，准备去质问黄瑛时，却感到下巴受到一记撞击，登时昏死了过去。

原来就在他转头的刹那，黄瑛早就做好准备，给他来了记肘击！

与此同时，床底下的白沉勇也伸出手，将其中一个打手的腿绊倒。那人摔在地上，斧头刚刚举起，就被黄瑛一脚踢飞。黄瑛踢掉那人的斧头，顺势一记高抬腿，将高跟鞋的鞋跟狠狠击中打手的太阳穴，登时血流如注。那人痛得连手里握的斧头都掉了。白沉勇趁机捡起斧头，用斧背狠砸那人头部，将他砸昏。当他抬起头时，另一人也被黄瑛用一只高跟鞋敲打得失去了知觉。

"你怎么那么能打？"白沉勇大口喘气，心想这只雌老虎①可惹不得。

"应该说这群酒囊饭袋为何如此不禁打。"黄瑛一手扶着墙，屈起长腿，将高跟鞋重新套回脚上，"这里不安全，我们要赶快离开。还是从后门走。这三个家伙失踪一阵子，其余人一定很快就会察觉，豪燥！"

两人从后门离开，出了弄堂，来到一处空荡荡的大街。

"接下来去哪里？"黄瑛问白沉勇。

"得去个安全一点的地方，不然整晚被追杀，睡都没法睡。"

"现在哪里还安全？"黄瑛又问。

白沉勇想了想，说："我知道一个地方。"

邵大龙是早晨家里第一个起床的人。穿好衣服，刷好牙，他就拎着热水瓶去老虎灶②买熟水。夜里他还会到此地汰浴，相比公共澡堂最低阿要十五只铜板，这里只收六只。巡捕房探长的薪水自然不低，但邵大龙勤俭惯了，钱都存着准备将来给儿子讨新妇。

---

① 雌老虎，上海俗语，骂人用的话，指凶悍泼辣的女人。
② 老虎灶，即熟水店，烧卖热水与开水。当时除洋房外，许多住宅没有热水设备，所以熟水店在旧上海的居民区尤为常见。

打完一热水瓶的熟水，就去隔壁阿二头的大饼店买早饭。阿二头家的点心多，除了大饼、油条、豆腐浆、粢饭、米饭饼外，还提供面条和馄饨，地方倒是不大，一个客堂间，大家挤在里厢吃，总归不写意①，所以大部分顾客还是会把早饭买回去吃。

排队排到邵大龙，他要了三副大饼、三根油条和一热水瓶热气滚滚的豆腐浆。

阿二头把早饭递给他的时候说："大龙，你老婆不是带着儿子回娘家住了么？你怎么买这么多？家里阿是来客人了？"

排在探长身后的斜巴眼讥笑道："不晓得了吧！昨天夜里厢，我看到大龙贼骨头一样出去开门，隔手一个嗲女人跑进来了，有句讲句，卖相是真的好。大龙，这是可以讲的吗？"

斜巴眼边上的阿娘听了，更加起劲，佯怒道："小娟回娘家住几天，野鸡就往屋里厢带啊？不来事的哦！大龙，白相归白相，带到屋里厢就弗作兴了！慢点小娟晓得这桩事，要嫌贬你的呀，想想就觉得腻心！"阿娘刚说完，街坊邻居也跟着你一句"触霉头"我一句"觌面孔"数落起邵大龙来。

邵大龙回头骂道："啥狗皮倒灶的事！斜巴眼，我警告你，不要瞎七搭八，我家里是来了客人，不过是来了两个！"

斜巴眼起哄道："原来是两个，哎哟喂，大龙，叫两只野鸡，你轧肉弄堂②啊！"

众人听了哈哈大笑。

邵大龙大怒，解释说："什么两只野鸡，一男一女，都是我朋友，你再嘴巴闲，信不信我抓你去巡捕房等几天？"说完便作势要打，吓得斜巴眼佝头缩颈。

---

① 写意，上海方言，意为舒服。
② 旧上海之粗鄙俗语。

鸟尊喋血记（四）　　159

阿二头笑道:"斜巴眼就是蜡烛,不点不亮。你要买几只大饼啊?"

邵大龙拎着热水瓶和早饭回到家,发现白沉勇和黄瑛已经起床,正坐在客堂里说话。

"昨夜睡得好吧?"邵大龙将点心放在桌上,对他们道,"来,先吃饭。"

"探长,这么客气?我都不好意思了。"白沉勇嘴巴上这么说,身体却很诚实地拿起一张大饼,送到嘴边,"昨夜来打扰你,今早还劳驾你买早点心。"

"这件事我也有责任,最早还是我来寻你帮忙的。"邵大龙从碗柜里取出三只碗,将接在热水瓶里的滚烫豆腐浆倒在碗里,又撒上了一把白砂糖。忙完后,他见黄瑛还是在远处端坐着,知道她不好意思,便招呼她来吃饭。黄瑛听见邵大龙喊自己名字,这才起身走过去。三个人围在桌边,边吃边聊。

昨夜大致的情况,白沉勇来时已告知了邵大龙,包括他如何潜入歌舞厅见许立山,接着被许手下的打手追杀,最后被黄瑛所救等等。

"得罪许胖子也蛮麻烦的,我帮你想想办法,托人去和他打声招呼。再怎么说,巡捕房的面子他总归要给一点的。"

邵大龙瞧见白沉勇的伤势,心里总有点过意不去。

白沉勇嚼着油条,摆摆手道:"对我们侦探来讲,这都是小儿科。和这些黑道人物打交道,也是我们工作的一部分。过几天等风头过去就没事了。我现在忧心的是寻找罗苹和小丑的线索断了,接下去的侦查工作没法继续。"

"孟兴的事务所那边有什么消息吗?"黄瑛问道。

"目前调查陷入了僵局,我们在排查近期来过事务所的委托人,还有一些与孟兴有过不愉快的嫌疑人。这是总巡捕房督察长的指示,我人微言轻，虽然提出了不同的侦破方向，但是洋人根本不会听我们华人巡捕的建议，他们固执得很。"

"他们不是固执，而是无所谓。"黄瑛无奈地笑笑。

"巡捕房这边是指望不上了，要查出罗苹的下落，只能靠我们自己。对了，那些近期与孟兴有接触的人里面，有没有值得注意的？"

邵大龙接着白沉勇的问题回答道："待会儿我吃好饭就去趟巡捕房。听说今天又来了几个嫌疑人，我负责审讯。如果有新的线索，第一时间联系你们。"

"不如我们和你一起去吧？"白沉勇提议道。

"现在许立山肯定满上海寻你们，还是待了我家安全些。我老婆和小孩去了娘家，最早也要下个月回上海，你们就安安心心住了我这里。中午隔壁阿娘会送饭过来给你们吃，安全起见，就先不要出去了，赛过①坐两天监牢。"

"你就放心去吧，我们正好衰惛，也好打个瞌铳。"白沉勇一口气将碗里的豆腐浆喝完，抹了抹嘴道，"有线索联系我们就行。"

邵大龙离开之后，黄瑛对白沉勇说：

"我一直有个问题想问你。"

"啥问题？"

"你头上究竟是剪了个帽子形状的发型，还是买了一顶有胶水的帽子？"

白沉勇当然听出黄瑛在嘲讽他，便朝她翻了个白眼，回房间休歇了。

这栋房子没有出租，整楼都是邵大龙的，所以房间也多。黄瑛在后厢房，白沉勇住亭子间，每个房间都有床铺，倒也方便。

---

① 赛过，上海方言，意为好比、好似，不是超过的意思。

本以为一天会没有消息，谁知刚吃完中饭，邵大龙就回来了。

他推开门，额头上都是汗水，喘着气对他们说："有线索了。今天抓了个小赤佬，说曾经有人托他给孟兴带了个口信，说什么新厂房的地址在杨树浦路靠近公大纱厂那里。运气不错，小赤佬还记得那边的门牌号。我们可以去看看，或许能寻到罗苹和小丑。"

"带口信的人什么样子，他还记得吗？"黄瑛问道。

"模样就是个年轻人。"邵大龙拿出一块白手帕，擦了擦额头的汗水，"不过，小赤佬说有一个地方很古怪。"

"哪里古怪？"白沉勇瞪大了双眼。

"那人的手掌上，一共有六根手指头。"

慈恩疗养院（五）

当我赶到冯素玫病房的时候，屋子里站满了人，其中好几个医生正围绕在冯素玫的床边，每个人的脸上都写满了忧虑。

而躺在床上的冯素玫已经失去了意识，面孔的肌肉松弛，嘴巴微微张开，一只手无力地垂在床沿外面。吴中华医师正在对她进行心肺复苏的抢救，李查德绷着脸立在他身后，双手攥着拳头，眼睛死死盯着床上的冯素玫苍白的脸。我想，他此时的心理压力应该是极大的。

过了一会儿，吴中华终于还是放弃了抢救，垂手立在冯素玫的床边。他的额头上都是汗水，不知是惊吓过度还是用力过猛，手掌还在微微颤抖。他侧过脸对着李查德院长缓缓摇了摇头，意思很明确，床上的病人已经没救了。

"再试试？再试一试呢？"李查德用一种奇怪的语调说着话。

吴中华继续摇着头："院长，接受现实吧！她……她已经死了……"

"可是吃晚饭的时候还好好的，怎么突然就死了？"李查德还是不愿放弃，追问不休。

这种结果他无法接受。

吴中华转过身，面对李查德，表情似怒非怒，能看得出他在极力隐忍自己的情绪。

"院长,如果不是你执意要请张神父来替她驱魔,我相信冯素玫的病情不会发展到这种地步。你知道吗?人的精神力量是非常强大的,在各种激素的影响下,甚至可以左右人的生死。你让冯素玫深信自己被恶魔附体,一旦她认为自己的力量无法与恶魔相抗衡,就会导致很严重的结果!你看看她,这就是你们造成的结果。"

说完以上这番话,吴中华将脸转向了我。

此刻,他的眼睛仿佛可以说话,像在对我说:"你看,这一切都是你造成的。"

我站在门口,进退不得。

冯素玫被正式宣布死亡后,病房里传来了轻轻的哭声。有几位与她相熟的护士哭得尤为伤心。毕竟他们曾朝夕相处,也许冯素玫在状态正常的情况下,还给她们带去过些许快乐。而现在一切都化为乌有。年轻美丽的女孩被夺去了生命,而她的死因,目前还尚无定论。

"我能不能看一看她?"我不知道在对谁说话。

这句话或许是对冯素玫说的,又或许只是对着前方说的。这个时候,我不禁开始自我怀疑起来:这位花季少女的死,真的与我有关吗?是驱魔仪式害了她?为了寻找一件彝器,而害死一条年轻的生命,究竟值不值得?

"你觉得合适吗?"

吴中华医师向前跨出一步,作势要向我扑来。就在这时,李查德院长伸手阻止了他。

"让张神父看看。"他低声说。

吴中华转过脸不再看我,李查德也低下了头。病房里除了低声抽泣的声音,只剩下我朝病床迈去的脚步声。我走得很慢,看着床上如沉睡般的少女,我快不起来,鞋底与水门汀摩擦而产生的足音,一记一记，踏在我的心头。

走近床边，我低下了头，仔细端详起冯素玫的脸。

如此端正清秀的一张脸，五官在她脸上，一切都那么合适。

只是这张原本应该笑靥如花的面孔，现在已永远失去了表情，失去了展现喜怒哀乐的能力。现在这张脸，也因不明的原因，疮痍遍布：脸色变成了暗青色，像死猪的皮肤一样；眉毛掉了一大片，右侧只留下寥寥数根，全是自然脱落；眼球布满了红血丝，眼白有好几处翻着黄点，瞳孔散大；嘴唇皲裂得厉害，唇间甚至有一道深深的血口；嘴巴里牙齿已经不多了，留着的也已松动，牙龈红肿得很厉害；下颌有些皮肤溃烂，但还没到破皮的程度。

我闭上眼睛，深深吐出一口气。

从她身上反应出的情况来看，她像是受到长期虐待而死的。

"怎么样？这下你满意了吗？"吴中华带着讥讽的口吻责备道，"怎么不把你的十字架带来？如果你这么有能耐，为什么不把她救活呢？是不是又要开始用诡辩来维护你的那套理论了？说呀，为什么不说话？"

"够了！"李查德大声呵斥。

病房顿时安静下来，连哭声也停止了。

他对身边两位护工说："把病人的遗体收拾一下，其余的人都回去吧，散了吧。其余的事情我们明天再处理。"

也许是注意到我在看他，李查德院长也对我说："神父，你也去休息吧。有什么事，我们明天再谈。发生了这种事，大家情绪都不好，互相体谅一下吧！"

我朝他点了点头。

我本来还想说点什么，但话到嘴边，却又不知该怎么说。

回到宿舍，我躺在床上，却怎么也睡不着。

这一天发生的事情实在太多了。从早上遇见被强行带走的疯女人,再到中午替冯素玫举办的驱魔仪式,再到和王曼璐夜探病房大楼。除此之外,阿弃的失踪,孟兴的被害,这两件事也如鲠在喉,使我时时挂心且疼痛。还有就是此行的目的——子午弄鸟尊,眼下竟也毫无头绪。我闯荡江湖这么些年,从未有如今天这般挫败。

我有种深深的无力感。罗苹啊罗苹,枉世人称你为无所不能的侠盗,遇到真正的困境,却也像个孩子般束手无策。

我在床上辗转反侧,整整一夜没有合眼。

翌日清晨,王曼璐来替我送早饭,顺便聊起了昨夜发生的事。

昨天夜里我和她正在儿童区病院大楼里调查,忽然听见外面传来喧哗声,才知道冯素玫出了意外。王曼璐不方便露面,于是偷偷回了宿舍。

我边吃着她带来的早餐边将昨天在冯素玫病房里发生的事讲给她听。由于科室不同,对于冯素玫,王曼璐没什么印象,只知道是位长得挺漂亮的少女,父亲是一位小有名气的钢琴家。对于她的遭遇,王曼璐也表示很惋惜。因为她有学医的背景,我问及冯素玫的病情,她表示自己也很少听说过这种临床表现。

"通常都是被认为癔症,因为癔症患者很容易受到他人的暗示,善于幻想,而且喜欢模仿。这种疾病的多发年龄在十六至三十岁,和冯素玫也吻合。实际上,吴中华医师就是在往这个方向治疗。可冯素玫的情况又有些不同,相比其他的癔症患者,她在生理上病得太厉害了。这点也很奇怪。按理说这不太可能。"

王曼璐歪着头,若有所思地说。

"你对冯素玫的死有什么想法?"我把冯素玫遗体的情况都描述了一遍。

"牙齿脱落,牙龈也烂了吗?这倒是很奇怪。"

"是吧?我也觉得奇怪。冯素玫的死被认定为自然死亡,所以不会报警处理。可我总觉得这件事不对劲。"

"不对呀,你不是神父吗?难道你不认为冯素玫是被恶魔害死的?"

王曼璐才反应过来。

"哪里有那么多恶魔。"我冷笑道。

"我就说嘛,你给人感觉根本不像神父。我觉得……你更像是侦探!"

"侦探?"

"对啊,你说,你是不是侦探?是不是偷偷来调查慈恩疗养院的?"王曼璐用手指指着我的脸,露出一副探查到秘密的笑容。

别说她猜错了,就是猜对我也不能承认。于是我摇了摇头,道:"不对。"

"反正你不可能是神父,我相信自己的直觉。好了,时间差不多了,我得去工作啦!后续如果有什么进展,我再来找你商量。"

王曼璐伸了个大懒腰,然后起身准备离开。

"一切小心。"我对她说。

"你也是。"她朝门口走了两步,又停住脚步,转过身对我说,"在找到杨姐他们之前,我希望你能一直留在这里。"

"我尽量。"

话虽如此,若是李查德院长硬要我回去,那也没有办法,只能从长计议了。

王曼璐离开后,我将桌子上的碗筷收拾好,又躺回床上。

突然,有个奇怪的念头在我脑海中产生。

我翻坐起来,从床下拖出一只皮箱。那是我和阿弃带来此地的另一只皮箱，里面装着我和阿弃的一些随身物品、换洗衣物。我拉开搭扣，翻开皮箱。

我怔住了。

所有关于阿弃的物品都不见了。

我伸手翻找了一下，以确定自己没有看错。

没错，皮箱里只剩我的东西，阿弃的物品都消失了。可是，怎么会这样呢？

难道有人趁我不在的时候，来过这里？

不可能，有人闯入我们的房间，我一定会发现。

除非——

我脑中混乱到了极点，不敢去想象那种可能性。

但事实就是事实，不论如何狡辩都无法改变这一点。

能拿走这些东西的，只有阿弃自己。

可是他为什么要这样做呢？他为何要将我留在这里，自己独自离开？

等等，如果是他故意要将我困于此地，而去做一件我无法插手的事呢？换言之，那件事不可以与我一起去完成，且此时在他心里的重要程度要高过寻找子乍弄鸟尊。

我想到了孟兴的死亡。

他与阿弃确实一直互相看不顺眼。

我用手拍打着脑袋，试图用这样的方式，将这个荒谬的想法从大脑中驱逐出去。可越当我想反驳，阿弃的种种行为就会愈加巩固我对他的怀疑。

亲手培养出来的徒弟，杀死了自己并肩作战的挚友。

我无法接受这样的事实，一定是哪里弄错了。

可是——

望向敞开的皮箱,我看得真切,阿弃的东西的的确确不在了。而且在儿童区病房大楼,能悄无声息地离开,除了他自己外,我想不出第二个可能性。

我将皮箱合上,深深吸了一口气。越是这种时刻,我越需要冷静分析。

以我对阿弃的了解,他不可能因为孟兴不喜欢他,就痛下杀手,一定有别的原因。至于什么原因,目前还不得而知。他做事一向沉着冷静,执行任务之前都会有详细的计划,这份特质与我相似,或许也是我喜欢他的理由之一。

首先,他知道我在没找到子乍弄鸟尊之前,是不会离开慈恩疗养院的。于是计划将我困在这里。原因很简单,好不容易假扮神父获得了李查德的信任,冯素玫也是个极好的契机,若没得手就离开,下次再想来这儿就难了。

确实,他料我料得很准。在没得到鸟尊之前,就让我离开疗养院,我会心有不甘。

即便孟兴被杀。

不过这一切都只是猜测,我希望自己是错的。

如果阿弃真是杀死孟兴的凶手,那我只能怪自己看走了眼,并且佩服他小小年纪就有这等城府。我罗苹栽在他手里,也认了。

正胡思乱想之际,外面又传来一阵敲门声。

我浑浑噩噩地跑去开门,门外是昨天夜里带我去院务大楼一层办公室打电话的那位胡姓女护工。

"张神父,有人找您。"她开门见山地对我说道。

"找我?"我有点疑惑。

"是的,好像是从公共租界打来的。"

"什么人?"

"对方自称是公共租界总巡捕房的探长,姓邵。他让你去我那儿接个电话。"

听见"巡捕房"三个字,我的心就开始狂跳起来。

昨晚我用疗养院的电话致电孟兴的律所,仅仅两通,巡捕就立刻查到了这里。

我定了定神,对她道:"好的,我这就过去。"

护工听了,只是点点头,完全没有离开的意思。看来她是要亲眼见我去接巡捕房探长的电话才放心。

"走吧!"我朝门外挥了挥手,现出一副无奈的模样。

我随着护工来到院务大楼一层的办公室,听筒就搁在电话机上。我走上前去,接起电话,那头传来一个中年男人的声音。

"您是张布朗神父?"对方问道。

"我是。"

"这边是公共租界总巡捕房,我是邵大龙探长,请问你昨天是否给孟兴律师事务所打过电话,询问过一些情况?"

"是的。"

除此之外,我不知该说什么。

"孟律师的情况我想你应该知道了。"

"我听说他出事了。"

"没错。所以我想了解一下,您和孟兴律师是什么关系?找他有什么事吗?"

"我想委托他办个案子。探长,这有问题吗?"我反问他。

对方沉默了一小会儿。

"当然没有。我还有个问题。"

"请说。"

"您是哪个教堂的神父?为什么会出现在慈恩疗养院?"

"浦东傅家玫瑰堂。"我说出早已编好的谎话,"因为疗养院的院长请我来这里协助治疗。况且慈恩疗养院的前身慈恩医癫院也是基督教长老会传教医师约翰·斯拉代克创立的,神职人员来这里应该很正常吧?"

"玫瑰堂是吧?好的,我会派人去调查的。张神父,您不要见怪,我们只是例行公事。"

"理解。"

挂掉电话后,我意识到这里留给我的时间已经不多了。

不仅仅是冯素玫已死,李查德不再需要一个驱魔神父,最重要的是巡捕房的人起了疑心,相信他们很快会查出傅家玫瑰堂并没有名叫张布朗的神父。

吃过午饭,我心情烦闷,于是便去了疗养院的花园漫步。花园的位置在院务大楼的后面,再往后是教堂、果园以及大片的墓地。在绿植较多的地方,氧气也较为充沛,或许可以让我沉闷的头脑得到一些能量。

花园算不上大,两百多平的区域,平时在这里休息的员工和患者并不多。与传统的中式花园不同,这里的风格偏英式,没有造型奇特的假山,也没有修葺整齐的苗圃,更多的是与大自然浑然天成的景观。花园中还放置了一些白色的铁艺桌椅,可供游者休歇赏花。天空中又开始飘起了小雨,不过这也无法将我劝回宿舍。

行到花园中央,我发现有个人正坐在铁椅上,我瞧过去,那人也在回看我。

我记得这个男人,正是在吴中华医师的"职能治疗"中,那位表现出色的男患者。他的脸上有一块显眼的青色胎记,很难不给人留下印象。

他朝我点点头作为招呼，以表达善意，我也报之以微笑。

左右无事，我便上前与他搭话。

"下雨天不回病房休息吗？"

"自由时间，出来走走，病房里实在太闷了。"他抬眼看着我说道，"你也是因为太闷所以才来散步的吧？我们是一样的。"

他做了一个邀请的手势。我低下头，发现他对过有一张空椅。

坐下后，我问他："这家疗养院怎么样？"

"挺不错的。环境很好，医生也很好，伙食不错，空气也不错。"

他说话的时候，我仔细观察他的脸。青色的胎记占满了他半张脸，却遮挡不住他的锐气。不知是不是我的错觉，他讲话时总带有一股气势，压人一头的气势。直觉告诉我，他绝对不是普通的病人。

于是我询问他来这里之前从事什么行业。

"小说家。"他开始苦笑。

"失敬失敬！"

"我不是严肃作家，在正经批评家口中，不过是个媚俗的旧文人。他们将我写的小说归为'鸳鸯蝴蝶派'，凡不具有他们所谓的'革命性'，一概是中看不中用的靡靡之作。不过我以为他们中一部分人是出自嫉妒，另一部分则是迂腐。"

"此话怎讲？"

"你还年轻，或许还不明白。嫉妒很好理解，就是明明大家都是创作文学作品，何以你的销量这么高，我的却乏人问津？常言道，同行是冤家。乞丐不会嫉妒皇帝，乞丐只会嫉妒比他讨饭讨得更多的乞丐。第二种是对文学有刻板印象的人。他们总是在嘴上说我们的小说会腐化人心，文学作品应该对人生对社会有积极的思考。可他们却没想过，咱们国家的识字率有多少？良药也需糖衣包着，孩子才愿意吃。别看现在提倡的文学改革有多时髦，一味贬低文学的娱乐和消遣功能,这种精神也是迂腐的。"讲完后,他又冷笑几声。

实话实说,他的论调我不太明白,也不好反驳,毕竟我也不是文学爱好者,不过从他的语调中,我能感觉到一种强烈的自负和求胜欲。

且不论观点是否正确,他这种态度只会引人反感。

"看来您对自己的作品很有自信啊。"

"若是没有自信,我何必将其写出来,印成铅字呢?国人最爱谦虚之人,但你要知道,所有的谦逊其实都是虚伪的。所以,真相就是,虚伪的人才是受欢迎的。因为普罗大众会从虚伪的人身上,感到一种优越感。你瞧,这人如此优秀,见了我还不是得低头?世界上活着的所有人,都是在追求这种优越感罢了。没人希望被瞧不起,因为优越感才能证明自己活着的价值。"他滔滔不绝陈述观点的同时,手也没闲着,以各种手势来辅助他的观点。

"恐怕也太绝对了吧?难道就没有真心谦虚的人?"

"有,但绝不会是优秀的人。所有谦逊的强者,在大众面前只是演员,关起门来一定会自我赏识。但凡认定自己并不优秀的人,他一定会自我怀疑,从而无法达到事业上的高度。自负和自信只是一种状态的两种说法,没有自信和自负,就没有了动力。"

我认为他讲话太绝对,所以并不认同。

"那您认为自己的文学作品也是一流的吗?"

"当然。如果我的小说不是一流的作品,我也不会被送到这里来。"

他的话令我费解。

于是我追问道:"因为作品太优秀,你才被送到疗养院?是这个意思吗?"

他冲我神秘一笑:"你有兴趣听听我的故事吗?一定会让你重新了解人性。"

"好啊,反正我也不赶时间。"我调整了一下坐姿。

他清了清喉咙,开始向我讲述他那跌宕起伏的人生。

"我口才不如笔头,说得不好,还请见谅。我父亲死得很早,从小是我妈把我养大的。我有一个大我十岁的哥哥,从小我们的关系十分融洽,感情特别好。别人欺负我,我哥一定会帮我打回去,有人背后说我哥坏话,我也一定会骂那人。后来,我妈死了,就剩我们兄弟俩。可以说我是我哥拉扯大的,他对我很好,家务活都不让我干,只叫我好好念书。我哥学校毕业后去了一家报社工作,他拿钱供我读书,直到毕业。因为我长得英俊,女孩子都很喜欢我,女人缘这方面,我哥就不太行。不过因为家里拮据,我几乎不和女孩子交往。那段日子,我和我哥唯一的爱好就是文艺,业余时间也都喜欢写小说。后来他将小说拿去投稿,好几篇都投中了,编辑们很喜欢,就刊登在杂志上。我是真心为他高兴,一口气买了好几本杂志,到处送人。有个当作家的哥哥,弟弟与有荣焉,你说是不是?

"后来呢,我也技痒,觉得自己也能写,于是便瞒着哥哥,偷偷将稿子给了哥哥相熟的编辑,让他替我看看。我说,过不过稿都没关系,主要是想尝试一下,不行就当练笔了。我这么说的原因,是不想给编辑压力。谁知过了几天,我便接到了杂志编辑的通知,说稿子很好,已经在排版了,下个月就能刊登。他说没想到我的文笔竟然比我哥哥更加老练,完全看不出是出自学生的手笔。到今天我还记得那天的兴奋之情,晚上开心到睡不着觉,半夜起来在房间里踱步,真想立刻把这个好消息告诉哥哥。毕竟能和哥哥在同一本杂志上发表作品,一直是我的梦想。不过我还是忍住了。因为我想等杂志发行的那天,把刊物亲手递给哥哥,给他一个惊喜!我想,他一定会为我感到自豪。毕竟我们是亲兄弟!

"现在回想起来,只觉得那个月过得好漫长、好漫长。我每天盼啊盼,没事就往书报摊走,询问老板杂志有没有到货。去得次数太多,那书报摊的老板都认得我了,一见我就说,还没到呢!终于熬过了一个月,杂志终于发行了,我便去书报摊将那期所有的杂志都买了下来。捧着一堆杂志回到家,哥哥正在灶披间烧饭,我将杂志往桌上一扔,对他说:'哥,你猜猜今天我带了什么好消息?'他看着桌上的杂志,一脸疑惑地说:'咦?我近期都没投稿啊?难道有狄根斯或汤麦士哈代的译作?'这两位是他热爱的作家,每次有他们的作品,我们俩兄弟都会争着阅读。我说:'错啦!不是他们,这期杂志上,有你弟弟我的大作呢!'"

话讲到这里,男人低下了头,我能看见他的眼眶都湿润了。他缓了好一会儿,长长舒了一口气,稳定情绪后,才继续说下去。

"我本以为会得到一通夸赞,便笑嘻嘻地立在那里。很幼稚是不是?很可笑是不是?我永远记得我哥那时候的表情——从疑惑转至惊愕,又从惊愕变成了疑惑。总之,我没从他脸上读出一丝快乐的情绪。他闷闷不乐地走过来,从桌上拿起一本杂志,翻看起来。放下杂志后,他问我:'这篇东西是你写的?为什么没跟我讲过?'我说:'是想给你一个惊喜啊!'他笑笑,继续翻着杂志,手势十分粗鲁,我生怕杂志在他手里撕裂。他又说:'你这篇稿子,是投给哪位编辑的?'那时我心里便有了一种不好的感觉,不过我还是说了实话。当他得知我的编辑是他相熟的那位时,脸色登时变了,现出一种'怪不得如此'的表情来。他开始责备我不应该这样,他认为那位编辑用我的稿子,是瞧在他的面上,而我应该自食其力。靠走后门登稿,作家生涯绝对走不远。

"他的话令我十分痛苦,又无从辩驳。我不停问他:'难道你不为我感到开心吗?'他说:'如果你是靠自己实力的话,我会为你感到高兴,但绝对不是现在这样。'很可笑是吧?我当时还真信了他的话呢。

此后我便再也不给那家杂志投稿，并且换了一个笔名，投给了其他地方。后来的事情谁都没有预料到，我的小说被几大杂志争相刊登，我彻底火了。不少杂志和报纸的编辑还特意登门邀稿，每当这个时候，我哥总是安静地坐在一旁，面无表情地看着我和编辑们讨论作品。那时候，他的作品虽然也常刊登，但读者数量和我根本没法比，也几乎没人会来找他邀稿。这样的落差令他十分失落，他开始奚落我的作品，说就因为社会上庸俗的人多，我写的这种作品才会风行一时，而他则是曲高和寡，生不逢时。

"起初，我并没把这些话放在心上，他毕竟是我哥。直到有一天，一位知名的大导演找到我，希望我能为他的电影创作剧本。我欣喜若狂，立刻答应下来。而我哥却极力反对，说一位好的作家不应该去掺和电影，这样会使我废掉。我嘴上没有反驳，但私下已经偷偷写起剧本来。这件事是个导火索，也是我悲惨人生的开始。我哥每天晚上都会给我泡茶喝，一开始味道有点奇怪，我并没放在心上，渐渐地，我的精神状态开始出现问题。我会看见那些并不存在的东西，情绪也变得难以控制，时而暴怒，时而低落。暴怒时我会出手打人，低落时我却想了结自己的生命。后来才知道，我哥那时候已经在茶里给我下药了。

"精神状态出了问题，剧本的创作也遇到了瓶颈。我开始写不出任何东西，于是创作上停滞了。但让我没想到的是，我哥竟然把我的情况告诉了导演，并毛遂自荐，说他可以接替我完成剧本。导演同意了。编剧的署名从我的名字，变成了我哥的名字，而我的病情却在不停恶化：不但幻觉长期伴随着我，长期服用药物，也令大脑受到了严重的损伤。终于，在一个雨夜，我积累多年的情绪爆发了，我揭下了我哥的面具，说他一直嫉妒我，打着为我好的旗号坑害我！争吵从言语升级到了肢体冲突，我们开始互殴，直到……直到他被我打死。"

他的声音颤抖到无法继续说话。泪水从他的眼角滑落。

"看着我哥躺在地上一动不动,我彻底崩溃了。那天夜里的记忆支离破碎,除了'我打死了他',其他我什么都记不清了。警察把我抓起来,经过鉴定,认定我精神上出了问题,于是把我送到这家疗养院。"

"谁都不想遇到这种事情,请你节哀。"

除此之外,我不知还能说什么。他的故事令我感到震惊。尽管他是疯的,但这个故事又那么的真实。忽然之间,我失去了判断真伪的能力。

"时间差不多了,我得回病房了。否则吴中华医师会骂我的。"他很快站起身,朝我伸出手掌,"今天与你聊得很开心。从某种意义上,我们是一样的,所以你能同情我。等我病好了,我还会继续创作小说,十年之后,我的名字会响彻整个中国文坛,你就等着吧。对了,我姓严,单名一个嘉字,你出去的话,或许还会在早期的杂志上见到我的作品。"

"一定拜读。"我与他握手。

他手掌的触感十分粗糙,手心都是老茧。

"期待你的评价。"

他离开后,我独自在花园里又坐了半个小时才回宿舍。

也许是想多花一点时间来消化他的悲惨经历。

接下来的一整个下午我都待在自己的房间里没有出门。

李查德没来找我,也许是冯素玫的死让他忙得焦头烂额,又或者是别的什么原因。

夜里十点,王曼璐又来找我。我将下午与胎记男子的对话讲给了她听。

王曼璐对这个男人有印象,也知道这人喜欢拖着别人,大谈他怀才不遇的人生,以及悲惨的过去。

"他是真疯。"

这是她对胎记男子的评价。

谈到救人的事,她对儿童区病房大楼的疑心未除,想让我陪她再去一次。她表示在疗养院里的人都很可疑,只有我是她可以信任的人。其实经过前几次探查,包括今早发现阿弃个人物品消失后,我对那栋大楼已失去了兴趣。

"那里就是一栋荒废的大楼,没什么好奇怪的。也许我们都在白费功夫。"

"神父,你难道不信我说的话?"王曼璐看着我的眼睛问,"你……你不想继续寻找你的朋友了吗?"

"也许是他自己离开了。"我无奈地耸耸肩。

王曼璐听出了我的失落。

最终她放弃了劝说。

"好吧,那我自己去。我一定会找到杨姐,不论他们将她藏到了哪里!"

说完她站起身,刚准备离开,却被我伸手拦下。

"我只是说不陪你去病房大楼。"

她回过头看着我,显然没明白我的意思。

"那栋大楼去一百次也没用,相信我,我干这种事的时候,你恐怕还没生下来。"我充满自信地对她道,"既然你怀疑是疗养院的人绑架了杨姐她们,那么你认为李查德不知道这种事的概率有多少?"

王曼璐也不傻。

"他们可能是一伙的。"

"是的,如果真的发生这种事,李查德不可能不知道。既然他放任了这种行为，那么我们要找出他们把人藏在哪里，像你这样的找法简直是大海捞针。这疗养院说大不大，说小也不小，一栋楼有那么多房子，更何况这边有那么多楼房，每栋楼还都有保安把守，你怎么找？"

"那你说怎么办？"王曼璐现出一脸的愁容，或许是我的话令她有点泄气。

"直接去李查德办公室看看有没有线索。"

"他办公室？"

"没错。运气好的话，或许我们还能找到疗养院详细的平面图，有了平面图，寻起人来不是更方便吗？"

"话虽没错，可是他办公室的门上了锁，窗户也都关着。"

"这你就不用操心了，交给我吧。"

我自信满满地对她说道。

其实提议去办公室，我也有我的私心。

原本与阿弃潜入疗养院，第一个目标就是去探李查德的院长办公室，寻找子乍弄鸟尊。谁知先发现了奇怪的儿童区病房大楼，勾起了我们的兴趣，也打乱了我们原本的计划。此番既然要去找寻消失的病人，不如去碰碰运气。说不定那件国宝就藏在那里。寻人也好，寻宝也好，都绕不开那间办公室。

见我下定决心，王曼璐也不再反对。

接下来我们要做的，就是等待一个合适的时机。

鸟尊喋血记（五）

国立上海医学院成立于民国十六年，前身是国立第四中山大学医学院。学校以"正谊明道"为校训，其源于西汉思想家董仲舒的"夫仁人者，正其谊不谋其利，明其道不计其功"，旨在为国家培养优秀的医学人才。

学校建立初期，经费困难，但学校发展必须有自己的校舍和医院。于是，学校于去年成立上海医事事业董事会，颜福庆兼任总干事，向社会各界筹资择地建造新校舍和实习医院。得到社会各界资助后，国立上海医学院开始大展宏图，并引进了相当一部分优秀的人才。

徐仁义教授就是在那个时候加入医学院，成为学校师资力量一部分的。他一直是国内癌症治疗方面的专家，甚至在国际上也算是个闻人。

在今天之前，可以用一帆风顺来形容他在学校的任教生涯。

而在今天，他遇到了一个大问题——他的实验室遭窃了。

学校配备给他的实验室位于新教学楼的顶层，也就是四楼。实验室所在大楼的走廊尽头有一扇铁门，那是实验室的唯一进口。在他的实验室里，还有个特殊的隔间，平时他不允许学生接近这个地方。隔间是个完全封闭的房间，要进入那里，必须先通过一扇厚达十厘米的铅门。在这扇厚重的铅门之后，放置着一种极为珍贵的元素——镭。

由于镭元素的产量非常少，所以属于一种极为珍贵的研究材料。

不过徐仁义教授不让学生靠近，还有另一个原因——镭有极强的放射性，如果操作不当，会对身体健康造成严重的损害。

他的实验室之所以拥有这样危险的元素，是因为他目前正在研究的一种癌症疗法与镭有关。经过研究发现，镭能够放射出两种射线，并生成放射性的气体，其发射出的射线能够破坏及杀死癌症细胞。徐仁义教授准备对镭疗法进行进一步的研究。

这天，他如往常一样来到实验室，穿上工作服后，他打开了隔间。

眼前的景象令他震惊！

隔间里空空如也，原本存放镭元素的箱子里什么都没有。

徐仁义教授叫喊着跑出实验室，来到四楼的走廊上，一群学生从三楼走上来，惊讶地看着他。他们很诧异，平日里温文尔雅的教授，此刻为何会如此不体面地大喊大叫。

"镭不见了！"徐仁义情绪十分激动，双手不停地抓挠自己的头发。

听了他的话，在场所有人都面面相觑。

"不如报警吧？"有学生提议道。

"对，报警！快报警！"徐仁义教授回过神来，冲着其中一位同学道，"周红，你快去报警，就说学校里丢失了极为重要的东西。"

被点名的是个留着短发的女生，她"哦"了一声，飞快地跑下楼。

学生们见教授的神情恍惚，怕他精神上受到太大打击，便将他扶到办公室。徐仁义教授在办公室的椅子上坐下，眼神呆滞地看着地板，脑中一片混乱。豆大的汗珠从他额上滴落，嘴唇还在哆嗦，可见此事对教授的影响之大。

"没有钥匙,他们是如何进入实验室盗取镭的呢?"

他实在想不明白。

这间实验室虽然算不上铜墙铁壁,但光是外面的铁门就有两道,再加上隔间里的两道铅门,一共有四道门,必须同时拥有四把钥匙才能开启。可学校里同时拥有这四把钥匙的人,只有他徐仁义。如果学校怀疑他监守自盗,那真是百口莫辩了。

不仅如此,因为镭元素的特殊性,流落到社会上,危害性也极大,就算是背负上过失的罪名,徐仁义教授的学术生涯也将结束。

这是他无法接受的惩罚。

等待的时间是煎熬的。过了好久,法租界巡捕房派了两位巡捕,一位是法国籍的巡捕,另一位姓叶的是华人探长。他们进入实验室,仔细搜查了一遍,但全无收获。经过他们的检查,发现实验室的四道金属门没有任何被盗贼撬动过的痕迹。

所以,目前唯一的嫌疑人,就是徐仁义教授。

他们来到办公室,见到懊悔自责的教授,并且请他同他们去巡捕房走一趟。

徐仁义教授站起身,满脸通红地喊道:"不是我!一定是有人偷了镭,嫁祸给我!探长,你不能冤枉好人啊!"

叶探长很无奈,他只能温言安慰:"教授,请你去巡捕房,只不过是协助调查而已,并不是抓你去坐牢。这件案子确实很奇怪,所以我们要回去好好聊聊。就算正如你所言,有人要冤枉你,那你也得把仇人的名单交给我们,我们才好去排查吧?"

教授跌坐在椅子里,将头埋进双手,大声哭泣起来。

巡捕的要求并不过分,只是他太脆弱了。

叶探长上前轻轻拍打着徐仁义的肩膀,对他道:"教授,这个案子如果不是你做的,我们绝对不会冤枉你。比这更离奇的案子我都见识过,上海最有名的大侦探我都认识,即便我们不行,难道你还不信他们吗?所以你不用担心破不了案。偷镭的盗贼,我们一定会抓住的,请你相信我。"

徐仁义抬起头,望着叶探长的双眼。他能感受到这位探长的诚心。

"好吧,我跟你们走。"他再次起身,脱下了身上的工作外套,"对了,你刚才说你认识很多侦探?这是真的吗?你和他们很熟吗?"

"那当然。"叶探长如实回答。

下午五时,邵大龙决定携白沉勇与黄瑛跑一趟杨树浦路。不过问题也随之而来,厂房的地址位于杨树浦路定海路附近,属于公共租界的边垂,离邵大龙的居所十分遥远,能到达那边的电车几乎没有,最好的办法就是开轿车过去。

关键时刻还是黄瑛有办法,她带着邵、白二人来到自来火街的祥生汽车公司租车。

当时出租车较少,唯有祥生、云飞、泰来和银色等寥寥几家汽车公司有租车的业务。其中云飞、泰来是外商,祥生和银色是华商。为了争夺业务,中外双方竞争十分激烈。四大公司中,论业绩和影响力,祥生汽车公司总是略胜一筹。

祥生汽车公司的特色是"日夜服务,随叫随到",他们的电话总机是二十四小时连续工作的,调度员随时随地都能把汽车送到租客手中。此外,祥生的广告力度也很大,他们利用报刊、电台大做宣传,如报纸头版经常会登载祥生汽车公司的广告,另外还在市中心设立多处霓虹灯广告,不断扩大影响力,使公司名声日盛。

他们租了一辆雪佛兰牌轿车,七八成新。黄瑛从业务员手里接过车钥匙，丢给了白沉勇，然后自己去隔壁屈臣氏买饮料，顺道买一份报纸。白沉勇问邵大龙今天去巡捕房还有什么收获，邵大龙说有人打电话去事务所寻过孟兴，不过随后他稍微调查了一下，没有发现什么问题。自来火街离百老汇路很近，三人不敢多留，等黄瑛拿着汽水和报纸回来后便立刻启程。

白沉勇喝了口汽水，抱怨道："味道不太行，还是可口可乐好喝。"

黄瑛翻着报纸，对白沉勇道："下次买镭水给你喝。"

"什么镭水？"白沉勇没听明白。

黄瑛指了指报纸上的一则新闻，标题是《消失的镭：国立上海医学院盗窃案》。

"医学院的镭被人偷了。"她补充了一句。

"镭是啥东西？"这次发问的人是邵大龙。

"镭是一种放射性的金属元素。目前已被国际上划为危险品，不过就在一年多以前，这种玩意儿还是很时髦的。"黄瑛解释道。

"什么是放射性？"

"你可以理解为有剧毒。"

"就是毒药啊！"邵大龙惊呼。

黄瑛看着报纸，继续解释："美国有一家成立于民国十四年的贝里镭实验室，专门生产一种叫镭水的饮料。这种饮料其实就是用镭盐溶解在蒸馏水中而已。镭水当时被认为是健康的饮料，因为广告宣称镭衰变产生的粒子可以补充身体的能量，还可以治疗贫血、癫痫等一百多种疾病。但其实这种金属元素是有剧毒的，起初喝的人也没事，但慢慢身体就会出现问题，最后会死。于是，就在前年，联邦贸易委员会正式关闭了贝里镭实验室。"

"那为什么医学院会有镭呢？"白沉勇问。

"因为镭可以用来治疗肿瘤病，所以医学上是有研究价值的。不

鸟尊喋血记（五） 185

过因为具有强大的放射性,且非常珍贵,所以镭一般会被严格存放在医疗实验室的保险箱的铅盒内。这次镭被盗算是个大案,华界的警察们估计要忙坏了。"

黄瑛合起报纸,把目光转向车窗外面。

轿车飞快地穿过百老汇路,沿着杨树浦路飞驰。与满是洋房里弄的上只角①不同,这里整条路两边的厂房林立,抬眼望去,数不清的烟囱吐着黑烟,耳边还能传来机械运转的隆隆噪声。黄红砖块砌成的自来火房、英式建筑风格的自来水厂、傲然屹立的毛麻仓库将整条马路渲染得工业感十足。当时的人们并没有意识到,这条"沪东第一路"上的每一家工厂,几乎都是中国同行业的鼻祖。

根据地址,白沉勇花了一番力气才寻到厂房的所在。他看了一眼手表,已是六点敲过。以免打草惊蛇,他将轿车停在离厂房稍远的地方。

邵大龙带了配枪,将警棍交给黄瑛防身。

天色将暗未暗,乌云在空中集聚起来,不知等会儿会不会下雨。

遥遥望去,那间红砖厂房两层楼高,装着配对的玻璃,像一个巨大的糖果盒。一排灯火通明的窗子透出光来,成为黄昏中最明亮的景象。

三人伏在厂房外候了十来分钟,趁着门卫去上厕所的空隙溜了进去。厂房中央的空地上放置着数十台铁架,数十号人围着架子忙碌着。嘈杂喧闹的人声,粗野的谩骂声,锤头敲打的叮当声,锯齿拉扯时的咔咔声,以及玻璃瓷器碰撞声交响成一片。他们躲在一堆纸箱后方,只能隐约看清工作人员的身影,却瞧不清架子上的东西为何物。

屋外传来一阵闷雷,惊得三人心跳加速。

---

① 旧上海时期的法租界和公共租界的西区大部分与中区属于上只角,而华界以及其他城乡结合部属于下只角。

邵大龙低声骂道："他妈的，还真应了那句老话——秋天打雷，遍地是贼。"

黄瑛将食指竖在自己唇前，示意邵大龙安静。

空气中飘浮着一股浓烈的刺鼻气味。

"他们在做什么？"邵大龙捂住鼻子，感觉自己要被这味道熏窒息了。

白沉勇张望了一会儿："看不清楚，这架子上好多东西，样子都不一样。要不我和你们换个位置，你们来瞧瞧？"

"我视力好，我来看。"

黄瑛挤到前面，从纸箱后探出半个头。

"各种瓶瓶罐罐，有点……"她眯起眼睛，细细辨别起来，"有一些陶罐，也有几件彝器，像是在做古董。应该没错，我见到有个人在给一件瓷器上色。"

"这里难道是个造假工厂？"邵大龙倒吸一口凉气，同时心头涌起一股怒意。像这种规模的造假工厂，竟明目张胆地开在公共租界之内，这让他巡捕房探长的脸往哪儿搁？

"黄小姐，你看看有没有罗苹？"白沉勇提醒她，"这里只有你见过罗苹。"

"谁说我见过他？"黄瑛反问。

"你不是他的女人吗？不然你找罗苹做什么？"

"再废话一句，信不信我割了你的舌头？"

白沉勇被黄瑛凶狠的样子吓得缩紧了脖子。

"那怎么办？这里少说也有一百来号人，不认识罗苹，怎么找他？"邵大龙用手挠头，无不苦恼地说。

"找小丑啊！你瞧瞧谁的手掌上有六根手指？"白沉勇提议道。

"你们说得轻巧，这么远怎么看得清？"黄瑛不耐烦道。

鸟尊喋血记（五） 187

也许是他们三个交谈时说话声音太响,引得立在厂房中央正在调度的男人转过头来,朝他们的方向望去。好巧不巧,他的视线与黄瑛的视线撞在了一起。

那男人穿着一件对襟布纽的灰色本地衫,下身一条布裤,腰间绑了一根红色的腰带。他的身形消瘦,面色惨白,双颊深深凹陷。尽管整个人现出一股疲态,但他的双眼却充满锐气,充满了一股狠劲。同时,黄瑛也注意到,这个年轻的男人,两只手掌各有六根手指。

——他就是"小丑"阿弃!

黄瑛还来不及将头缩回纸箱后,那人就冲着她大喊道:"谁躲在那里!"

他这一句话,将厂房内所有人的目光,都集中到黄瑛身上。

眼见事态已失去了控制,邵大龙也顾不得那么多,迅速取出配枪紧握在手中,接着跳出纸箱,对着厂房内众人喝道:"我是巡捕房探长邵大龙!所有人立在原地不许动!"

黄瑛和白沉勇见他如此鲁莽,心中暗暗叫苦。

果不其然,他那句"不许动"话音未落,厂房内所有人都"动"了起来。大家"哇"的一声作鸟兽散。众人四散奔逃的时候,撞倒了许多铁架,数不清的瓷器陶器坠落在地上,清脆的碎裂声不绝于耳。

邵大龙见证据都要被摔没了,急得不停跺脚,口中喊道:"再动我可就开枪了!"说罢便举枪朝天空放了一枪。子弹打穿了厂房屋顶,瓦片纷纷掉落下来,其中一块将邵大龙头上砸出一个包。

听见这声如雷霆般的巨响,厂内工人逃跑的速度不仅没有变慢,反而更快了。

白沉勇从纸箱后闪出来,扯着嗓子对邵大龙道:"别开枪了!快去抓人!"

立在厂房中间的阿弃先是呆了一呆,随即转身就跑,黄瑛忙朝他追去。

这时，从门外涌进十来个喽啰，手里提着棍子，一看便知是这里的警卫。这些人朝着黄瑛他们三人冲去，黄瑛要抓住阿弃，只得和这群喽啰放对。她手里握着警棍，朝着为首那喽啰劈头就是一棒！

那人头顶中棍，被打得眼冒金星，站立不稳，往后摔去。他这一摔，一下子就带倒了身后三四个喽啰。

邵大龙手里有枪，几个人不敢上前，只是将他团团围住。

邵大龙冲他们喊："反了！反了！你们敢袭警？"

由于黄瑛与邵大龙牵制住了喽啰，白沉勇得以脱身，继续追击阿弃。

厂房外乌云遮住了天空中最后一丝亮光，不停地在空中翻腾，远处隐隐传来雷鸣之声，仿佛愤怒的神明在咆哮。在几声响雷之后，刹那间狂风大作，哗的一声，天上如塌了一般猛地下起了暴雨。黄豆大的雨滴急速落下，像是在洗刷整个世界。

白沉勇眼前除了雨幕，还有一个人的背影。

他紧随着那人狂奔，两人一前一后追逐。阿弃速度很快，白沉勇追得有点吃力。

从他逃跑的路线来看，阿弃对这一带也不是特别熟悉，如无头苍蝇般乱跑。他转入一片棚户区中，白沉勇紧随而至。

眼前的小巷弯弯曲曲，逼仄又绵长。小巷两侧是用竹席和稻草搭成棚顶的房屋，墙壁上全是窟窿。屋子周围都是垃圾与污水坑。

暴雨与昏暗令白沉勇看不清前方的路。他们在狭窄的小巷和弄堂中穿梭，四周堆满了杂物和垃圾。这里污浊的空气几乎令人透不过气。凹凸不平的地上，铺陈着碎砖与淤泥，污水坑被他们踏得四溅，老鼠和蜈蚣在他们的扰动下四处逃窜！

在急密的雨水冲刷下，小巷子两侧破败残旧的砖墙、壁上斑驳脱落的墙皮、墙角杂乱生长的荒草与粪便残留、垃圾堆里的泔水与蛆虫，以及泥泞坎坷满是污秽的道路，无不泛着令人恶心与不适的黑色反光，就像蟑螂甲壳上的那一抹油亮。

这种被雨水冲洗下的黑暗，笼罩着整片棚户区。

空气中充满了腐烂与潮湿的气味。

也许是被暴雨影响，阿弃走错了一条岔道，把自己逼进了一条死胡同里。他刹住脚步，转过身来，准备另觅出路之时，白沉勇已拍马赶到。

两人浑身都被雨水浸透了，雨水落在他们头上，缓缓流下，在他们的脸上形成无数道水流，如同河流般在顺着脸颊淌下来，从鼻尖和下颌滴落。落下的雨水，与充斥着垃圾和粪便的污水融在一起，漫进两侧的屋子里。

他们隔着雨幕对视，耳边尽是哗哗的雨声。

仅存的光线不足以让白沉勇看清阿弃的脸。这个时候，他的脸像是被一片黑影遮盖，只露出嘴唇和下巴。他能看见阿弃的双唇抿得很紧，嘴角两端下垂，下嘴唇绷着。唯有嫉妒愤怒的人，才会出现这样阴鸷的表情。

白沉勇知道，今天他们两人中间，必须有一个人死在这里。

阿弃从身后取出一柄木柄纯钢匕首，刀身刻有花纹。他右手反握匕首，接着沉腰立马，摆开刺击的架势。

白沉勇吐出一口气，将身上的西装外套脱下，丢在一旁，左手将领带扯松，右手从腰间抽出一把刃身漆黑的美式军用短刀。他上身前弓，正握军刀，刃尖朝上，眼睛死死盯着阿弃。白刃巷战，一触即发。

滂沱大雨隆隆泻下，落在地上激起无数水箭，两侧残旧的屋檐倾倒着无数水帘。

阿弃先发制人,他怒喝一声,持刀朝白沉勇奔去!他的脚每踏一记地面,都会砸出一圈水花,在夜黑中,犹如一只凶猛的夜叉,踏着水莲花而来。

欺近白沉勇时,阿弃右手抬起,朝着对方的咽喉猛地就是一刀!白沉勇双膝弯曲,整个身体微微后仰,匕首的刀刃擦着他的喉结而过,凶险万分。

这一击也使阿弃失去了重心,整个人朝前冲去。

白沉勇右脚往后一蹬,一个滑步让到阿弃右侧,左手勾住阿弃的后颈,趁着阿弃还未来得及定住身形,右手军刀刀尖直刺阿弃的颈动脉!

刺击若是得手,阿弃的左侧颈部就会被捅出一个血窟窿。

动脉被割裂,他就会失血过多而死。

但从尸山血海中一路走来的"小丑",哪会这样就范?他立起左臂,撑开有六根手指的左掌,蓦地朝白沉勇刺击的右手腕推去,只听"啪"的一声脆响,生生挡住这记杀招。

与此同时,他的左手掌忽然紧紧扣住白沉勇的手腕,反握匕首的右手往身后顺势一挥,向着白沉勇的腰眼狠狠扎去!

由于被擒住了手腕,一时挣脱不开,情形危机万分。

白沉勇知道,如果这一刀扎进自己的腰间,他会立刻失去战斗力,如俎上鱼肉,任阿弃宰割。

——既然无法躲避,那就以攻代守!

在临近生与死的刹那,白沉勇做出了一个决定。

他不仅没有抽回勾住阿弃后颈的左手,反而绷紧五指,更加用力地抠进去,同时腰腹发力,以全身之力扭转腰胯,借着双手两个着力点,将阿弃整个人朝外抛摔出去!

这招果然奏效，阿弃挥击的刀刃还未扎进白沉勇的皮肉，只觉得被一股巨大的力量左右，双腿突然被拔离地面，朝后飞摔。

刃尖只是在白沉勇的高档衬衫上留下了一道裂口，并未伤及皮肉。

阿弃被摔在一只木桶上，那木桶应声折裂，桶里的污水溅了阿弃一身。

白沉勇哪里会错过这个机会，立刻冲上前来，想给阿弃致命一击。

阿弃一个鲤鱼打挺，翻身而起，见白沉勇的军刀自上而下朝他斩击，便条件反射般地使出一记自右向左的横劈，木柄匕首与美式军刀的刀刃，竟在雨夜中擦出一丛火星！

但金属刮擦的鸣音瞬息就被轰然作响的暴雨声所掩盖。

雨势越来越大，硕大的雨滴像疯了似的直直地撞下来，将屋顶和地面砸得噼啪作响，仿若正在演奏一首激昂人心的战歌。

白沉勇一击不成，握着军刀的手顺势朝上挑刺，速度之快，比之前的斩击更甚。

那记横劈将阿弃震得虎口发麻，但此时容不得他细想，眼见白沉勇的军刀刀尖朝自己咽喉捅刺，便把心一横，将匕首的刃尖对准白沉勇的喉结扎去！

这是两败俱伤的打法。

换言之，阿弃在来不及避开杀招之时，用以命换命的打法和白沉勇赌上一赌。

——看谁比较不怕死！

这次赌赢了。白沉勇收住刀势，往后急退两步，避开阿弃的匕首。

白沉勇第一次见到这样凶狠的打法，心头怦怦直跳。他一生也经历过许多次生死搏杀，但从未遇到过像阿弃这样的亡命之徒，打起架来，好像这条命根本不是自己的。

阿弃见他刀招已废，反手将匕首朝半空中一抛，那匕首在雨中画了一个圆圈，再次被阿弃以正手接住。从反握改成正握，他决定孤注一掷。

白沉勇也感觉到了对方气场的变化，知道阿弃准备玩命了。

阿弃再次攻向白沉勇，他手中的匕首，携着怒吼的风雨，朝白沉勇直刺过去！不知是不是幻觉，白沉勇甚至能听见阿弃手中匕首的利刃将雨中的空气撕裂的声音。

嘶嘶嘶——

黑暗潮湿的棚户区一隅，衣衫褴褛的凶徒与西装革履的绅士正在以命搏杀，疾风骤雨仿佛令整条肮脏小巷的地面沸腾起来。

白沉勇弓背屈膝，准备迎接阿弃的刺杀。当阿弃的刀刃即将刺中白沉勇时，对方忽然消失了，瞬息之间，徒留一个残影。

人呢？

突然，阿弃感到腹部一阵刺痛！

原来白沉勇在阿弃靠近自己的瞬间，蓦地下蹲，右手往前一送，将军刀的刀刃刺入了阿弃的腹部。

一击得手，白沉勇准备将军刀收回。

他本就不想要阿弃的性命，只是刚才性命相搏，没有选择，如今已重创阿弃，将他杀得失去了反抗的能力，就没必要继续了。

毕竟他还有很多问题想问。

谁知刀竟拔不出来。

阿弃左手六指紧紧扣住白沉勇的手腕，不让他将军刀拔出。白沉勇心头大惊，电光石火之间，他已明白阿弃想要做什么了。

同归于尽。

正握的匕首，狠狠扎入了白沉勇的胸膛！

鲜血溅射而出。

在黑与白的世界中，多出了一道红色。

白沉勇中刀之后，两人同时松手，各往后退了数步，同时向后倒下。

一条巷子的两端，又同时溅起一圈水花。

暴雨如旧。

狂风卷着雨点洒向这条暗黑的巷道。

阿弃的匕首扎在白沉勇的胸膛，白沉勇的军刀刺入阿弃的腹部，他们身上均插着对方的兵器，眼下都无力将其拔出来。

身上的鲜血随着雨水流向地面，潮湿的空气中又多了一股血腥味。

倒地的白沉勇只觉得眼皮特别重，呼吸越来越困难。他知道自己可能是缺氧了，他不能睡，不能睡。但强烈的倦意使他不得不闭上眼睛。在失去意识的瞬间，他将右手从中刀的胸口移开，按了按头上的费多拉帽。

不论如何，即便是死，绅士的帽子也不能掉下来。

他知道今天夜里，自己逃不出这冰凉雨点织成的细密巨网，也许他将和阿弃一起葬在这条肮脏的街道中。他想，如果这时候能来支骆驼牌香烟就好了。

下一秒，白沉勇就失去了意识。

胸口的剧痛令白沉勇苏醒。

雨还在下，只是雨势变小了。黑暗的小巷子里已不见阿弃的身影。

匕首还插在胸口，伤口应该不深，否则他早就没命了。他挣扎着起身，一手支着墙壁，费力地站直了身体。

原本阿弃所躺的位置，什么都没有留下。血迹恐怕早就被雨水冲刷干净了。若不是自己胸口的匕首，身上的白衬衫被鲜血染红了一大半，白沉勇甚至怀疑自己刚才只不过是做了一场梦。

白沉勇咬紧后槽牙，连带颈部都暴起了青筋，用手撑着墙壁，努力挪动脚步，朝巷子外走去。每走一步路，都会牵扯到胸口的肌肉，从而让他感到阵痛。

可他现在无暇顾及疼痛。

他在想，为什么阿弃没有下手杀了他？

来到路口，他实在支撑不住了，这才靠着一栋民居的墙壁坐下来。

也许是听见了异动，那栋破楼的主人从窗户探出头来，瞧见了奄奄一息的白沉勇。

"哎哟，先生，哪能这样啦？"三十来岁的男主人惊呼起来。

"什么事？"屋里又传来女声。

"老婆，门外有个人，好像伤得很重！"

男主人一边说，一边推开木门。他也顾不得打伞了，整个人跑出门外，查看白沉勇的伤势。见到胸口上插着一柄匕首，男人吓得直哆嗦。过了一会儿，他才缓过神来，知道这伤很重，若不抓紧时间，男人恐怕要一命呜呼。

"快去叫隔壁小阿三还有扁头过来，一起把这人送去医院。"

这时，白沉勇一把抓住他的手，使劲摇头。

"不能去医院……"

"可是你伤得这么厉害，不去医院的话会死啊！"

"送我去一个地方。"

此时他说的每一句话，都耗费了大量的力气。

"可是你这样……"

白沉勇费力地从口袋里取出一沓已经被雨水浸透的钞票，递给眼前的男人。

男人看着钞票,数额是他整整两年都赚不到的。他抬起头,大门推开,他的妻子打着伞出来,也瞧见了这一幕。

夫妻两人目光相触,心情都极为复杂。

这人来路不明,不敢去医院,送他去某个地方,是一件十分危险的差事。谁都晓得上海的治安有多差,尤其是半夜三更。

但是他们需要钱,他们生病的孩子更需要钱。

"别去医院。送我去一个地方,这钱都归你。"说完,白沉勇又咳嗽了几声。

妻子看着那沓钞票,沉默片刻后,终于朝丈夫点了点头。

男子仿佛有了底气,问白沉勇:"你要去哪里?我拉车送你去。"

他告诉白沉勇,自己是拉黄包车的车夫,整个上海滩没有他不知道的地方。

白沉勇把秘书刘小姐家的地址告诉了他。

"去租界?"男子呆了呆,随即点头,"你在这里等一会儿,撑着啊,我去取车。"

他接过钞票,将钱递给妻子。

"路上当心啊。"

"晓得了。我把他送过去就回来。"说完就去取车了。

取完车,他小心翼翼地将重伤的白沉勇驮上了黄包车,花了近一个小时,穿过大半个上海,将他送去了位于公共租界的一个里弄。

车夫将白沉勇交给刘小姐时,他已是气若游丝。

他们合力将白沉勇搬进刘小姐的房间,放在床上。刘小姐是独居,楼里虽然还有其他租户,但这个点早就睡了,所以还算安全。

忙完之后车夫就走了,他是个老实人,也知道这事很严重,所以不想惹麻烦。

刘小姐表示理解。

送走车夫后，刘小姐之前强忍的情绪终于爆发了，她趴在白沉勇身上，放声大哭起来。

白沉勇彻底昏迷，他对四周的一切已没有任何反应。

刘小姐擦干脸上的泪水，深深吐出一口气。不论有多少机会，她都要试试看，不能放任眼前这个男人死掉。她从床底翻出医药箱，取出纱布、酒精和各种药品。她努力回忆从前在医院工作时，外科医师如何拯救受到严重外伤的病人，步骤是什么？注意点是什么？她闭上眼睛用力回忆。

幸好白沉勇没有私自将匕首拔出，那样会导致大出血，神仙来了也救不了。

刘小姐先用剪刀剪开他的衬衫。由于出血量过大，部分干涸的鲜血已将伤口和衬衫粘连在一起，有点难撕，她唯有非常仔细、非常小心地慢慢操作。完成以上步骤之后，再用碘酒擦拭伤口周边，进行消毒。

下面到了最危险的一步。

她双手握住刀柄，心中默念"一二三"，当数到"三"时，猛地用力，将匕首拔了出来！

刀刃从血肉中抽出时，白沉勇痛得闷哼了一声，但还是未能醒来。

果然，鲜血如泉水般涌了出来，刘小姐将一盒云南白药尽数倒在伤口上，但是没用，鲜血将药粉冲掉了，再倒，又冲掉。反复几次，她将一团厚厚的纱布用力按在伤口处。

白色的纱布很快就被鲜血染红。

眼泪又掉下来，这不是她能控制的，她控制不了。她没有哭出声音，脸还是绷着的，面上没有表情，尽管泪水已将她的面孔完全弄湿了。

她把脸凑近手臂,用衣服擦干眼泪。因为泪水会影响她观察伤口的视线。

换了七八块纱布,按了将近一个小时,血终于止住了。

刘小姐轻轻掀开纱布,血肉模糊的口子暴露在她的眼前。

伤口很深,必须要缝针。她从针线盒里取出针,将尼龙线穿过针眼,打了个结。她很久没干过这样的工作,手不免有些颤抖。一针一针将伤口缝合,不时还要擦拭从伤口渗出的鲜血。完成这一切后,她用纱布重新将伤口包扎起来。

床单上都是血迹,白沉勇躺在上面,胸膛微微起伏,气息很虚弱。

刘小姐去摸他的额头,发现烫极了。白沉勇在发烧,而且烧得很厉害。

她去屋外接了一盆凉水进屋,用毛巾浸透凉水,然后绞干。夜里没地方去买降温药,只能物理降温。

谁知就在此时,白沉勇忽然说话了。

"不要……"

刘小姐见他醒来,惊喜交集,带着哭腔对他说:"你醒了?感觉怎么样?"

白沉勇闭着眼睛,嘴里还是喃喃地道:"不要……"

刘小姐不明所以,只能顺着他说:"好,不要,我们不要。"

白沉勇缓缓点头。

将毛巾敷在他额头上后,刘小姐关切地问:"你现在感觉如何?"

没有回答。

白沉勇又昏迷了。

当白沉勇再次醒来的时候，已经是第三天的夜晚。他醒来，睁开眼，发现刘小姐正趴在床边熟睡。连续两天不眠不休地照顾他，实在太累了。他没有叫醒刘小姐，而是让她继续睡下去，自己则躺在床上，回忆之前发生的事。

阿弃走的时候没有对他下杀手，究竟是放他一条生路，还是没有下杀手的能力？

他们雨夜巷战，两个人都受到了极严重的伤，几乎可以说是在鬼门关前走了一圈。托刘小姐的福，白沉勇算是熬过来了，可阿弃呢？或许他能找到手下救自己一命，或许就死在路边了。他正胡思乱想之际，床边传来刘小姐的声音。

"你醒了？"她惊喜地看着白沉勇，双眼中尽是红血丝。

白沉勇笑着朝她点头。

"感觉怎么样？有没有哪里不舒服？"刘小姐站起身来，用双手拢了拢自己蓬乱的头发，"肚子饿不饿，我去弄点东西给你吃？敲两个水潽蛋吃好不好，昏迷整整两天，我就喂了你点水喝。"

白沉勇摇摇头，然后伸出右手，做了个朝下压的姿势。他让刘小姐坐下。

刘小姐有点不知所措，她坐下后，白沉勇握住了她的手。

"谢谢你。"他说。

入职以来，这是他第一次这么认真地与她说话。不是在调笑，不是在揶揄，不是那个油嘴滑舌的大侦探，言语中是她能感受到的真诚。

他的认真严肃反倒弄得刘小姐难为情起来，她故意说："当然不能让你死啦！否则欠我的工资问谁去要？"

白沉勇将她的手握得更紧了。

"真的谢谢你。"他又重复了一遍。

鸟尊喋血记（五）

这一次，刘小姐终于没有忍住，她一把抱住白沉勇，号啕大哭起来。

她不停骂白沉勇是个混蛋，是个不负责任的混蛋，她把她所有能想到的脏话都骂了一遍。她问白沉勇，办案的时候为什么不考虑一下在乎他的人？为什么要那么拼？早知道如此，邵大龙头一回来侦探社的时候，她就应该拿着扫帚把这个老东西打出去！她告诉白沉勇，当时他被车夫送来她家时，她真的以为他要死了。

"你要是死了，我也不想活了。"刘小姐紧紧抱住白沉勇，哭得天昏地暗，"我允许你每天胡说八道没个正经，允许你约女委托人去西摩路喝咖啡，我也允许你不拿我当回事。但是……但是我不允许你死！你不能死！我不允许你死，你明不明白？"

白沉勇没有说话，他用手轻轻抚摸刘小姐的背，以此来安抚她的情绪。

"已经没事了。"他说。

刘小姐松开手，轻轻抹掉了脸上的泪水。

"那我去弄点东西给你吃。"她准备起身，却又被白沉勇拉回了座椅上。

"我现在还不饿。不过，我有些话想和你说，我怕现在不说，以后就没机会了。不知道下一次运气还会不会像今天这么好。"白沉勇话说得很慢，像是在交代后事。

刘小姐安静地坐着，听他讲话。

"在此之前，我不想连累你，所以很多话没跟你交代清楚。我所处理的案子，非常棘手，非常危险，你知道的越少越好。这起案件牵扯到许多危险的人物，他们随便一个都可以把我像蚂蚁一样捏死。"

"究竟是什么事啊？神神秘秘的。"刘小姐用抱怨的口气说。她从未见白沉勇像今天这样，一改平日里天不怕地不怕的模样，仿佛换了一个人似的。这令她越发感到好奇。

"你是我在这里唯一相信的人。"

白沉勇说出这句话,仿佛用尽了所有的力气。

慈恩疗养院（六）

深夜的疗养院安静极了。

四下里暗沉沉的，偶尔有野猫的嘶叫声传来，疗养院里大部分人都蜷缩在床上睡得很沉。在美梦中的人们，完全不会想到，此时会有两个人在黑夜中偷偷潜入院务大楼。

我将铁丝插入锁孔中，一阵忙碌后，终于撬开了院长室的大门。躲在我身后的王曼璐大气也不敢出一声，额头上细密的汗水在月光下泛着白光。

门被我轻轻推开，一阵尖锐的风呼呼地往门缝里钻，也许是拉着窗帘，房间里黑黢黢一片，什么都瞧不清楚。

我从腰间抽出手电筒，打开开关后，将光柱朝里射去。确定里面没人后，便招呼王曼璐随我一起进屋。

办公室里的摆设十分简单，一排靠墙的大书架前，放着三人座的真皮沙发。沙发前是茶几，而茶几的对面，放置着一张大书桌，书桌后是转椅，转椅后是被窗帘遮挡的窗户。书桌上有台转盘电话，笔筒和一堆记事本放在一起。在房间的角落里，有个红木五斗橱，橱柜上放着一堆文件。五斗橱边上，还有个铁质的矮柜。矮柜被一把挂锁锁着。不过对我来说,打开这把挂锁可能只需要半分钟。

我们在办公室里转了一圈,决定先从这只铁质的矮柜入手。毕竟只有见不得人的东西才会上锁。我取出铁丝,用不到半分钟,便打开了挂锁。小铁门被拉开,里面有好几个抽屉。先抽出最上方的抽屉,里面都是一沓沓的纸质文件。

王曼璐将文件铺陈在地上,我用手电筒去照。这些大部分都是患者入驻医院时登记的资料,不论姓名、性别,还是家庭住址,均十分细致地记录在上面。我翻了几页,忽然发现了一个熟悉的名字——冯素玫。

冯素玫的资料被钉成了一本薄薄的册子,记载的内容比其他患者更加详尽。但令我不解的是,资料的封面上,被人用红色的印章敲了个章。这个印章的形状是两个相交的圆形,这个图案我似乎有点印象,不过一时却想不起在哪里见过。

我摇了摇头,继续翻阅下去。

第二页是冯素玫的家庭情况和个人资料,第三页是她的健康状况,有医院的体检报告。直到这里,都还相当正常。到了第四页,是卫生治疗所的妇科检查,非常详细,甚至比之前的体检报告更详细。我隐隐感觉到不对劲。这里是精神病医院,为何对冯素玫的妇科检查如此之细致?我脑中思索着问题,手没停下,继续翻页。

第五页的内容,使我大受震撼。不仅仅是我,就连身边的王曼璐,都惊呼出声。

她忙捂住自己的嘴,低声对我道:"怎……怎么会这样?"

我稳住情绪,仔细打量起来。这页纸上,贴了好几张照片,分别是冯素玫的正面照与侧面照,以及各种其他角度的照片。但令我和王曼璐惊愕的,并不是这些照片的拍摄手法,而是照片中的人,根本不是我们见过的冯素玫!

没错，病患资料中的女人，和那位被恶魔附体的"冯素玫"，根本不是同一个人……

我倒吸一口凉气，把头转向王曼璐。我从她的眼中，也看出了恐惧。

"为什么会这样？难道是搞错了吗？"她不停地喃喃自语，"不会，疗养院不会犯这种低级错误。这些资料是入院时就登记的……"

"那只有一种可能。"我接过王曼璐的话，继续说了下去，"死在病房里那个女人，不是冯素玫。而真正的冯素玫，应该待在某个我们不知道的地方。"

我话里的意思已经很清楚了，相信王曼璐应该能够听懂。

她沉默了一会儿，才道："那病房里的女人又是谁？"

"可能是某个没人会在意的女人。那个女孩在病房死了，家里人恐怕永远也不会知道，或者家里人也不在意。疯子对很多家庭来说，是一种累赘。"

"太可恶了……"王曼璐掉下了眼泪，用颤抖的声音说，"他们是真的拿女人当物品来交易的吗？可我们也是人啊？我们不是畜生。"

我伸手轻轻地拍了拍她的背，想说句话安慰她，但搜肠刮肚，却找不出哪句话合适。

这世间有些罪恶，委实会令人无言以对。

除了冯素玫的资料册，还有起码五六十本册子敲着圆圈印章，可见消失的女病人数量之多，而且这还只是近期的。照片上那一张张脸，眼下不知被藏匿于何处。

忽然，从某本册子里掉出一张短笺，上面有人用铅笔草草写了几行字：

上批菜色还行，就是岁数未免大了些。

慈恩疗养院（六）

二八处子最佳，可养作瘦马家，未婚嫁者次之，两者皆可昂其价。

　　坐家女也有人要，只是犒以零星，卖不出价格。

　　养过小儿的妇人莫要再送来，切记！

蚁人张

　　我盯着"蚁人张"的名字瞧了许久，终于明白那相交的圆圈图章的含义了。

　　"没想到李查德竟然与张老爷子联手，做买卖人口的勾当。"

　　"谁是张老爷子？"王曼璐没有江湖经验，自然对这些事不了解。

　　"他本名叫张鹤鸣，也是青帮的老头子，江湖上人称'张老爷子'。与青帮其他大佬不同，张老爷子专做贩人的生意，使他有一个绰号'蚂蚁王'。他不以为耻，反倒是自称起'蚁人张'来，可见其人厚颜无耻之极。早些年的时候，他常打着去外国做工的旗号，将人骗去卖掉。被卖掉的人有男有女，男的去国外当苦力，女的送去国外做娼妓。被卖出去的男人叫'猪仔'，女人叫'猪花'。后来，由于租界政府的干涉，他开始转做国内的生意，专门买卖妇女，偶尔也拐卖小孩。

　　"女的中有漂亮的，便卖与富人家作妾，曰'瘦马家'，长相较为普通的则被卖去穷乡僻壤嫁作人妇，或是运往风月场所为娼为妓。居间说合，促成买卖，发了大财。管理租界的洋人对此也是睁一只眼闭一只眼。实际上，在我们看不见的地方，人口贩卖成风，农村的光棍均可出钱买妻，也有的贫困人家卖妻卖女。甚至在某些地区，还设有'人市'，妇女与商品无异，妇女价值以姿色不同而有高低，大约在一二元至十数元不等。富人买妾，出手豪阔，有时候可卖一二百金。"

　　王曼璐听完我的话，半晌没有声音，一直在默默抹泪。

许多刚到上海的女孩会被人贩子绑去妓院卖掉,如果她运气好,逃出妓院,到妇孺救济会求助,那可能会获救,但大部分女孩没那么好的运气,如果在半路遇见了老鸨的帮会朋友,就会被抓回去,当街值勤的警察见了,也会扭过身装没看见。因为老鸨也会和警察暗中勾结,不时给他们一点好处费。

过了好久,她才嗟叹:"我们生为女子,在这人间真的好苦。家里若有子嗣,便不把我们作女儿的当自家人,都说什么'嫁出去的女儿,泼出去的水'。这话好令人伤心!"

我不知道王曼璐经历过什么,也许是我的话勾起了她的伤心往事。

"所以我们要把她们救出来。现在不是难过的时候,我们再看看还有什么线索。"我鼓励王曼璐振作起来。

"嗯!我明白。"她冲我用力点了点头。

同时,我也开始思考起整件事来。

最初孟兴把我叫来这里,是为了寻找子乍弄鸟尊这件国宝级的彝器,因为他怀疑美商本宁丹洋行不惜重金买下这栋疗养院,就是为了能找到藏匿其中的文物。显然,孟兴的判断错了。不,或者说即便美国人最初买下疗养院是为了寻找子乍弄鸟尊,但现在他们发现了更赚钱的业务——将这里的精神病人卖给人贩子。如果有人没有精神疾病,那疗养院也有办法将他弄成精神病,毕竟证明一个人是否正常的权力掌握在他们手上。

由于疗养院的建立,整条人口贩卖的产业链被搭建起来。

我忽然想明白了一件事。

我和阿弃拼了命想找到国宝子乍弄鸟尊,是为了不让文物流向国外,不让我们祖先传下来的珍贵历史文化遗产被洋人夺去。为什么不忍见到这种情况?是因为文物盗窃与走私会对国家和民族造成严重的危害，使我们丧失尊严，所以我们会憎恨那些不以盗窃祖先留下的文物为耻，而且还主动与走私分子勾结，从事违法犯罪活动的人。简而言之，将文物倒卖给洋人，会丢国家和民族的脸，是国之耻辱！

那贩卖价值远不如文物的人呢？将普通百姓当成商品贩卖，令人没有人所应得的尊严，难道不是国之耻辱吗？

二者到底孰轻孰重？

如果要在文物与人中间做出选择，那我一定优先选择人。文物虽然是先人的珍贵遗产，可以彰显我们文明的璀璨，但延续文明的是人，唯有人的存在，文明才会焕发出勃勃生机。没有了人，文物即便再稀有华丽，也如一首送葬曲，死气沉沉，观者只会徒留一声声叹息。

而这一声声叹息，是遗憾，绝不是自豪。

自此，我已将寻找子乍弄鸟尊的事，置之脑后，眼下首先要紧的事，是将被疗养院藏匿起来的人拯救出来！待腾出手来，再去寻找这尊彝器也不算迟。此外，我还须查出被附魔的那位"冯素玫"的真实身份。我不能让这位被"附魔"折磨而逝的女孩，死得不明不白。

说起驱魔仪式，我又觉得奇怪。

李查德如果仅仅是想要做贩卖人口与倒卖文物的生意，那他为什么要把我叫来？这个女孩是否被附体，对他来说又有什么影响呢？他为何要将这位被"附魔"的女孩的名字改成冯素玫？我尝试找出答案，这样会让我感觉好一些。但是我的推论未必是正确的。

疗养院需要神父来此地主持驱魔仪式，是不是为了做一场假戏给外人看，这样的话，冯素玫的父亲冯思鹤就不会来找他的麻烦？毕竟冯思鹤在上海滩也是有头有脸的人物。如果真相真是如此的话，至少可以确定吴中华医师没有参与其中，也被李查德蒙在了鼓里。因为他是唯一一个旗帜鲜明地反对举行驱魔仪式的人。可是，疗养院明知道冯素玫是个危险因素，世界上女孩那么多，何以非她不可呢？难道是某个有势力有背景的大佬看上了这位知名钢琴家的千金？想到此处，我不禁背脊发凉。

如果连冯思鹤这样的社会名流都无法保全自己的女儿，更何况没有任何背景的百姓？那位看上冯素玫的大佬，可能是一个巨大到我们普通人无法想象的存在。

无数未能解释的问题令我头疼。

正当我竭力思索之际，忽然听得走廊里传来一阵脚步声。足音由远及近，来得十分迅速。

王曼璐看向我，神色紧张，显然她也听见了。

"现在逃走已经来不及了，快把资料放回去，然后躲起来！"我嘴上说这话，手里却没停下，将散落的文件一把抓起，往抽屉里猛塞。

王曼璐也学着我的样子，将一沓资料胡乱塞了进去。

"往哪里躲？"她说话音调虽低，却十分急切。

我合上矮柜的铁门，将挂锁重新锁上，然后指着书桌对她道："你钻桌子底下，我躲五斗橱后面，速度快！"

话音未落，我们便各自行动。

王曼璐钻入书桌下的空间，我则侧过身，熄灭手电筒的光源，匿身于五斗橱后。

我们刚藏好不到一秒，门就被人推开了。

尖锐的风声从门缝中灌入办公室，接着，有人打开了房间的日光灯。

我的心脏怦怦直跳。

从脚步声来判断，走进院长办公室的有两个人。

"你确定？"

有人说话。我不敢伸头去看，但光听声音，就能辨别出是李查德院长。

另一人道："我确定。"

是疗养院的护工鲍荣旺。我和他发生过争执,所以对他的声音记得尤为清楚。

"为什么会发生这种事?"

李查德的声音里隐含怒意,不过能听出他还在克制。

"放心,暂时没人发现她们。"

"可是有别的人进去过了?不是吗?如果一直有人去,那发现也是迟早的事。"李查德还在抱怨。

"明天就会有人来接走她们。"相比李查德,鲍荣旺的回答更简洁,更不带私人情绪。

"你最好祈祷他们别迟到!"

"李查德院长,我个人很尊敬你,张老爷子也很尊敬你。但我们不是你的手下。"鲍荣旺口气突然变得严肃起来,"所以,在你讨论到我们的时候,请你放尊重一点。"

"尊重?难道我还不够尊重你吗?"

鲍荣旺冷笑一声,没有回答他。

李查德继续道:"我把这里最好的货色全部给了你们,可你们那边资金却迟迟不到位。合作是需要相互尊重的,你们中国人到底有没有契约精神?"

"你们美国人重的是利益,而我们中国人重的是情义,什么是契约精神我不懂,但是朋友有困难,周转不灵的时候,身为合作伙伴,你难道不应该拉我们一把吗?钱我们会付,但你这样天天催款,是不是有点不够意思了?"

"Cut it out!"李查德从嘴里爆出一句英文,随后用恶狠狠的口吻说道,"麻烦你转告张鹤鸣,上次那批货的钱,我希望明天就能收到。

否则的话，你就让张老爷子等着倒霉吧！千万别威胁我，你们青帮那套吓不倒美国人，你裤兜里那把破枪还是我们造的，只能去吓吓马路上的瘪三，我们不吃这套，明白吗？"

随后是一阵冗长的沉默。鲍荣旺没有再回话。

毕竟是和洋人做生意，就算是青帮大佬，还是会有几分忌惮。

我感到腿有点发麻，稍微往右边挪动了一下。可谁知就是这微小的动作，却引来了一阵响声——我踢到了五斗橱边上的痰盂。

音量虽然不大，但在这沉默的办公室内，却显得格外刺耳。

"是什么人？出来！"鲍荣旺大喊一声。

他与李查德同时警觉起来。

我心中自责不已，可是眼下已没有了回头路，只得现身与他们搏命。我盘算着身上有哪些武器可以使用，思来想去，除了手电筒外，就只有一根撬门用的铁丝。而他们手里应该有枪，至少鲍荣旺肯定有。

我已做好殊死一搏的准备，刚想踏出去，却听见王曼璐说话的声音。

"院长，是……是我……"

她从书桌下爬了出来。从我的角度，正好能看清她的脸。她朝我这边瞥了一眼，随后微微摇头，警示我不要出来。

"小王？你来这里做什么？"李查德疑惑地问道。

"我的一只耳环找不到了，能找的地方都找遍了，于是我就在想，或许是掉在您这里了，所以就趁着晚上没人，过来看看。谁知道找了一半，您就来了，我太害怕了，怕您责罚我，于是便躲到了桌子下面。"

"耳环不见了？"

李查德重复了一遍王曼璐的话，语气耐人寻味。

"是的，院长。"

"那你现在找到了没有？"李查德又问。

"没……没有。"

"没找到是吧？我们刚才说的话，你一定听得很清楚吧？"

"不，我什么都没听见。"

我侧过脸，瞥见王曼璐边说话，边慢慢往后退，将背脊靠在书桌的边缘，随后将手伸到背后，将桌上的一小瓶墨水，窝在手心里。

"哈哈，小王，真是可惜，我还挺喜欢你的。不过，我看以你的样貌，还是可以换个好价钱的。"李查德先是对王曼璐温言几句，随后又吩咐鲍荣旺道，"把她带走，关起来！"

"院长，不要，你们的话我真的没听见，不要啊……"

王曼璐还在求饶，一张巨掌便朝她伸了过来，一把揪住她的衣襟，把她拖了出去。从我的角度，能清楚看到鲍荣旺手腕处的文身——两个相交的圆圈。

随后，办公室里的灯熄灭，门也被关上了。

她的求饶声还在走廊里回荡。

我浑身颤抖。

王曼璐为了不让我暴露，宁愿自己被李查德他们发现，将自己置身于危险之中。她牺牲自己，就是为了保全我。这样的话，我们不至于被一网打尽。

我调整了一下呼吸，试图将慌乱的情绪从我身体里驱逐出去。

侠盗罗苹遇事绝不应该慌乱。

我开始回忆王曼璐最后的动作——她带走了那个墨水瓶。

其目的也很简单，就是留下"记号"使我能够找到她，同时也找到那个我们始终无法发现的藏匿受害者的"窝点"！

首先，我必须离开这里，在黑夜中留下墨迹是一个比较明智的选择，前提是不让李查德和鲍荣旺发现她的行为。此时我也不得不佩服王曼璐的智慧与勇气，她害怕的样子装得很像，使李查德深信不疑，同时在危急时刻，反应也极为敏捷，知道就地取材，拿走墨水瓶给我指路。最重要的一点是她信任我。

我当然不会辜负她这份信任。

他们离开之后，我又在办公室多待了半个小时。之所以不立刻离开这里，是因为害怕李查德杀个回马枪。时间差不多后，我悄悄走出办公室。院务大楼的楼道里面没有王曼璐留下的墨迹，这让我有点担心，生怕她的伎俩被李查德发现。幸而走出院务大楼后我就看见了墨点。由于天色很暗，地上的墨迹并不容易被人看出来。我循着点点墨迹往前走去。

深秋的夜间略微有些寒意，风呼呼地吹，树上的枯枝迎风摇曳。

顺着地上墨线的指引，我终于寻到了匿藏病患的地点——儿童区病院大楼。

原来我们之前的判断没有错，这栋废弃的病院大楼，果然有问题。

大门已经被锁上，依旧是那把破旧的耶鲁铜锁，这说明李查德和鲍荣旺已经离开。我取出铁丝，熟练地撬开铜锁，然后侧身进入大楼。自从进入疗养院后，我在这栋楼里待过很长的时间，可是我未能发现此地有任何藏人的空间。所以在答案即将揭晓之前，我的心情是澎湃的，是激动的。我甚至希望阿弃也在被绑架者之列，让他亲口告诉我，他是如何在被人打晕后转移到一个密闭的空间的，这样我就可以打消一切对他怀疑的念头。

我打开手电筒，照亮大堂的地面。

有那么一瞬间，我害怕在这大堂里再也瞧不见墨点了，就如在我眼前消失不见的阿弃一般。真的如此我想我应该会非常崩溃。

幸好这种事没有发生。

由墨点连成的墨线在手电筒的照耀下显得时浓时淡，不过还算清晰。只是，墨线并没有如我此前预料的那样朝二楼延伸，而是消失在大堂东北角的一个角落。

——难道被李查德发现了？

这是我的第一个想法。

他察觉到王曼璐用墨水来当标记，于是在半路上夺走了她的墨水瓶，故意将墨水滴向这个死角——他在戏耍试图跟踪他的人。

我站在原地，心头沮丧至极。

等等，我进入这栋楼时，大门是锁上的，如果仅仅是戏弄的话，李查德没必要这样大动干戈，他不是这么无聊的人。

我低下头，仔细打量起这个角落。

在手电筒光线的照射下，这个角落的地面似乎与其他地面的颜色有些不一样，灰尘也相对较少。我在大堂里来回走动，四处观察，以佐证我的观点。没错，相比其他地方，这个角落过于"干净"了，肯定有问题。

我单膝跪地，左手反握手电筒，提供光源，右手握拳，开始敲击地面。然而，单单用手敲击的力量，还不足以让这块石板显出原形。我立起身，开始用脚踏。

耳边传来的踏响与别处不同——这下面果然有空间。

接下来，我开始趴在地上，仔细研究这些石板。我发现其中有一块石板的边缘略有凹陷，不注意的话，会认为只是普通的碎裂痕迹。我伸手抚摸，发现凹陷处有一个洞，洞口可以探入两指。我将中指和食指抠进去，向上用力，那块厚重的石板发出"咔嚓"一声，竟被我掀开了。

与此同时，漫天的灰尘伴随着浓重的霉味朝我扑来，呛得我咳嗽不止。

这块石板长宽各约一米左右，厚度半公分，重量着实不轻。

移开石板后，我拿手电筒往下照，发现是一口圆形的竖井，深度大概有五六米，边上有可供人攀爬的金属梯子。

难以置信，病房大楼下竟然还被凿出了一个地下室。

我将手电筒用嘴叼着，开始攀着梯子往下爬。洞里的空气很糟，不仅有霉味，还伴随着食物腐败和排泄物的气味。爬到竖井底部，我发现墨迹消失了，前面就是一条隧道。

隧道是正方形的，两侧都用水泥规整地涂抹，可见地下室是在建造病院的时候就配备的。来不及思考墨迹消失的理由，我继续朝前走去。复行数十步，隧道尽头是一扇铁门，铁门上方有一扇玻璃小窗，窗里透出亮光。我急忙按灭手电筒，蹑手蹑脚地走近那扇门。来到铁门前，我侧着身体，躲在门轴那一侧，接着将脸慢慢靠近那扇小窗。

我想看看里面究竟有什么。

原来门后是一块极大的空地，空地的上方是纵横交错的排气管道。空地四周有许多房间，但都是开放式的，所有房间开放的那一面都被焊上了铁栏杆。

换言之，这里面都是笼子，是许许多多的铁笼子与水泥盒子。而笼子里则是我与王曼璐所要寻找的人。牢笼中的女人，或坐在地上，或在笼中走动，神情都是木然的、绝望的。即便身处门外，也能听见里面传来的阵阵哭泣和哀叫声。

他们将人像畜生一样关在笼子里。

想到此处，我心中怒火已盛，心想大不了和他们拼了，于是也顾不上门后有没有人，一脚蹬开了那扇铁门，冲了进去！

我冲入空地，引起了一阵喧哗。

耳边传来阵阵呼救声，不停有人喊着"神父"，喊着"救命"。

我环顾四周，目测起码有三四十个妇女被困在牢笼里。她们穿着残破的病服，脖子上被套上了铁质的项圈，以防她们逃跑，她们的脚踝被扣上了锁链，更何况还有一座钢铁与水泥打造成的牢监，将她们困在其中，她们能逃去哪里？她们哪里也逃不掉。

很快，我找到了王曼璐。她兴奋地朝我招手，嘴里还说着什么。

可周围的喧闹声很快就将她的声音淹没了。我双手伸向两边，手掌往下压，同时提醒她们安静。

"如果再继续这样吵闹，那把你们关在这里的人很快就会来！所以请安静，我会把你们都放出来，然后带你们逃离这里！"

恐吓起到了作用，除了零星几个女人还在哭喊，其余人都识相地闭上了嘴。

我快步跑到王曼璐的牢前，用铁丝打开了她的门锁。我和她目光相触，千言万语尽在不言中。我来不及和她多说什么，立刻去下一间牢房开锁。就这样，忙活了整整一个多小时，我才将三十六座牢门撬开。

离开困境的妇女们再也忍不住心中的委屈，纷纷大声号哭。她们受到严重的伤害，也积压了太多情绪。王曼璐与一个盘着头发的妇女相拥而泣，我想这位大概就是她口中的杨姐。

没有时间可以浪费，我必须带着她们在天亮前离开这里。

或许是我身着神职人员的黑袍，又或许是因为我搭救了她们，在撤离的时候她们并没有对我的指令表现出违逆。三十五位受害者在我和王曼璐的安排下，井然有序地离开了地下室，来到了病房大楼的大堂。

从病院大楼穿过空地到达疗养院的大门，这段距离是最危险的，约有一百多米的距离，若是被人看见，喊一嗓子，我们就会功亏一篑。所以我提议，一个一个离开，用最快速度跑向大门，随后在大门口的空地集合。

不知是不是长期的凌辱虐待，使她们性情都变得软弱，没有一个人敢先走出第一步。

"我们一定能够成功！"我鼓励大家，希望能激发她们的斗志，"冲出去你们就自由了。"

"是啊，趁着现在天还没亮，偷偷跑过去，没有人会知道。"王曼璐也在一旁附和。

众人或低下头，或别过脸，都露出了怯意。

时间一分一秒地过去，我心里焦急到了极点。若是此刻被李查德和鲍荣旺发现，不仅逃跑计划功亏一篑，恐怕连小命都要折在这里。我手边没有武器，光靠拳脚功夫，完全无法对抗他们手里的机关枪，更何况他们人多势众，而我们这里都是手无寸铁、身心俱疲的妇女。

"我做第一个吧！"

我回过头，发现说话的人是杨姐。她站了出来。

王曼璐上前握住她的手，不无担忧地说："小心。"

杨姐冲她点点头，然后转头对众人说："最坏的结果，也不过是再让他们抓回去，但如果逃出去了，我们就真的自由了，就能彻底摆脱那种地狱般的生活了！姐妹们，不要怕，也没什么好怕的！我宁愿死在逃走的路上，也不远像牲畜一样被关在笼里，任人宰割！"话一说完，她头也不回地冲出了病院大楼，朝那扇自由之门狂奔而去。

紧接着，第二、第三个人站了出来，她们一扫之前的颓气。

为了确保她们的安全，我最后一个离开。

所有人安全抵达门口后，我便故技重施，将疗养院的门锁撬开。三十几号人在月光的映衬下，悄悄离开了这间慈恩疗养院。

疗养院四周全是荒地，远处偶能见到几处农田和小树林。我们不能走大路，这样极容易被他们追上，所以专挑林间小路走。慈恩疗养院离北桥镇还有好几公里的距离，我们步行的话，两个小时或许能到。但我高估了她们的体力。她们其中有许多人因为长期被关押在狭小的空间内，导致肌肉严重萎缩，走了还不到一公里，就纷纷喊累，开始"罢工"，许多人甚至直接坐在地上。

王曼璐见此情况，便对我道："不如让大家休息半个钟头吧？"

尽管我很不愿意，但眼下也没其他办法，只得点头。

我和王曼璐在路边席地而坐，有一搭没一搭地聊着。

"害怕吗？"我问她。

"你是指什么？"她看着我问。

我不知道她是不明白，还是在装傻。

"就是像这样被人追杀，面对的还是杀人不眨眼的黑帮分子。"

王曼璐笑起来："我说不怕，你信不信？"

"我当然不信。别说你一个女孩子，我相信就算是一个身经百战的男人，被一群亡命之徒追杀，也一样会怕。这并不是什么丢脸的事。"

"但是害怕没用，不是吗？"

"确实没用。"我承认，她说得没错。

"我跟你讲个故事吧。"

王曼璐双手抱住膝盖，抬头望向远方，一阵微风吹来，将她耳边的发丝扬起。

她继续说了下去："我从小在乡下长大，还有个比我大五岁的哥哥，尽管我们现在已经不联系了，不过在我们很小，还不懂事的时候，我们还是很要好的。那时候，我们经常会一起玩游戏，你知道我最喜欢玩的是什么游戏吗？"

我摇了摇头，表示投降。我猜东西一向不准。

"是捉迷藏。"她再次笑起来，仿佛回到了童年，"我特别喜欢捉迷藏。躲在一个没人能找得到的地方，真的让我很有安全感。这也是我为什么来上海这座大城市的原因。实际上，我有时候不太喜欢上海人。不可否认，上海人接受外来文化早，拾得些洋人的牙慧，自觉得风气之先，有自大的毛病，皆因内地新事业均唯上海马首是瞻，便越发将自己看得高了。但这也是我喜欢上海人的地方，他们会管好自己，不会轻易打扰别人，也不会打着关心你的旗号，来干涉你的生活。所以呢，我来此地，并不是因为它有多摩登，有多罗曼蒂克，而是因为这里足够大，人足够多，没有人看见我，没有人盯着我，这让我感觉很好。"

"没有人情味，在你眼中反而变成了优点？"

"又有多少人情味是真的？你不确定那人是关心你，还是装出一副关心的样子，实则在看你笑话。"

我被她问得说不出话来。在王曼璐身上，我发现了一种超越年龄的成熟。

她接着说道："不过，我捉迷藏的水平很烂，每次都被我哥看穿，很快就找到了我，而我却一直找不到他。他究竟躲在哪儿？为什么我每次都找不到他？这一点困扰了我很久很久，直到有一次，我亲眼看见他从我爷爷的棺材里爬出来。"

"棺材？"我吓了一跳，以为听错了。

"没错，就是棺材。乡下的老人，很早就会让木匠把自己的棺材做好，放置在一边，等哪天去世，就可以直接拿来用了。而棺材这种东西，对爷爷来说很重要，是不允许我们玩耍的。否则家长会严厉地惩罚我们。所以当我哥藏在一个'如此重要'的东西里，我又怎么能找得到他？"她无奈地笑了笑，伸手将被风吹乱的头发捋到耳后，"所以啊，有时候我们想找某件东西，会发现它远在天边，近在眼前。"

听她这么说，勾起了我对阿弃的思念。我深深叹了口气。

王曼璐注意到了我的异常，问我："你怎么了？"

"我还是没能找到我的朋友。我原本希望他也被关在地下室，结果希望落空了。"

"就是你说的那位伙伴？"

我点点头："就是和我一起来疗养院，你接待我们时的那位。"

"你们？"此时，王曼璐用一种极为怪异的眼神看着我。

她瞧得我很不舒服。

"怎么了？"我忍不住问她。

"你来疗养院的时候，有伙伴？"

"是啊，就是那位姓姚的编辑。"我说的是阿弃虚假的身份。

王曼璐沉默了一会儿，对我说："神父，你没在和我开玩笑吧？"

"开玩笑？"我摇摇头，"怎么会呢？"

紧接着，王曼璐的话确实令我感到害怕了。

她说："可是你来疗养院的时候是一个人啊？"

"怎么可能？前几天我一直和阿……姚编辑待在一起啊？"

"不！"王曼璐坚决地摇头，"自始至终你都是一个人！神父，你是不是产生幻觉了？"

我怔在那里，一句话也说不出。

就在这时，我的手在裤袋里摸到一个硬硬的有金属质感的东西。

直觉告诉我，事情将开始往不可控的方向进行，它似乎在阻止我拿出那个东西。

不能自欺欺人。

我还是将那个东西从袋中取出，放在手心里端详。

那是一只法国产的煤油打火机。

这只煤油打火机，是我在第一次去儿童区病房大楼时，丢给阿弃照明用的。这打火机不应该出现在我身上，因为自从我将它借给阿弃后，我就再也没见过它。

那么，就只有一种可能——我从未将煤油打火机借给阿弃。

但我清清楚楚记得和阿弃经历过的一切。

难道这一切，都是我的幻想？

此刻的我，仿若一个忘了台词的舞台剧演员，半张着口，怔怔出神。

王曼璐见我一言不发，神色怪异，便拍了拍我的手臂。

"张神父，你没事吧？你不要吓我！可……可能也是我记错了，我们慢慢回忆。你在听我说话吗？"

来到疗养院之后所有经历的事情如同电影般在我脑中一幕一幕播放。回望这几天的经历，无怪乎所有人都无视阿弃，因为在这些日子里，阿弃根本不存在！

从来就只有我一个人。我的身边，不曾存在过阿弃。所有的对话也都是我的臆想。

他是我脑中构想出来的幻影……

便在此时，四周忽然亮了起来，无数光线朝我们射来，一时间，我们所在的地方被照得亮如白昼。定神再看，才发现原来十多辆轿车已将我们团团围住，同时朝我们打开了车前的大光灯。轿车边上，站着许多穿着长衫、手持机关枪的人影。

人有很多很多，比我想象中多得多。

看来，我们所做的一切，都在李查德的掌握之中。他叫人埋伏在此地，就等我们来这里歇脚。恐怕我救出的那些人里面，也有他安插的内奸。

耳边传来一连串笑声，那是李查德的笑声。

李查德朝我们走来。由于背对着耀目的车灯，我无法看清他的表情，只能勉强看出他影影绰绰的轮廓。他走到我面前，忽然停下了脚步。

"冒充神父的感觉如何？需不需要我带你和你那位不存在的'姚编辑'回疗养院治疗一下？"他狂笑起来，我相信这世间再好笑的笑话，也绝不会让一个人笑成他这副模样。

"你这个彻头彻尾的疯子！"

鸟尊喋血记（六）

白氏侦探社位于赫德路的南端，毗邻公共租界西区的主干道静安寺路。时值正午，路上的有轨电车叮叮当当响个不停，不时会传来汽车的喇叭声和街边小贩的吆喝声。如果你仔细聆听，偶尔还会听见锡克族印度巡捕的警哨鸣音，这些红头阿三会挥舞着警棍，用汉语辱骂不遵守交通规则的苦力，同时也会用他们那不纯正的英语抱怨上几句。

这些时常能听见的英语，与静安寺路上矗立的钢筋水泥建筑一起，无声地宣示着洋人在这块土地上的治外法权。

白沉勇走近窗户，窗外的空气中充满了烟草与脂粉的气味，当然也夹杂着一股汽油味。他将窗户阖上，随后拉上了窗帘。在他的记忆中，上海是最为喧嚣的城市，汹涌而来的噪声随时会把他淹没。他也搞不懂自己当初为何会租一栋临街的房子做侦探社，大概是价格便宜吧。不过租金是多少，他早已不记得了。

阖上窗后，办公室里确实安静了不少。他的办公室位于二楼，窗户外面有一块招牌，用霓虹灯管做出了"白氏侦探社"五个字。红蓝白的配色十分糟糕，很没有品味，远处看起来就像是一家专门为退休老爷叔服务的理发店。

白沉勇回到沙发上,闭起眼睛。他手边的茶几上,一份《字林西报》摊放在上面,报纸上压着餐盘和陶瓷杯。餐盘里盛着只咬了一口的火腿三明治,陶瓷杯里头还有半杯未喝完的黑咖啡。与之相对的,边上那个黑牌威士忌酒瓶已然见底。他没用杯子,而是直接对嘴将它喝完了。带着微醺的感觉,他静静享受着留声机中流淌出来的音乐。

>Oh, give me land, lots of land under starry skies above
>
>Don't fence me in
>
>Let me ride through the wide open country that I love
>
>Don't fence me in
>
>Let me be by myself in the evening breeze
>
>And listen to the murmur of the cottonwood trees
>
>Send me off forever but I ask you please
>
>Don't fence me in
>
>Just turn me loose, let me straddle my old saddle
>
>Underneath the western skies
>
>On my Cayuse, let me wander over yonder
>
>Till I see the mountains rise
>
>I want to ride to the ridge where the west commences
>
>And gaze at the moon till I lose my senses
>
>And I can't look at hovels and I can't stand fences
>
>Don't fence me in

音乐突然被一阵急促的敲门声打扰,白沉勇皱起眉头,他知道自己不得不离开温暖柔软的沙发,去面对一些麻烦。他戴上棉帽,披了件睡衣外套,走过去开门。

门才开了一条缝隙,邵大龙就拖着他那硕大的身体挤了进来,如果白沉勇不侧过身让他通过,恐怕要被撞个脚朝天。

邵大龙进屋后,心情十分烦躁,他喘着粗气,在办公室里来回走动,白沉勇忙去把留声机关了。

"你必须和我走一趟!"见白沉勇没有主动问询,邵大龙终于憋不住了,挑明了此次的来意。不过话刚说出口,他便想起了白沉勇的刀伤,于是又换了一种较为温柔的口吻:"你的身体没事吧?阿吃得消?"

"只要不让刘小姐知道,我就吃得消。"他苦笑。

这话并非玩笑。这两天刘小姐在侦探社对他尽心尽力地照顾,好不容易才让白沉勇从卧床不起到可以下床走动。今天她父母家正巧有事,便将做好的食物放在灶披间,让白沉勇饿了就去热一热。临走时还嘱咐他千万不要出门,她夜里就归来了。要是让她晓得邵大龙把重伤未愈的白沉勇带出门执行任务,恐怕要去四马路的总巡捕房大闹一番。

自从上次捣破小丑的造假文物窝点后,这家伙就像人间蒸发一般,消失无踪。各处虽都贴了通缉令,但效果不大。邵大龙推测,可能是他也受了重创,眼下正在某个地方静静养伤,是以这两天对于他的追踪行动没有任何进展。

"对了,你身上有没有烟?"白沉勇略带催促地问。

邵大龙从口袋里掏出一盒老刀牌香烟,白沉勇接过去,抽出一根在嘴上点燃。

"办公室的烟抽完了,都不能去烟纸店买,憋死我了。"狠狠吸了几口之后,满足的表情浮现在他脸上,"对了,你来找我干吗?又要带我去哪里?"

"你上车就知道了。"邵大龙被他问得不耐烦,想尽快带他离开,不知道是不是害怕刘小姐杀个回马枪。

白沉勇让探长稍微等他一歇。他按灭了烟,去卫生间洗了把脸,刮了胡子,把头发梳得整整齐齐,再用司丹康发霜抹了一遍。弄好头脸,他又换了一身干净的灰色西装,打好领带,又将头上的棉帽换成了一顶崭新的费多拉帽,打扮得山青水绿。

两人并肩下楼,那辆从祥生汽车公司租来的雪佛兰轿车就停在路口,黄瑛戴着墨镜,身上穿着一件深绿色的双襟五分袖旗袍,皓白的左手手腕上,还戴着一只通透莹润的翡翠手镯。她见到白沉勇后,摇下车窗,招手示意他们过去。

上车之后,邵大龙报了个路名,离此地约有三四公里。为了方便交谈,他们两人都坐了后排。黄瑛扭动钥匙,启动发动机,只听轰然一响,随着喷射出的尾气,雪佛兰轿车飞快地驶离路口,沿着赫德路向前飞驰。

"探长,究竟什么事?"

车开出去许久,白沉勇才反应过来,自己对这次行动的目的一无所知。

"你认不认识一个叫阿炮的男人?他是静安寺这一带的小流氓。"邵大龙不但没有替白沉勇解惑,反而又抛出一个问题。

"阿炮?"白沉勇略微想了想,随即大摇其头,"不认识。"

"阿炮是他的绰号,真名张连龙,他打电话到巡捕房,求我们保护。"邵大龙回道。

"一个小流氓,找你们巡捕保护?"

"是啊,还点名要我接电话。"

"找你?"白沉勇奇道。

"是不是很古怪。"邵大龙干笑两声,"起初我接到电话,也觉得古怪。直到他说出了小丑的名字。他坦白自己曾经替罗苹卖命,和孟兴他们的关系很好。可是最近发现罗苹组织里的人都莫名其妙地死掉了,有的出了车祸,有的直接消失,还有的就像孟兴一样,被人杀掉。他说轮到他被盯上了,非常害怕,所以请求巡捕房的保护。作为交换条件,他愿意将之前替罗苹做的事情和盘托出。我们现在就是去他家里。"

"他不是寻求巡捕房的保护,为什么只带我们两人?"

白沉勇指了指开车的黄瑛,又指了指自己。

"洋鬼子认为有人在恶作剧,所以先遣我去看看。为了保护一个小瘪三兴师动众,对他们来说是丢了巡捕房的脸面。"邵大龙愤愤道。

他口中的"洋鬼子",指的应该是总巡捕房的督察长。

"阿炮有说是谁威胁他吗?"白沉勇问。

"他说一切等我们到了他家,自然会告诉我们。他催得很急,让我们立刻出动,还叫多带点巡捕,否则保护不了他的安全。"

"会不会杀他的是一伙人?"

"吃不准。"邵大龙摇摇头。

"那我们去不是送死吗?"

白沉勇解释说,自己倒不是害怕,而是伤口未愈,眼下要他拼命,作战能力也有限。

邵大龙笑笑,表示早有准备。他从后排座位下取出一个长方形的盒子,掀开盒盖,里面卧着一把全新的瑞士启拉利轻机枪。他不无自豪地对白沉勇介绍说:"欧洲进口货,七点九二口径,射速每分钟五百五十发,射程两千米。啥人帮我老卵,把他污也打出来!"

白沉勇表示放心,暂时没人老卵,让他先收起来。

车子转入小路,两边林立的树上都是枯枝败叶。若在盛夏,这里应该会是条林荫小道。

轿车停在一条弄堂口，三人下车，朝里走去。

弄堂里人不多，偶尔有两两三三的阿姨爷叔聚在一起聊天。三人一进去，立刻成了弄堂里居民的焦点，毕竟三人实在太怪。若单是黄瑛与白沉勇倒也罢了，两人穿得橙样，气质上也挺配，可挤进来一个穿着旧皮衣的邵大龙，腆着肚子背着一口很可疑的箱子，难免瞧得人一肚子疑问。

他们寻到地址，却发现阿炮家的房门洞开，门槛上还有未干的血迹，黄瑛与白沉勇互看一眼，心中警铃大作。还未等邵大龙有所反应，两人便以最快的速度跑了进去。见他们这副神态，邵大龙意识到出了状况，便将身上的盒子放下，取出轻机枪端在手中，紧随他们之后。

一楼见不到人，他们便来到二楼卧室，发现房间内一片狼藉，收音机被砸烂，床单被丢在地上，书桌被人掀翻，杯子碗盘也碎了一地。

黄瑛发现墙壁上也有点点血迹，呈喷射状，但量并不大，应该不是利刃所致，可能是用拳头打的。

黄瑛推测这里曾发生过一场搏斗，不过战斗很快就结束了，否则门口那些阿姨爷叔一定会注意到动静。来访者制服阿炮后，将其绑走，多数也是开了车来。阿炮没敢大声呼救，很可能是被挟持时，对方用凶器加以威胁。

总而言之，他们这次晚了一步，阿炮被人绑走了。

邵大龙懊恼地用拳头砸着墙壁。

白沉勇蹲下身子，用拇指搓了搓地板。指腹变成了红色，他俯下身子，胸口一阵刺痛，不过他忍住了。地板上的血迹比墙壁上多且稠。

"我想带走阿炮的人应该就是小丑阿弃。"他说。

"为什么这么肯定？"邵大龙看向他。

"脚印不一样，立在这里淌血的鞋子尺码明显大过阿炮的。这人既然也在流血，而且血量这么大，感觉像是带着伤来的——我能想到的就是与我一同受伤的阿弃。不过说实话，我对自己的推理不是那么有信心，可能臆测更多一点。"

"不，我觉得你讲得有道理。"黄瑛接着白沉勇的话说了下去，"从闯入者的脚印来判断，那人几乎直接上了二楼卧室，一刻都没在一楼逗留，明显他早就知道阿炮住在哪里。从这点来看，他们应该相当熟悉。阿炮和阿弃都是罗苹的手下，从这点来看，很有可能是他。"

邵大龙将手中的轻机枪杵在地上，焦急地对他们道："好了，现在是谁劫了阿炮并不重要，重要的是他们去了哪里？我们要去哪里找他们？"

黄瑛和白沉勇理解探长的情绪，阿炮向他求助，结果还是无济于事，如果他有个三长两短，邵大龙都要为此事负责。督察长一定会严厉地惩罚他，到时饭碗都不一定能够保住，其次是对他身为华人探长的自信心也有着毁灭性的打击。

三人立在房间里，一时都不知道该说什么好。

"在这里待着也无意义，不如先回去，再做商议。"

白沉勇见他俩不说话，不知要耗到几时，自己便先打破这个沉默。

邵大龙长叹一声："只有这样了。"

他们下了楼走出门时，有一位七八十岁的阿婆走上来，问他们到这里找谁。邵大龙和黄瑛都不想说话，白沉勇说："找阿炮。"

阿婆又问："你们是他啥人？"

白沉勇笑着说："打牌认识的朋友。"

谁知阿婆道:"早讲呢！你们来之前,阿炮就帮另外一个小伙子出去了。"

邵大龙见事情有了转机,便打起精神,问阿婆道:"他去哪里有没有告诉你?"

"我问他们的,他说和朋友去买东西。不过我才不相信呢！"

"为啥不信?"邵大龙问阿婆。

"他说啊,要去大采购,要去买洋货,还讲了一大堆,我记都记不牢。什么女王牌牙粉啦,海盗牌洋蜡烛啦。哎哟,记不牢！记不牢！"阿婆挥了挥手,像在赶一只苍蝇,"他哪里有铜钿买洋货啊？阿炮个小棺材,我看牢他长大的呀,小辰光就喜欢捣蛋,大了么学人家当流氓。那你流氓做到杜月笙这样有钞票,阿是可以的,结果呢？混得一屁股债头,比我家的狗还穷。他跟我说,帮朋友一起去讨饭,我倒是相信的。还买洋货?"

阿婆翻了个白眼,语气中尽是不屑。

与阿婆道别后,白沉勇说道:"当时阿炮估计被控制了,不过他帮阿婆讲的那些话,肯定是有意留给我们的暗语。"

邵大龙问道:"暗语？我怎么听不出来？他就说要去买洋货,上海那么大,洋货哪里没得卖？我觉得没啥……"

黄瑛伸出手,打断了邵大龙的叙述。

"你们仔细回忆一下,女王牌牙粉也好,海盗牌洋蜡烛也好,这些都是非常稀少的洋货。国内比较多的牌子是伦敦狮子牌或者猫牌,蜡烛也是,他说的这个牌子我也没听过。海盗牌我记得香烟倒是有。"黄瑛低头沉思片刻,将问题抛给了邵大龙,"探长,我倒要问问你,如果你的媳妇要你去买这些你听都没听过的牌子,你会去哪里买?"

"总归是去十六铺咯。"话音刚落,邵大龙神情一变,登时惊呼起来，击掌道，"我怎么没想到！如此看来，小丑把阿炮绑去了十六铺？"

原来在未开埠之前，十六铺里外两条洋行街，满是出售洋货的商行，可谓店铺栉比，百货山积，就连日本、暹罗的货都有得卖。如果要买英美货，去十六铺广东人经营的西洋百货，那里东西会比较全。

黄瑛道："目前只是推论，不过我们不妨去那里看看，总比没头苍蝇瞎逛来得强。"

三人合计，十六铺太大，光靠他们几个，寻人如大海捞针，所以先由邵大龙致电十六铺巡捕房协助，尽管是法租界的巡捕，不过邵大龙里面有熟人，问题应该不大。因为尚不知晓小丑抓走阿炮的目的，不过可以肯定的是，在达到其目的之后，小丑一定会杀死阿炮，所以他们的行动一定要快，须赶在小丑动手之前救下他。

邵大龙打电话说明情况，十六铺巡捕房表示没有问题，他们立刻派巡捕去街上寻人。

他们驱车赶到洋行街，停在街边，三人决定分头行动。

原来的十六铺面积很大，东濒黄浦江，南达董家渡，西至城墙，北临法租界，民初时铺被废除，以坊闾代之，因十六铺以商业上习称已久，故沿用旧名。但即便范围大大缩小，也北至龙潭路，南至老太平弄，西至外咸瓜街。

他们三人计划分头行动，除去巡捕搜查的街道，邵大龙负责洋行街和豆市街，白沉勇去裕兴街和咸瓜街，黄瑛去花衣街和竹行街，谁若先见到阿炮，就朝天鸣枪告知。

邵大龙将身上所携带的手枪给了白沉勇，同时望向黄瑛。黄瑛抬起腿，原来在旗袍下摆开衩之处，藏了一把蛇牌撸子。这枪极小，便于携带，藏在身上十分隐蔽。他们约定若寻不到人，日落之后在这里聚头，再作商议。

他们一条街一条街地跑，一家店一家店地寻，一个人一个人地问,却屡屡碰壁。须知十六铺人烟浩穰,铺户辐辏,要找两个人哪有那么容易?何况对方有意躲藏,更是难乎其难。邵大龙、白沉勇和黄瑛从日央寻到日暮,除了跑废了两条腿,完全没有收获。

寻人寻了大半天,滴水未进,三人也都饿了,邵大龙提议吃点东西填填肚皮,便在洋行街上找了一家普罗馆吃饭。为了照顾黄瑛,他们选了二楼的雅座,相对没那么多人。伙计跑来问他们吃啥,邵大龙点了一客饭菜,黄瑛要了碗阳春面,白沉勇表示没有胃口,不想吃饭。他身上带着伤,不吃饭怎么能行?邵大龙当然不肯,自作主张给他要了一份。

他对白沉勇说:"今天暂时将就一下,等抓到小丑,我请你们去霞飞路的大酒楼好好吃一顿!"

"吃啥都无所谓,我就是在想他们躲哪里去了?总觉得这件事很奇怪。"白沉勇若有所思地说。

"我也有同样的感觉。"黄瑛表示同意。

"真是猜不透这家伙。讲实话,我从警这些年来,遇到的奇案也不少。不过这次的案子,再次刷新了我的认识,实在难以理解。"

邵大龙拿起桌上的水壶,给三人分别倒了茶水。

"会不会是故意的?"白沉勇像是自言自语般说了一句。

"故意?什么故意?"邵大龙听不明白。

"故意让阿炮给弄堂里的阿婆留言,甚至不只对一个人说,而是一群人,这样我们听见的概率就更大了。"

"什么跟什么啊?"邵大龙挠头。

"我明白他的意思。就是说阿炮要去买洋货的事,其实是小丑逼着阿炮说的,为的就是把我们引诱到这里来。可是,他这么做是为了什么呢?"

黄瑛也想不明白。

这时，饭馆一楼传来一阵喧哗，众人七嘴八舌正在讨论什么，同时也有不少人放下碗筷，飞快地跑出了饭馆。三人见了，均觉得奇怪，于是便叫住一位端菜的伙计询问。

"王家码头上有人在众目睽睽下准备杀人，也不知道是真是假。"伙计耸耸肩，继续送菜去了。在他看来，这种恶作剧每天都在上演，见怪不怪。

可对于他们三人来说，这个消息正好可以解答心中的疑惑。

"我知道他找我们来此地为什么了。"白沉勇从口袋里取出一张钞票，放在餐桌上，这饭他们估计是吃不成了。

"是想杀给我们看。"黄瑛接着他的话说了下去。

"还说什么呢！走吧，去看看！"

邵大龙最为激动，当先冲下了楼，白沉勇与黄瑛紧随其后。

他们赶到时，王家码头已被看热闹的人，里三层外三层地包围起来。

邵大龙急了，抢过白沉勇手中的枪，对着天空鸣放三声，吼道："巡捕办案！全都让开，让开！"

众人听见枪声，吓得立马让出一条通道来。三人赶紧穿过。

此时十六铺的巡捕们已经赶到，为首的瘦子认得邵大龙，上前与他招呼。那瘦子指了指远处的浮码头上，说道："凶犯绑架了一个人质，说要杀他。我们正在与他交涉，看看能不能谈谈条件，让他先放人。"

循着他所指的方向看去，确实有两个人的身影。其中一人在前，一人在后，后面的人手里有一把匕首，刀刃正架在前者的脖子上。

白沉勇定睛看去，前面那人粗眉圆目，是个陌生人，想必就是阿炮，他身后的人——白沉勇一眼就认出来了。就是那天夜里与他在棚户区小巷中生死相搏的小丑阿弃。

只是眼前的阿弃面色更加苍白,像是在脸上用颜料画了个白色脸谱,像是用白色粉末涂满了整张脸,像是一张白纸。白色令他看上去虚弱,看上去不可捉摸,看上去可怖。他身上穿着一件白色亨利汗衫,腹部已印出血来,仿佛在雪地里开出一朵红花。

拥在码头围观的人们开始起哄,好事者们纷纷怂恿起阿弃来。有人说:"要杀快点杀,我们等得脚都酸死了!"有人说:"是不是假的啊?怎么一直没有行动啊?"还有人甚至在人群中带头有节奏地喊着:"杀了他!杀了他!杀了他!"

这些起哄的人,有的是码头上搬运货物的苦力,有的是拉黄包车的车夫,也有在街边摆摊的小贩。

黄瑛环视四周,神色惊悚地问邵大龙:"这些人是怎么回事?那人质与他们无冤无仇,眼下命悬一线,大家都是苦命人,互相帮助才是,如此落井下石,何苦来哉?"

在她看来,穷苦的底层大众的同理心理应更强才对。

邵大龙笑笑:"苦难没落在自己身上时,谁不是在看热闹?"

黄瑛不解:"那人死了,对他们来说,有啥好处?"

她认为人的本性是趋利避害,可她完全不明白,人质的死亡可以让这些人得到什么,他们何以要这样唆使凶犯杀人。

邵大龙淡淡回道:"那人不死,对他们也没啥好处。死一个人,就少一个竞争对手,说不定赚钱还更容易一些。"

相较于黄瑛,见惯了社会阴暗面的邵大龙,对人性可比她了解得多。

他接着说:"这些苦命人见过比这残忍十倍百倍的场面。他们身处底层,亲眼见过丈夫为了吸口鸦片烟把老婆卖去妓院的,见过因为养不起,就把刚生下的婴孩丢在路边活活冻死饿死的,见过把还活着的老人送去郊外等死，仅仅为了家里能省一口饭的。底层人为了生存，天天见到如地狱般的景象，每天与此打交道，相比权贵富人，他们早就习以为常了。与此相比，杀死一个臭流氓，你觉得会对他们有什么冲击？"

邵大龙这番话，引得黄瑛沉思起来。她认得不少有钱人，他们都爱说穷山恶水出刁民，展现对乡野之人的鄙夷，以显出自己的教养和高贵。可人是环境的产物，仓廪实才知礼节，衣食足才知荣辱，没有生存之忧，人才是人，否则与动物无异。古时候，固然有士大夫为了理想而献身，以死来达成某种理想，不可否认这是人性的光辉，但更多的是残忍的故事，回想那些饥荒的岁月，人可以易子而食，人可以变成菜人，可以变成两脚羊，文明荡然无存，人人均可能化身为野兽，为了生存失去良知和做人的底线。

瘦子巡捕很是焦虑，于是打断他们的谈话，对邵大龙说："如果我们靠近，他就杀了那人，我们也不好轻举妄动。"

"直接开枪呢？"邵大龙提议。

"距离太远，枪手没把握，我们的装备也不行，要是从外面调狙击手过来，恐怕时间也太长了。"瘦子巡捕双手一摊，表示没辙了。

他说的话也不无道理，从他们所在地到浮码头的尽头，直线距离约有一百多米，而且凶犯还躲在人质身后。这样的距离，没人有把握可以一枪爆头，且不伤到人质。

"要快点解决啊！过一会儿，报纸的记者就要来了，就像闻到腐肉的苍蝇一样。到时候肯定瞎写八写，惹恼了警务处高层，怪罪下来，我饭碗也得砸了！"瘦子巡捕急得直跺脚，他对邵大龙道，"探长，你有啥办法？快点想想办法！"

"我和他谈谈。"邵大龙拍了拍瘦子巡捕的肩膀，以此来稍作安慰。

鸟尊喋血记（六） 235

说完，他便开始朝浮码头慢慢走去。

他走得十分缓慢，生怕动作一大，刺激到小丑阿弃。

离阿弃约六十米的位置，他停下脚步。

"你能不能放了那人？"他冲着阿弃大声喊道，"需要什么，可以和我们说！"

码头上空开始刮起风来，天空白云涌动，天边的颜色变成了橘红。

太阳快要落山了。

"江慎独不是我杀的，也不是罗苹杀的，你们全都搞错了！"阿弃隔着人质，大声冲着邵大龙喊，"我知道凶手是谁！"

"那你告诉我，凶手是谁？"邵大龙回喊道。

一时之间，大古董商江慎独的死亡之谜，盖过了他对阿炮生死的忧虑。这些日子他不停追逐着真相，他实在太疲惫了，或许眼前这个男人，可以给他答案，解决他心中的疑虑。

"凶手就是他！"

阿弃猛地推了阿炮一把，使他一个趔趄，差点摔倒在地。

阿炮吓得尿了裤子，脚边已有一摊尿液。他哭喊着求饶，但两边的人都置若罔闻。

"他和你不都是罗苹的手下吗？难道你们起了内讧？"邵大龙继续问。

"这都不重要了。"阿弃迎风怒吼。

"杀了他，你也逃不了，最后你也会死，何必呢？不如我换他吧？你把我当人质，然后可以向巡捕房提要求！你如果相信我，我一定会帮你，好不好？"

邵大龙边说边往前走，以相当缓慢的步频。

这时，一只手掌搭在邵大龙的肩上，是白沉勇。

"探长，我去和他交换。"

"可是……"

没等邵大龙同意，白沉勇便双手朝上举高，一步步向阿弃走去。与邵大龙不同，他的跨步坚决而果断，步距更大，步频更快。

他的迫近，使得阿弃突然警觉起来。阿弃也认出了这个戴着费多拉帽的男人。

曾与自己生死相搏的男人，怎么可能认不出呢？

一抹狞笑在阿弃的脸上现出。

他咧开嘴，伸出鲜红的舌头，舔舐着干裂的嘴唇，像一头伏在暗处等待猎物的饿狼。

白沉勇没有停下脚步，反而加快了步频。他其实根本不想与阿炮交换，他只想趁阿弃不备，将他一击击倒。

然而，这一次，他又估计错误。

阿弃揪住阿炮的衣襟，将他面对自己，随后右手正握匕首，将刃尖狠狠刺入了阿炮的腹部。

一刀，两刀，三刀，四刀，五刀……在场所有人都震惊了，他们已数不清捅了几刀，目睹了这鲜血淋漓的一幕的围观群众，发出阵阵尖叫声。

鲜血从阿炮的口鼻中喷射而出，他四肢已经垂下，如同一件挂在窗外褴褛的衣衫，任凭风雨吹打。每插入一刀，阿炮整张脸庞都会随之震动。起初，他的脸上现出了惊愕的表情，随之变成痛苦与绝望，他张开血口，牙齿缝隙里都是血液，却一句话也讲不出来。最后，他的表情永远地僵住，不会再改变了。

狂风卷起江浪，发出阵阵嘶吼，呼呼作响。

阿弃将已死之人的躯体像垃圾一样丢弃在浮码头的地面上，随后转过身，面向白沉勇。他将匕首的刃尖指向白沉勇。白沉勇当然知道他的意思。

"还想和我用刀决斗？你以为在看平江不肖生[1]的武侠小说？"

白沉勇冷笑一声，从腰间拔出一把"张嘴蹬"[2]，对准阿弃的脑袋就是一枪！

"砰"的一声，阿弃面部中弹，鲜血四溅，整个人往后仰去。与此同时，白沉勇连续扣动扳机，"砰砰砰砰"四发子弹，一颗一颗贯穿了阿弃的肉身。

由于站立在浮码头的远端，中枪后的阿弃因为惯性，整个人向后倒去，落到水中。

落水声被风声掩盖，没有人听见。

白沉勇将"张嘴蹬"丢在脚边，随后从上衣口袋中取出一支香烟，用打火机点燃。风太大了，他试了好几次才成功。抽了两口烟，他才漫步走上前去，在码头的尽头止住脚步。他一只手按住帽子，弯下了腰。

他谨慎地眯着眼睛，看着水面，仿佛随时有人会朝他的脸上泼上一盆冷水。

水面上浮出了一抹血红，随即便被狂风席卷的水浪冲散了。

---

[1] 平江不肖生，本名向恺然，湖南平江人。近代著名武侠小说家，为二十年代侠坛首座，领导南方武侠潮流，被称为武侠小说奠基人。
[2] 张嘴蹬，指德国 M1934 型 7.65 毫米口径手枪。

慈恩疗养院（七）

"醒醒，请你醒一醒。"

声音是从哪儿来的？我无法确定。它围绕着我，像无数个号筒式扩音器对着我的耳朵发声。

呼喊声没有停止，反而变本加厉。我开始感到厌烦，因为身体并不想醒来，或者说非常抗拒醒来。我不知道为何会这样。如果要我描述现在的感受，就仿佛整个人浑浑噩噩地浮在虚空之中，四下里不存在任何事物。

"清醒一下，听得见我说话吗？"

冰冷的手掌在轻拍我的脸颊，打了好几下。耳朵能听见清脆的啪啪声。

我摇晃了一下脑袋，先是感到一阵抽痛，脑子里有块区域继而突突地痛起来，若要我描述那种感受，可以幻想有人用洋钉在撬你的脑壳。就是盯着某个点，不停地敲击。

"看来还是不行。"那人继续说着话，"注射零点六毫克纳洛酮，继续观察。"

他的语调十分奇怪，并不是我熟悉的本地口音。

过了一会儿,手臂处果然传来了针刺感。有人说打针的感觉像是被蚊子叮了一口,要我说那可真是在骗小孩,针头比蚊子喙粗多了。

注射完成,我感觉思考能力变强了。但在虚无中,我还是记不起很多事情。我能思考,但我记不清事,无法知道自己的身份,身处何处,处于一个怎样的状态之下。但我能思考问题,这种感觉真的很奇妙。我打个比方,如同一个跛子在奔跑,尽管步履蹒跚,随时会跌倒,可他毕竟还是向着前方在奔跑。

意识越来越清晰,能记起的事情也越来越多。

"眼皮动了一下。"有人在我不远处惊叫起来,"手指也动了。"

我努力把眼睛撑开一条缝隙。一道强烈的白光从缝隙中钻进我的眼球,惊得我再次闭上了眼。原来有人用手指撑开我的眼皮,拿手电对着我的眼睛照射。

"瞳孔没有扩散,对光源的反射正常。应该已经从重度昏迷中清醒过来了。"接着,他又对着我的脸反复拍打,"听得见我说话吗?能听见吗?"

"我……啊……呃……"我努力说话,除了喊出"我"之外,发出的确是一串奇怪的发音。声带完全不受我的控制。

"醒了!终于醒了!"声音的主人十分激动。

我睁开眼,视线模糊至极,只能勉强瞧见白茫茫的一片。过了许久,我才渐渐看清身边的环境,以及眼前的那个人。

中年男子披着一件白大褂,立在我面前。在他的身后,还站着一位护士打扮的女人,女人的年纪大约二十出头。我不认识他们。

可能是男医生发现我眼中茫然的神情,便试探性地问道:"你能听清楚我说的话吗?"

我点点头。

他对我的反应很满意,于是接着问:"你知道自己是谁吗?"

回忆慢慢苏醒。

所经历的事情，一件件浮现在我脑海中，可是我只能记起前几日的事，再要远一些的记忆还是比较模糊。

"我知道。"

虽然音调有些奇怪，但我终于还是说出来了。

"很好，非常好。因为你之前的暴力行为，所以给你注射了相当剂量的麻醉剂，你刚刚恢复，说话不利索都是正常的，不需要太恐慌。"

"暴力行为？"

我这时才反应过来，我的手脚都被皮带固定在了一张椅子上，无法动弹。

"是的，你企图带领另一些患者离开精神病院，幸好被院长及时发现。但是你还是表现出了暴力倾向，攻击了院长及其他医务人员。"

"院长……院长……"我念叨着这两个字，顿时，此前的回忆涌上心头。我整个人从木然转化为愤怒，情绪开始激动起来。

"是不是记起什么了？"

"李查德！"我大吼了一声。

"没错，院长的名字确实叫李查德。"

"放开我！你们这群畜生！"我冲着那位男医生大声喊叫，"你们把病患当成畜生，贱卖给人贩子，我要将你们绳之以法。"

男医生朝我伸出双手，试图让我冷静下来："我们有很多话需要谈，孙先生。"

"孙先生？"我一头雾水，"你他妈在说什么？"

"你记不起自己是谁了吗？"

男医生微微皱眉，回头与身后的女护士交头接耳了几句。女护士的表情也变得十分忧虑。他们说话声音太轻，完全听不见。

随后,男医生把脸再次转向我。

"那你是否可以将所记得的事情告诉我们?"

"我要见李查德。"我说。

"抱歉,院里有重要的会议,院长恐怕抽不开身。不过明天的话,倒是可以让他来和你见一面,今天主要还是由我来和你谈话。"男医生的态度很坚决。

"我记起了一切,尤其是你们这里的阴谋。"

"阴谋?拐卖人口吗?"男医生哈哈大笑,他身后的女护士也跟着一起笑。

止住笑声后,男医生对我道:"孙先生,你的想象力真是一绝,不愧是个小说家。"

"小说家?"

"是啊,你不是说记起一切了吗?"

"你在胡说八道什么?王曼璐在哪里?你们把她怎么样了?"

男医生与女护士相视苦笑,似乎对我的这些"胡话"已经习以为常了。

"根本不存在王曼璐。"男医生长叹一声,摊手道,"也没有什么阿弃,更没有你所说的拐卖人口。这一切都是你的幻想!而且,近期你的身体对许多药物也产生了免疫,使得你的精神分裂症越发严重了。尤其是你的幻想症表现,如同一个梦中梦般,幻想中套入幻想,使得你的叙事变得极为复杂!"他说话的口音虽是沪语,但在某些用词的发音上,与我熟知的有些许不同,这令我十分费解。

"精神分裂症?我……我……这不可能,难道我经历的事都是我幻想出来的?"

"非常可怕,非常之可怕!现在的你,会把真实发生过的一些事融入你的'故事'里面,从而更加坚定自己的想法。既然你说所有事都记起来了,那你一定相信,自己是个侠盗,为了正义的目的,需要盗取某件匿藏在疗养院的文物,所以冒充神父来到这里。你拒绝相信自己来疗养院仅仅是为了治病,这种抗拒心理启动了心理的保护机制,加上你那小说家的头脑,于是便幻想出一套'冒险故事'来欺骗自己。"

我震惊了。这一次,我比王曼璐告诉我"不存在阿弃这个人"更令我感到震惊!

男医生朝着空气挥了挥手,仿佛要驱散刚才那不快的情绪,令他能够更专业地向我阐述已发生的一切。

"不可能,这怎么可能……"

见到我喃喃自语,男医生显得很沮丧。

"看来你需要换药了。唉,之前几个疗程的治疗对你的病情毫无用处。"

"这一定是你们编造出来的谎言,你们究竟对我做了什么?我不会屈服的,我也不会相信你们的鬼话!"

"好吧,好吧。"男医生举起双手,假装在投降,"亲爱的侠盗先生,如果你真的认为我们是一群邪恶的科学家,而这里又是某个生物实验室,我们的目的就是撬开你的脑子,研究如何发明一种毁灭人类的药物,如果你真的这么认为,那我也没有办法。"

他用最调侃的语气说着最无奈的话。

"那你告诉我,我是谁?"我使自己平静下来。

我需要回归理性,重新审视眼前的一切。

男医生看着我说:"已经讲了很多次了,不过我不介意再讲一遍。你姓孙,是一个侦探小说家,同时也是个文物爱好者。你模仿法国作家勒白朗,塑造了一个名叫罗苹的侠盗侦探,他的探险故事很受读者的欢迎,可惜很不幸,你因情场失意,遭受了严重的精神打击,患上了严重的精神分裂症,这导致你无法分清现实与虚构故事的界限。你开始把自己当成小说中的人物,做出一些极其危险的举动,包括盗窃。"

"盗窃?"听了他的话,我开始害怕了。

"是的,你在发病期间在你朋友的私人博物馆盗窃了一座彝器,就是你昏迷时一直喊的'子乍弄鸟尊'。对不起,我不是文物爱好者,我对这玩意儿一点兴趣也没有。你的朋友报了警,查出了你的所作所为,上门请你交还彝器时,你袭击了他,导致他……"男医生说到此处,顿了一顿,才道,"导致了他的死亡。"

"我的朋友?是谁?"

"他的名字叫江慎独,是一位社会知名的文化学者,文物收藏家,同时也经营着一家私人博物馆。"

"我杀了他?"我的脑子感到极度混乱。

"也许你无法接受这个现实,于是脑补出了一个故事。不过如果仔细推敲,你会发现故事前后矛盾的地方特别多。警察抓走了你,审判的时候发现你的表现不太正常,你不断重复说要找一个名叫邵大龙的人,说他是公共租界巡捕房的探长。可是那个人根本不存在,或者说,公共租界早已经是历史了。现在的上海没有租界。"

我体会到一种前所未有的恐惧感。我颤颤巍巍地问:"没有租界?没有租界?难道现在不是民国二十四年?"

"对不起,你所说的民国二十四年,已经过去六十年了。孙先生,你太沉溺于过去了。这兴许和你埋首创作了太多这类题材的小说有关。"

"那现在是什么时代?"

"现在是一个崭新的时代,人民不会再饿肚子,洋人也不敢再欺负我们。我们与日本的战争,也已取得了胜利,欧美各国承认了中国在联合国的席位。并且科学得到了极大的发展,许多民国时期的绝症,现在看来就是小儿科。"话说到一半,男医生忍不住笑起来,"哎,我怎么像是在和一个从过去穿越来的人讲话。孙先生,你也是新时代的人啊!只不过你患了严重的精神疾病。等你病好了,这一切自然而然都会记起来的。"

他又说道:"可惜我不能带你去大街上走一走,不然你就会相信我所讲的一切都是真实的。现在的上海不仅仅是外国人所造的房子,很多高耸入云的建筑,都是我们中国人自己建造的。天上还有很多飞机,多到你数不清,每天都有人乘坐这些飞机来往世界各国。"

"舞厅还有吗?妓女还有吗?"

"旧社会莺歌燕舞的东西,早都被拆掉了。现在的世界,哪里还有什么野鸡妓女。不要说野鸡,就是高一等的长三、幺二、书寓、住家,也都绝迹了许多年数了。总之,妓女两个字,在别国或还有人谈起,我们中国,就是谈起,也没人知道的了。"

无法认清现实与虚构的界限,这对我来说,是何等的绝望?难道我一生都要困在自己所虚构的故事中吗?

还是说,要接受医生的说辞,承认自己是一个犯有盗窃杀人罪的小说家?

手脚被缚的我,要如何自证这一切?

"你现在的病况,是邪气[①]棘手的。尽管目前的医药水平很高,但是你的病情太重,除非主动配合我们,否则老难治愈。如果治愈不了,你的余生就只能在约束椅与监牢里厢度过了。对于您这样杰出的小说家来说,这委实可惜得很。"

"如何主动配合治疗?"

---

① 邪气,上海方言,意为很、非常。

慈恩疗养院(七) 245

"相信我们，对我们医院有信心，自然是第一步。如果继续怀疑我们的治疗，相信自己是什么侠盗，那么病永远也好不了。所以接下来，你要尽量回忆起那些真实发生过的事。比如说，你是如何杀死江慎独的？杀死他之后，他的那件彝器，又被你藏去了哪里？"

"我……我真的记不得了……"我痛苦地闭上了眼睛。

"没关系，我们可以慢慢来，只要你愿意配合，我们也定当竭尽全力救你。"见我情绪变得平和，他的态度也温柔了许多，轻声对我道，"孙先生，你先休歇片刻。我帮护士一道去拿点东西，回头再来和你谈话。请原谅我们无法将约束椅解开，不过我答应你，等病情有了明显好转之后，一定让你自由活动。"

医生与护士离开后，我才开始仔细观察身处的这间诊疗室。

与我所认知的世界不同，这里的诊疗室墙面上都贴满了白色瓷砖，地上铺陈着光滑的石板，石板上还有许多花纹。医院上方有嵌入顶部的日光灯，亮度很高，所有的桌椅都是金属制成的。我坐在诊疗室中央，面对的是一面白墙。奇怪的是，这间屋子没有窗户。

我开始思索醒来后所发生的一切。

最后留下的记忆，是和王曼璐带着被李查德囚禁的病患逃离疗养院，却不慎中了埋伏，在半路被擒。关于这段回忆，每一个细节我都记得清清楚楚，难道幻想症的真实感如此之强？眼下我自认还有逻辑思考的能力，如果仅仅用逻辑，能否判断出现实与幻境的区别？

如果可行，那又该如何进行判断呢？

我闭上眼睛，尽量让自己忘记身处诊疗室，并且回想刚才医生与我说过的每一句话。我细细咀嚼着他的叙述。慢慢地，有不少疑问从我心底萌生。我尽量用公正的态度，不带偏见的态度，去分析他的那些言语。

不知过了多久，诊疗室的门被人推开，男医生走了进来。

他没带护士，只有他一个人。

"怎么样？孙先生，你感觉好点了没有？"

他从手术器械桌边上拖来一张椅子，在我对面坐下。

我突然笑起来。

见我表现反常，男医生不禁心生警觉，身体不由自主地后仰。他的一双眼睛死死盯着我的脸。他的反应更加坚定了我刚才的想法。

"李查德可真是煞费苦心。"

"孙先生，难道你还在怀疑我们？如果继续这样，你的病情……"

我打断了他的话。

"我确实有病，但绝对不是像你们所说的那种病。"

男医生这次没有反驳我。

"其他人在哪里？"我问道。

他摇摇头："看来得把你关起来，这才是你要的结果。孙先生，真的很抱歉，我们已经尽力了。可是你显然不想好好配合，放任你的幻想症……"

"收起你的鬼话吧！客观的规律是不会变的，你的口音出卖了你。"

他愤怒地看着我，可这阻止不了我继续拆穿他的谎言。

"你说现在并非民国，而是在六十年后的中国，这没有问题。你一直在用一种奇怪的口音与我说话，试图营造出一种我们并非一个年代的感觉。真是聪明反被聪明误。你认为用这种口音与我说话，便会让我更加沉浸在从一个过去的时代来到一个新时代的错觉？可能你们也做了大量的功课，毕竟相距六十年，这么长的跨度，任何地区的口音都会发生改变，更何况上海这座移民城市。我们现在说话的口音，与六十年前，也就是清同治四年时上海人的口音，也绝对有很大的区别。你们在其他地方做得真是滴水不漏，只可惜，你们犯了一个逻辑上的错误，令我看出了端倪！"

慈恩疗养院（七）

"有意思!"男医生冷笑一声,但面孔却现出愤懑之色,"你倒说说是什么错误?"

"错误就在于,假设你们所说的没错,我是一个生活在六十年后的中国,却幻想自己身处民国上海的现代人。那么,即便我做再多研究,我的口音应该还是和你一样的。懂吗?我几十年生活在这座城市里,所说的语言绝对不会因为写几本小说而改变。我不可能会用六十年前人说话的方式来说话。换言之,就算我是疯子,我和你的口音也绝对不会像我们现在区别这么大。这一点,是你们用再多故事也无法弥补的漏洞!"

笑容从他的脸上消失了。

沉默许久后,他从椅子上站立起来,愤怒地看着我,脸上每一条肌肉都绷紧了。

"你会后悔的。"他的口音变正常了。

"闹剧结束了。我们言归正传,你们把她们藏到哪里了?"我问道。

"你永远也不会知道。"

"没问题,你们可以不让我知道。但你们也永远别想知道子乍弄鸟尊藏在疗养院何处。"

果然,男医生的表情开始发生了变化,从恼怒转变成了惶恐。这种明显的情绪转变,逃不出我的眼睛。

我认为自己掌握了主动权,因而乘胜追击,说了下去。

"编出这么荒诞的故事,是因为你们察觉到了我精神上出了点问题,于是想加重我的幻想症,以达到摧毁我的认知的目的,到那时我就会乖乖地把所知道的一切告诉你们,包括子乍弄鸟尊的下落。没错,我确实有幻想症,阿弃并不在我的身边,他是我幻想中的人物,我接受这个现实。但我还没昏头到分不清现在与故事的区别。所以你们如果不交出王曼璐他们,永远也别想从我嘴里知道子乍弄鸟尊的下落。"

我不知道他们何以会认为我知道子乍弄尊的匿藏地点，实际上我根本不知道，不过既然他们以为我知道，不如将计就计，设法先将其他人救出来。

"你想和我们谈条件？"男医生用手指点了点我的胸口，"看来你还不清楚自己的处境。"

"左右都是死。"我笑笑，表现出一副横竖横的模样，"我没幻想过你们会放我出去，大不了鱼死网破。就看你们是更在乎卖掉她们的那笔钱呢，还是更在乎子乍弄鸟尊的下落。"

男医生背过身去，随后他提起面前那把金属椅子。当我正自疑惑间，他迅速将身子转过来，将手里那把椅子朝我头顶狠狠砸下！

剧痛过后，我再次陷入昏迷。

当我再次醒转过来，面前多了好几张脸，但我只认出了王曼璐。

谢天谢地，王曼璐是真实存在的，在诊疗室里，我差点上了那家伙的当。

"张神父，你还好吧？他们没虐待你吧？你头上好多血呢。"

"没事。"

我摇摇头，用手撑着坐起。除了王曼璐，监牢里还有另外两个女孩。而我们被关押的地方，正是儿童区病房大楼的地下室。

真是可笑，我们逃出去，又被抓回来。白忙了一场。

"你们还好吧？"我对她们三人说。

"还能怎么样，不过是被打回原形。"王曼璐叹惋道。

监牢外面多了许多人来把守，每个笼子前站一个喽啰。被铁笼围绕的那块空地中央，放置着一张大桌子，桌子上放着好几盘小菜，有花生米也有香干，当然，还有一壶黄酒。桌子后面是跷着脚的鲍荣旺。李查德不在,他就是这里的头头。

鲍荣旺嘴里嚼着花生米,头来回摇晃。起初我以为他受了什么刺激,后来才注意到他手里有个无线电收音机,估计是在听小曲。

"有没有逃出去的可能?"我低声问身边的王曼璐。

"二十四小时都有人看着,难度比较大。听说买家很快就要来把我们运走,所以这两天看守得格外严。你看,鲍荣旺吃喝拉撒都在这儿,估计在我们被卖掉之前是不会走了。"

"唉,功亏一篑。"

"可能这就是命吧。张神父,你也别太自责。你帮了我们很大的忙,还把自己搭上了。"

"你别叫我神父了。我不是真的神父。"

我犹豫了一会儿,还是说了实话。事已至此,再骗下去也无济于事。

王曼璐像是早就料到般,并没有现出惊讶的神色。她说:"不论你是神父,还是马夫,对我来说都是一样,你是个好人。"

"只可惜我高估了自己的能力。我……"

我在犹豫要不要向王曼璐表明身份,但又害怕她以为我的幻想症又复发了。

王曼璐果真聪明,瞄了我两眼,就知道我在想心事,而且拿不定主意。不过她没有催促我,只是安静地坐着。聪明人就是这样,从来不催。有些东西是你的,总归是你的,太急吼吼反而要黄。做生意,谈恋爱,都是一个道理。

不得不承认,人有时候就是蜡烛,要你朝东,偏要朝西。我决定讲出来。

"王小姐,你是否听说过上海滩有个顶有名的侠盗?"

"劫富济贫的侠盗?你讲的可是罗苹?"她听说过。

"我就是罗苹。而在我幻觉中一直跟随我办事的,是我的一个手下,他的名字叫阿弃。"

"可是……"王曼璐欲言又止。

她的反应极为古怪,令我捉摸不透。按理说应该惊愕才对,又或者追问我一些问题。

"怎么了?是我说错话了吗?"

"当然没有。"她尴尬地笑笑。

"不,一定有什么,请你务必告诉我。"我微微转过身体,正对王曼璐。

也许是被我严肃的态度感染,王曼璐也挺直了背。她的脸虽然朝着我,闪避的目光还是能让我捕捉到一丝不寻常的气味。

这时,门外传来了另一人的声音。

"不如让我来告诉你吧!"

李查德在两个喽啰的拱卫下,走近牢门口。我随即起立,与他隔着铁栏杆对视。

"怎么样,侠盗先生,这里环境还可以吧?"李查德笑着问我。

"冯素玫到底是怎么回事?那个死去的女孩,究竟是什么人?"

李查德明显没想到我会提"冯素玫"的事,笑意瞬间从他脸上消失。他的眼睑微微抽搐,像是只被挑衅的猎犬,下一秒就会扑过来咬人。

他将手从两根铁柱间伸进来,揪住我的衣襟,将我往他的方向猛地一拖。我的脸撞在栏杆上,感觉头顶刚愈合的伤口又开裂了。

"小子,我警告你,不准再提这个女人的名字。这件事已经结束了。"

没想到这只"笑面虎"也有绷不住的时候。

看来扮演"冯素玫"的女人,对他来说意义非凡。

他才不会让我得意很久。

抽回手后,他像弹灰似的拍了拍衣服的下摆,头侧在一边对我说:"接着我们刚才的话题聊。王小姐不愿意说的话,我来替她说。不过在此之前,我们先扯一点题外话。首先呢,我要夸奖你一下,脑子确实还不错,在诊疗室的时候,没能诓住你。不过,你有小聪明,却没有大智慧。你和我作对,就是自寻死路。如果当时你能按照剧本走,把你神父的工作做做好,随后我们交个朋友,你把鸟尊找出来,我偷偷拿走,你带着你幻想中的朋友一起懊恼地离开,我们皆大欢喜。"

讲到这里,李查德语速忽然放缓了。

"可是你偏不愿意,你偏要和我对着来。"他重新把目光放回我身上,"你去几次病院大楼,我会不知道?荣旺盯着你呢!想带着我的人跑路?且不说张老爷子会不会满上海追杀你,我们本宁丹洋行也不会就此罢手,你是不是以为美国佬好欺负?"

"本宁丹洋行倒卖我们国家的文物,偷偷运回美国,放在你们的博物馆里。就算我不阻止,也会有人来找你的麻烦。"我回呛道。

"妈的,什么叫倒卖?我们没给你们钱吗?你要怪,就怪你的同胞没种,见钱眼开,把挖出来的宝贝贱卖给洋人!一手交钱一手交货,这只是买卖!"

"纠正一下,你们这叫巧取豪夺。"

"那又怎么样?"李查德干笑一声,一只手掌在我面前摊开,"那又怎么样?你们不珍惜自己的东西,我们来替你们保管,有错吗?中国东西太多了,好似一个纨绔子弟,根本满不在乎。真正的宝贝,要留给懂得鉴赏的人。"

"有种就在这里杀了我,否则等我出去,我会盯着你们。"

面对我的威胁,李查德哈哈大笑起来,仿佛我和他讲了一个笑话。

"你以为你是谁？侠盗罗苹？"李查德笑得上气不接下气，"你他妈是侠盗罗苹？"

王曼璐走到我身后，扯了扯我的衣袖，冲我摇了摇头。她可能感觉到了什么。我也不傻，自然听出了李查德话里有话。

"你什么意思？"我问他。

"侠盗先生，你不知道我什么意思吗？"

他对着身边的空地开始说话："阿弃，我们接下来该怎么办？看来问题有点麻烦。"随后又换了一种低沉的声音，继续说，"歇夫，我不知道。您是侠盗，您应该比我聪明，怎么问我呢？"他手舞足蹈地说着，浮夸地表演着我与阿弃的对话，模仿我幻想症发作时的样子。他身边的喽啰们对着我放声大笑。

他们在侮辱我。

"不要理他了。"王曼璐想把我拖回去，我却甩开了她的手。

我知道李查德想说的话，并没有说完。

"你知道王小姐为什么不信你是罗苹吗？"李查德忍住笑意，将脸转向我，"因为罗苹出道的时候，你还没出生呢！"

什么意思？难道我不是中年人？

"荣旺，拿面镜子过来！"李查德朝身后喊了一句。

鲍荣旺放下酒杯，从桌上拿起一面一尺宽的镜子，小跑过来。

李查德从他手里接过镜子，然后将镜面转向我："你仔细看看，你长什么样？"

来到疗养院后，我确实没有再照过镜子。

镜子里的那张脸实在太恐怖了，甚至令人感到作呕。那张脸并不是我熟悉的罗苹的脸，眼前的脸，没有鼻梁，鼻梁骨中间是一块凹陷，可见鼻梁骨断成了两截，鼻子的形状已经扭曲到一种怪异的程度。从伤口的情况来看，是陈年旧伤，绝不是近期造成的。尽管相貌被毁,显得丑陋不堪,但可以看出镜子里的男人,最多不过二十来岁。而罗苹绝对不可能是个二十来岁的年轻人。他的岁数,甚至可以做这年轻人的父亲。

"怎么样?看仔细没有,侠盗先生?"李查德对着我大喊大叫,又将镜子往地上狠狠一摔,"你还认为自己是罗苹吗?是那个令人闻风丧胆的侠盗罗苹?你知道你是谁吗?"

耳边传来玻璃碎裂的声音。这一刻,我的精神状态也随之碎裂。

——我是谁?

李查德冲我恶狠狠地骂了句英文。

"You're a joke!"

他的脸渐渐从我记忆深处浮现,恐惧感油然而生。

我似乎意识到了什么,登时浑身僵直,额头上开始冒出冷汗。我不由自主地低下头,抬起右手,摊开了手掌。

这个简单的动作从未令我如此费劲。就好像在梦中搬起一件巨物,不论你怎么努力,总是使不上力气。那一刻,我的头脑也惶恐极了,因为我在求证一件极为可怕的事情。

我将视线投向撑开的右手手掌,瞧见了我最不想看到的一幕。

六根手指。

鸟尊喋血记（七）

地下室一片寂静。

人们仿佛被神仙定住了身形，没有人说话，没有人移步，甚至没有人动一下手指头。这画面好似一张彩色照片，如同大家都在玩"一二三，木头人"的游戏。在场许多人曾经有过一种猜测，如果不是那记震耳的枪声，会不会定央央地发呆，永远站下去。归根结底，是因为当初除了李查德外，没人敢出声说第一句话。

然而一声刺耳的枪声打破了这一切。

不论是笼里笼外，都开始躁动起来，立在笼外的人面孔开始变得紧张，而笼里的人脸上重新现出了脱离苦海的希望。

最惊愕的莫过于疗养院的院长李查德。

他刚冲着监牢里的阿弃吐出那句嘲讽的英语，结果就被一声枪响吓了个激灵，就好像命运无形地还以一记响亮的耳光。

仅仅一声枪响，不足以将气氛烘托到位，随即而来的是一连串突突声，这不是手枪能打出的声音，是有人在用轻机枪扫射。地下室外一阵乱响，爆破音与子弹呼啸声此起彼伏，中间还夹杂着人类痛苦的哀号。人是有想象力的动物，所以即使待在室内，即使没有看到一地弹壳与尸首,仅凭这令人不悦的声音,也大致能够想象出地下室外战况之惨烈。

枪战声停止了。

李查德抽出手枪,紧紧握在手里,他没空再理会身后那位记不清自己是谁的疯子,他开始冒汗,额头上几缕金色的头发因汗水而紧紧贴在皮肤上。

他估算了一下,留在病房大楼一层的有四个人,隧道里有八个,手里都有家伙,就这么短短几十秒尽数全灭,对方的人数一定数倍于自己。不可能是青帮的人,难道是日本军队?也不可能,这里是美国人投资的疗养院,他们没必要给自己惹上麻烦,闹到领事馆去,谁脸上都不好看。瞬息之间,他头脑中闪过许多人物,可都被他自己否决了。

铁门蓦地被人撞开,李查德与其手下纷纷用枪对准了门口,同时,他也向手下做了一个停止开火的手势。他想看看究竟是谁来砸他们的场子?

过不多时,一群身穿警察制服,手里端着机枪的华界警察鱼贯而入。李查德傻了,这次冲他场子的竟然是上海公安局的警察。

两方人举枪对峙,寸步不让。涌入地下室的警察数量太多了,大概三倍于李查德的手下,何况他还不知道,在地面等待的支援部队还有多少。他大声朝警察用英文喊了几句,让他们知道,这里是美国人的地盘。可那些警察面不改色,面对这位美国人的警告公然不惧。

随即,警察丛中走出一男一女两个人来。

男人四十来岁,头发都秃了,戴着眼镜,穿着一件深色的大衣,挺着个大肚子。他手里端着一把瑞士启拉利轻机枪,这使他整个人威风不少。边上的女士看来年纪不过三十,烫着一头卷发,穿着一件绿色旗袍,蹬了一双红色高跟鞋,她手里轻摇着一把白绢绣花竹柄团扇，整个人从容不迫，光彩夺目。这一男一女正是邵大龙与黄瑛。由于他们两人衣着不同，在一群华界警察中尤为显眼。

邵大龙上前一步，对众人道："慈恩疗养院的恶行已公诸于世，你们已经被包围了。这次是华界公安局与租界巡捕房的联合行动，所以我劝你们不要做无谓的牺牲，赶紧缴械投降。还有，你们那位张老爷子也蹦跶不了几天了，昨日他准备从吴淞口偷运出去的人，都已被华界水警拦截。人赃并获，谁都救不了他。"说完，他将视线转投在李查德身上，继续道："公共租界已开始清剿本宁丹洋行的余孽，你是美国人又怎么样？犯罪了一样要接受惩罚！"

李查德看着邵大龙，脸色一阵青一阵红，半天憋不出一句话来。

面对数量如此多的敌人，又听闻自己的老板被抓进了警局，一群喽啰瞬时丧失了斗志，纷纷交头接耳起来。李查德对着鲍荣旺怒道："管好你手下的人！"鲍荣旺面对他的指责，也充耳不闻，面上已失去了斗志。

这时黄瑛也走上前，与邵大龙并肩而立。

她笑吟吟地对邵大龙说："终于还是逮住他们了，你说对不对？"

邵大龙脸上闪过一丝落寞，嗟叹道："可惜就是花的时间太久了。"

这时，李查德这边有一个喽啰慢慢弯下腰，将手枪放在地上，然后立直身体，举高双手。他用行动已经表明了立场。见有人投降，如同触发了连锁反应，一个个喽啰开始学着那人的动作，将手里的枪械也都放在地上。不停有人弯腰、弃枪、举手，鲍荣旺也不例外。一时间，地下室枪械触地的响声不绝于耳。投降后的众人垂手立在一旁，等待警察的发落。

"你们知道自己在干什么吗？"李查德急得大喊大叫。

他仍然举着枪，枪口对准了邵大龙的胸口。他手抖得厉害。平日里的优雅不见了，此时的他更像一条绝望的疯狗。

鸟尊喋血记（七） 257

黄瑛摇着扇子，漫步似的朝李查德走去，不紧不慢地说道："我们之间的新仇旧恨，是不是也该算一算了，李查德院长？不对，应该叫你大侦探白沉勇才对！没想到我们自十六铺王家码头一别，转眼又是一年啊！"

"你们怎么会查到这里？"李查德浑身颤抖。

"李查德·华脱（Richard White）先生，看来我必须从头开始和你讲一遍，你才能明白。首先呢，我也要和你自我介绍一下，你对我用了假名，我也没对你用真名。黄瑛非我本名，我的名字叫黄雪唯，同你之前的职业一样，是个私人侦探。"

邵大龙没有表现出惊讶，看来他早就知道了黄瑛的真实身份。

黄雪唯继续说道："身为职业侦探，调查嫌疑人的背景，是一门基本功。所以，我已经把你的背景调查清楚了。你的祖父在前清同治年间去美国淘金，随后留在了那里，你在檀香山出生，是第三代移民。成年之后，你去加利福尼亚省念书，随后在旧金山华区成为了一名小有名气的侦探。李查德·华脱这个名字，也是那时候改的。美商本宁丹洋行的负责人寻到了你，希望能把你招揽到门下，去中国上海执行一趟任务。起初你是拒绝的，不过你转念一想，这次倒是一个不错的机会。

"因为在美国，华人是受到严重歧视的。由于淘金产业竞争激烈，白人劳工开始仇视既廉价又勤劳的中国人，认为他们抢了自己的饭碗，再加上美国本土主义与种族主义盛行，华人迥异的衣着、外貌与生活习俗成了白人攻击和丑化的目标。华人聚集的唐人街更是被描绘成充斥着鸦片、妓院、传染病的污秽之地。而后，美国政府更是推出了排华法案，禁止华人劳工移民进入美国。排华法案生效期间，在美华人生存状况非常恶劣。所以即便你是个优秀的侦探，但见到你是个黄种人，委托人们总会再考虑考虑。你把这种在异国他乡受到歧视与不公的愤怒，转加于你的祖国，你认为一切罪孽都源于你是个华人。于是，你将自己的发色染成金黄，仿佛这样就可以与自己华人的血统割裂，你想成为一个真正的美国人。"

"Shut up！"李查德冲着黄雪唯喊道。被戳中心事，使得李查德的面容开始扭曲。

但黄雪唯却并不理会他的反抗，自顾自说了下去。

"效忠美国当然必须拿出态度，你接受了本宁丹洋行的工作，摇身一变，成了一位在上海工作的侦探。为了掩盖一头金发，你不得不经常戴着你那顶如同标志般的帽子——费多拉帽。而你真正的任务，是暗中协助保护本宁丹洋行在中国的古董买卖，顺便查出侠盗罗苹的身份。因为罗苹屡次将本宁丹洋行购来的文物盗走，而华界与租界的警察均束手无策。说起这个本宁丹洋行，还真是很神秘，它背后的资本完全查不到线索。不过古董买卖确实是他们在华生意的重头戏。我们都知道，美国人搜取中国文物，从鸦片战争后就开始了，随着国力和财力的增加，他们的胃口也越来越大。这两年，美国人开始对中国彝器有了兴趣，彝器市场也开始从欧罗巴转至美利坚。本宁丹洋行瞄准了这个机会，进入中国，他们低价购入，再翻倍卖回本土，做起了两头买卖。他们收购的品类当然不只彝器，还包括古建、石刻、雕塑、陶瓷、玉器、漆器等。这些年，经他们这个渠道流向美国的国宝级文物数之不尽。"

"这帮咪夷，真是强盗也！"邵大龙啐道。

"也怪我们自己不好，在保护文物这块，确实做得不到位。对于美国人来说，他们做的也只是买卖。只是这'买卖'里有没有人在'耍花枪'，那恐怕还得再商榷商榷。"说到此处，黄雪唯略微停顿了片刻，目光重新投向了李查德，"不得不承认，作为侦探，你特别厉害，还真查出了侠盗罗苹的真实身份。其实一直躲在罗苹面具背后的男人，就是上海滩的大古董商——江慎独！"

此话一出，地下室一阵哗然，那些青帮瘪三做梦也没想到，叱咤上海滩的"犯罪克星"竟是倒卖古董起家的奸商江慎独！

"真是难以置信，说句实话，我最初盯上你的时候，还并不知道这件事。江慎独生前生意做得很大，并广招门徒，孟兴也好，阿弃也好，都被他招揽到了麾下。他在杨树浦建起伪造文物的工厂，就是为了给盗来的文物造一个'替身'，再以高价将赝品卖给外国人。他的身份给这种买卖提供了极大的便利，在他心里，这也算为国家和民族做了好事。由于你查出了江慎独的身份，本宁丹洋行不得不重新检查从江慎独那里买进的货，其中最宝贵的子乍弄鸟尊，最后被查出竟是一件高仿品。于是他们便派你上门兴师问罪。谁知道江慎独是个硬骨头，即便被你活活打死，也不肯透露半句子乍弄鸟尊的下落。于是你开始转移目光，盯上了江慎独的手下们。留在案发现场的六指血手印，也是你故意为之，用意就是想利用巡捕房将阿弃他们逼出来。

"江慎独死后，我也受到了一位朋友的委托，调查这桩案子。同时我也了解到，公共巡捕房的邵探长负责这起案件，他寻到了你，也是你耍的小手段。你在报纸上大肆宣扬自己是盗窃案方面的专家，媒体果然效应很大，邵探长终于上门求助于你。当然，这里面有一定的运气成分。不过，我也想过，即便他没来寻你，你也会制造机会与他相识，然后借机插手调查此案。我一直在暗中观察你们，但那个时候我还只是怀疑你，一个突然出现并对此案尤为热衷的大侦探，总是会令人起疑的。我借女侠盗黄瑛的传说，假冒她的身份，编造了一个理由与你相识，并假意给了你一条线索。谁知你还真沿着这条线索，查到了孙了红的家。若不是我提前通知孙大作家，恐怕就给你逮个正着了。他若是被你挟持，那我可就真万死难辞其咎了。"

"那日提着马桶离开弄堂的男人，就是孙了红本人吧？"

李查德打断了黄雪唯的叙述。

黄雪唯接着他的话说了下去。

"没错，真是千钧一发。孙先生不亏为侦探小说大家，脑子灵光，提着个马桶就把你这位大侦探忽悠了。多说一句，孙先生现在也已不住在东棋盘街了，他搬去了爱多亚路，你恐怕是寻他不到了。话说回来，你与'蚂蚁王'张老爷子还真是不打不相识，人口买卖这门生意，也是从那个时候扎进了你的心底。吃一顿打，拿到一桩好买卖，你不亏啊！"

李查德只是闷哼一声。

"寻找子乍弄鸟尊的任务十分艰巨，不过你的侦查水平很高，查到了大律师孟兴与古董商江慎独私下曾有过密切往来。你来到孟兴的事务所，威逼他讲出子乍弄鸟尊的下落。这孟兴也是一条汉子，到死都没向你透露半句。不过，你在孟兴事务所发现了另一条线索——阿炮。原来，江慎独手下并非都是硬骨头，这个阿炮是只'倒钩'，侠盗罗苹好几次行动失败，都是因为他。于是你从他那里入手，花钱买了情报，知道了一件事——江慎独收入子乍弄鸟尊之后，曾去过慈恩疗养院。当时的老院长是江慎独的至交好友，江慎独去时手里还捧着个大木盒，没人知道里面装了什么，所以阿炮推断鸟尊藏在疗养院中。

"得知江慎独将子乍弄鸟尊藏在了疗养院，你便有了目标。但就这么明目张胆地进疗养院搜查也讲不过去。正巧此前疗养院发生了一起火灾，烧死了许多儿童，院长本人也死于那场火灾。这件丑闻使得疗养院的声誉和生意一落千丈，经济上出现严重亏损，逐渐入不敷出。在疗养院行将倒闭之际，你给本宁丹洋行提出了一个建议——低价收购慈恩疗养院。收购疗养院后，你们可以肆无忌惮地在院里寻找鸟尊，还可以利用张老爷子的关系网，将院内的病患贩卖出去，这门生意可不比倒卖古董挣得少。最后，还顺便让本宁丹洋行的社会名声得到提升，收购一家疗养院，也算是为慈善事业做了贡献。洋行负责人一听，一举三得，当然表示同意。买下疗养院后，你们做了简单的装修工作。儿童区病房大楼废除，表面上看是因为那场火灾，其实就是为了掩盖你们在这栋楼下藏匿病患的阴谋。

"处理完疗养院的事，你又假意接受邵探长的邀请，一齐去调查孟兴的谋杀案。探长并不知道凶手是你。那个时候，你的目标起了变化，不再是寻找子乍弄鸟尊，而是要除掉江慎独的手下。这样一方面可以阻止他们抢夺鸟尊，斩草除根，另一方面你有了新的生意，万不容有人破坏计划。于是你大开杀戒，除掉了许多江慎独的手下，据我所知除了孟兴之外，还有七八个人。但其中最应该死的人就是江慎独的首席门徒阿弃，你却迟迟没有他的行踪。去找许立山，也是想从他那里得到一些线索。你知道江慎独还有一家工厂，但不知道地址在何处。运气不错，邵探长随后带来了好消息。于是我们一起行动，前往江慎独的工厂。在那里，你见到了阿弃，他也认出了你——一直在追杀他的人。

"你在调查阿弃的同时，他也在调查你。不过他知道自己还有许多事没完成。阿弃认为，找到国宝子乍弄鸟尊，这是恩师留给他的遗愿。所以尽管见到了不共戴天的仇敌，他也不敢冒险，于是立刻逃离工厂。你哪肯放过这个机会，追杀出去，并在棚户区与之搏杀。可惜你没能杀死他，他也杀不掉你。此事结束后，你便回到侦探社，等待下一次机会。阿炮出卖江慎独，收了你的钱，这件事当然逃不过阿弃的眼睛，自此之后，阿炮也成了阿弃捕杀的目标。为求活命，阿炮向巡捕房求助，作为交换条件，他甚至想将'江慎独就是罗莘'的事情全盘托出。不过他在电话里并没有明说。你随我和邵探长一起去了他的住处，结果扑了个空，不过阿弃却胁迫阿炮给我们留下了线索——

十六铺码头。我猜那时阿弃的目的就是把你引出来，亲手干掉你。他改变主意了。或许是因为他从阿炮口中，得知杀死江慎独的真凶就是你。又或许他还不知道，单纯就是想解决一块绊脚石。

"沿着线索我们追到了那里。阿弃杀死阿炮的过程有着某种仪式感，当年他被江慎独从黄浦江上救起，就是在王家码头登的岸。他要用叛徒的血来祭奠恩师江慎独。眼见阿弃手刃叛徒，你阻止了我们与他进一步交流的机会，因为你害怕暴露身份，你没有像之前那样和他单对单决斗，而是走过去枪杀了他。可惜阿弃命不该绝，鼻梁骨挡住了子弹，没有射入头颅。他虽掉入江中，却没有就此死去。完成杀戮的你立刻着手抽身离去。所以五天后我与邵探长拜访你那间侦探社的时候，早已人去楼空。大侦探白沉勇彻底消失在了上海滩。消失的原因是什么呢——因为你有更重要的事情要去办！"

众人听黄雪唯洋洋洒洒说了这么多事，一个个都愣在原地。整件事实在匪夷所思，但黄雪唯的故事还没讲完。

"道别了侦探生涯，你摇身一变，成了慈恩疗养院的院长。从此之后，你不必每天戴着帽子冒充中国人，可以大大方方承认自己美国人的身份。在疗养院的办公室，听爵士乐喝威士忌不用再偷偷摸摸，可以光明正大。过了几个月，工人们表示掘地三尺，寻遍了整座疗养院，依旧没能找到子乍弄鸟尊。你开始疑心阿炮骗了你。至于为什么找不到鸟尊，我个人的猜测是可能江慎独早就对阿炮起疑，预判了他的行为，便提供了错误的信息给他。当然，这只是猜测，我没有证据。接下来，你的密探向你报告，应该死于一年前的阿弃竟然出现在了上海滩街头，但人已彻底疯癫，不时还会对着空气说话。其实从阿弃目击江慎独死亡的那一刻起，他的精神就受到了极大的打击。他无法接受恩师已死的现实，在这种强烈的刺激下，他的心理保护机制启动，将自己幻想成了罗苹，以此来躲避现实中发生的事实。起初并不严重，但你在十里铺码头那一枪，加速了病情的恶化。

"当你得知此事后，便计上心头，因为还活在世上的江慎独的心腹只剩阿弃一个。如果这世上还有人知道子乍弄鸟尊藏匿于何处，恐怕也只有他了。于是你开始派人冒充孟兴，去接触阿弃。疯癫的阿弃哪里还能分辨真假，于是盗车前往，被你诓骗到了疗养院，装成神父替'冯素玫'驱魔。真正的冯素玫其实早就被你卖去了别处，但你毕竟要给她父亲冯思鹤一个交代，如果一场意外导致死亡，那罪责就由神父来担，和疗养院并无干系。而假冒冯素玫的不是别人，正是将一片真心托付于你的秘书刘小姐。她在侦探社的时候就倾心于你，而你却利用她对你的仰慕之情，说服她助你一臂之力，将她卷入这场阴谋之中。你从一开始就知道，一旦她冒充冯素玫，就会必死无疑，她的结局只有死。你真令我感到恶心。"

谈及刘小姐的遭遇，黄雪唯头一次表现出了愤怒的情绪。或许是身为女性的感同身受，叹息这样一条年轻的生命错付给了一个魔鬼。

李查德漠然地看着她。他没有表情，像是放弃了为自己辩护，任凭黄雪唯指责。

"为了让刘小姐的尸体查不出死因，你使用了当初雇人去医学院偷取的那种放射性物质——镭。你在美国生活时，得知了这种稀有金属可以杀人于无形，其症状与附魔而死的人很像。疮痍遍布的皮肤、脱落的眉毛、松动的牙齿、溃烂的口腔和下颌，这些症状都和镭中毒极为相似。可怜的刘小姐，在不知不觉中吃下了大量的镭。她还天真地以为找到鸟尊之后，可以与你双宿双飞，永远在一起。刘小姐死后，伪装成神父的阿弃也开始逐渐失去控制，他的幻想症越来越严重了。让你没想到的是，看护王曼璐小姐已经怀疑疗养院有问题，她与阿弃联手，竟查到了这个藏匿病患的地下室。阿弃没能找到鸟尊，却先发现了地下室，这触碰到了你的底线。至于你为什么先放他们离开,再追回来,我猜可能是想试探一下这件事有没有人从外部介入。如果有人接应他们,说明此地已经不安全了,你也会通知洋行安排撤离。"

听到此处,阿弃已然明白了一切。他虽然患了严重的精神疾病,但不发病的时候,逻辑思维几乎与正常人无异。黄雪唯这些话讲得明明白白,他当然听得懂。他气得浑身发抖,王曼璐在一旁看着,想劝他又不知该说什么。

这时,在一旁默不作声的邵大龙开口了。

"你没想到阿弃会给孟兴的律所打电话,而正是这通电话,让我察觉到了张老爷子那些受害者可能出自疗养院。这两件事对上后,我立刻联系了华界警局的人,促成了这次联合行动,一同捣毁你们这个犯罪窝点!"

"我给这疯子太多自由了。"李查德突然说话了,他看着邵大龙,却用枪指着阿弃,"我承认我没能把控住他。我曾以为他病得很严重,以至于都没把我认出来。我可是朝他打了一枪的人!这傻子竟然没把我认出来!"他大笑起来。

阿弃双手握住栏杆,怒视这个杀死自己恩师的凶手!

江慎独给了他第二次生命,给了他一个家。

自从畸人马戏团被烧毁、老爹死亡后,他就成了孤家寡人,无依无靠。他想过一死了之,而江慎独却将他带了回去,传授他本领。他在那里认识了许多朋友,他们一同为江慎独办事,为伟大的侠盗罗苹办事。

李查德挑衅般地对阿弃说道:"老不死的还挺抗揍。你猜猜看,我一共打了多少拳,才把他活活打死的?"

"汉奸。"

阿弃嘴里吐出了两个字。

这话如同一根尖刺，深深扎入了李查德内心最敏感的区域。

"他妈的，你再说一遍，我打爆你的头！"李查德走向阿弃，将枪抵着他的额头。

"不许动！"邵大龙怒喝一声，将手里的机枪对准了李查德。同时，他身后的警察也都纷纷将枪口转向这位已经失去风度的美国人。如果他胆敢向阿弃开枪，邵大龙就算被撤职，也要用手里的机枪把他打成筛子。

李查德瞪着阿弃，目眦欲裂。愤怒已使他失去了理智。

"我是美国人！我生在檀香山，长在加利福尼亚！我只是生了一副中国人的样貌，这难道是罪孽吗？为什么要这样惩罚我？他们喊我 Celestials（朝天眼），骂我 Chink（中国佬），学校里他们对我吹口哨，冲着我用手指吊起眼角，侮辱我是猴子，那时候我还只是个孩子啊，我不懂为什么会这样！后来我发现了，血统才是原罪，因为我的祖辈是中国人，我他妈是因为你们才承受这份屈辱的！所以我要报复你们，我要来到这里，开始我的复仇。"

邵大龙听傻了，骂道："脑子坏掉了吧？这算什么歪理？"

黄雪唯道："你错了，你憎恨的对象搞错了。"

李查德转过头看着她："你说什么？"

"你憎恨的应该是种族主义这种行为，而不是具体到某个民族。你本末倒置，胡言乱语。我承认你是个优秀的侦探，但你却没有成为人的资格。刘小姐为你付出那么多，是世上唯一在乎你的人，你却像踩死一只蚂蚁一样，将她最珍贵的生命视若粪土。你试图为你的冷血无情寻找借口，而在美国遭受的歧视则是你寻到的借口。对不起，这种借口我们不接受，也无法成立。你要接受一点，你就是个人渣，你不配为人。不论是中国人，还是美国人。"

"不允许你们这样高高在上地审判我！"

李查德的脸色变得铁青，额头上青筋也涨了起来，不停抽动。愤怒使他全身绷硬得像块石头。忽然，他又开始笑了。如此分裂的状态令他看上去很不正常。笑声越来越大，充斥了整个地下室。尖厉的笑声令所有人的耳膜感到不适。

半分钟后，他止住笑意，对黄雪唯道："那又如何？你们根本拿我没办法。我是美国人，享受治外法权，你们中国人没法定我的罪。就算我毒杀了那个白白送上门的贱货又如何？见鬼，我甚至连她的名字都喊不出来。就算我把这群母猪都卖给别人为奴为娼又如何？只要我跑一趟美国领事馆，屁事都没有。可惜你们白忙一趟，却只能把这群废物关进牢里。"

说话间，他握枪的手在半空中画了一圈，将身后那群喽啰尽归其中。

他们听了李查德的话，脸上也现出了怒容。

黄雪唯沉默了，她知道李查德的话有道理。黄浦江上那些英美巡洋舰发出的汽笛声与刺耳鸣叫，无时不在提醒着她，在这片土地上，洋人是受到额外的优待和保护的。

正当李查德想进一步羞辱他们之际，他身后的铁门忽然被打开了。

他回过头，发现阿弃站在那里，手里握着一块碎裂的玻璃。他从摔烂的镜子里捡起了一块尖锐的玻璃，趁着黄雪唯滔滔不绝时，用嘴里的铁丝撬开了门锁。

李查德意识到危险将至，迅速朝着阿弃扣动了扳机。

可这一次却不像一年之前那么顺利。

阿弃迅速低头，堪堪躲过了这一枪，随后他冲向李查德，将他拦腰抱住，重重地摔在地上。华界的警察们见两人扭打起来，正想冲上前去制止，却被邵大龙一把拦住。黄雪唯看了他一眼，明白了邵大龙的心思。

鸟尊喋血记（七）　　267

地上一记重摔，使得李查德手上那把白朗宁手枪脱手摔飞。阿弃翻身骑在了李查德身上，反握玻璃碎片，照着他咽喉就往下扎。电光石火之际，李查德飞快地伸出双手，死死握住阿弃右手的手腕，使得他这一记刺击无法完成。

阿弃右手被擒，空出左手，狠狠地朝李查德的右腮就是一记重拳！

李查德没有松手，右侧脸面生生吃了这一拳。阿弃的悲愤转化成力量，这一拳打得极重，李查德脸上的皮肉登时崩裂开来，鲜血长流。即便如此，他也不能松手，玻璃尖刃要是刺进他的咽喉，这条命就算交代了。阿弃浑身的血气都涌上了脸，一双眼睛发着亮，他咬紧了牙齿，丑陋可怕的脸皱成一团。

"啪"的一声，又是一记凶猛的重拳！

鲜血溅上了阿弃的脸。看着眼前的死敌，他浑身的血液如同煮沸般愤怒。就是这个人，杀死了他敬若父亲的恩师；就是这个人，冲着他的脸毫不犹豫地开枪射击，让他变成了怪物；就是这个人，将他的同门师兄弟一一残杀！

就是这个人！

拳头如雨点般朝着李查德的右脸挥击，一拳，两拳，三拳，四拳……

李查德扯着嗓子尖叫。他先是威胁，说如果在场的警务人员不救他，届时美国领事馆追究起来，他们都脱不了干系。见威胁没人理会，便开始求饶，他苦苦哀求警察能够救他，说眼前的男人是通缉犯，手里有好多条人命。见全无用处后，他又开始破口大骂，用最恶毒、最肮脏的话侮辱在场每一个人。渐渐地，他开始不说话了，涌出的鲜血堵住了他的咽喉，握住阿弃手腕的双手也松了开来，落在他身体的两旁。

阿弃没有停下。他丢掉了手里的玻璃，继续用拳头击打着李查德。即便李查德已经变成了一具尸体。他将李查德打得血肉模糊，正如李查德对江慎独所做的一样。

见李查德胸膛没了起伏，阿弃这才停下手，累得翻躺在一旁。

这时，华界的警察们才纷纷上前，将他按倒在地。

阿弃没有挣扎，他也挣扎不动，表情木然地被警察反铐住双手。

"在美利坚白人骂你'清客'，在中国我们骂你'咪夷'，夹在两头，你到底是谁呢？你又是为谁而死？唉！"

邵大龙长叹一声，看着地上李查德的尸体，心头登时感慨万千。

一切都结束了。

这个案子办了两年，今晚他终于可以睡个好觉了。

他转过头去问黄雪唯："还有个问题——子乍弄鸟尊究竟在哪里呢？究竟被江慎独藏在了哪里？这件事我们不管，还是会有人继续找下去的，不知道还要死多少人。"

"这个问题可难住我了。相比盗窃文物的案子，我还是办谋杀案比较顺手一点。"

黄雪唯耸耸肩，表示无能为力。

过了一会儿，她轻摇团扇，嘴里也开始喃喃起来。

"究竟在哪里呢？"

民国二十四年，冬至。

位于华德路北侧的上海公共租界工部局华德路监狱里，迎来了一位奇怪的犯人。

起初，这里的人们以为他是个不会说话的哑巴。因为不论你问他什么，他都紧紧闭着嘴巴，什么都不说。他永远安静地待在角落里，低着头，聚精会神地看着地上，仿佛水门汀地面上正在播放一部精彩绝伦的电影。

但仅仅如此，还算不上"奇怪"，只能说他孤僻。真正奇怪的地方，是他那张脸。

他的鼻梁断裂，整张脸的中央呈现出一个凹痕，凹痕里甚至还能看见血肉。然而，不知道他用哪里取来的白色药膏，厚厚地涂抹在了断裂的鼻梁上，药膏渗入鼻梁中间凹陷的洞里面，使得他面孔的中央一大块区域都变成了白色。乍一看，仿佛是中国传统戏剧舞台上插科打诨的丑角。

不过，与那些滑稽的丑角不同，他从不说话，从来不笑，整个人散发着一种可怕的阴郁气质，这种气质在向四周传递一种危险的信号。接收到这种信号的人，当然不会轻易去惹他。可能是狱警也怕麻烦，给了他一个单人牢房。

监狱里其他人背地里都叫他"丑爷"。

这位丑爷如何如何，那位丑爷如何如何，说惯了也就改不了口了。

关于丑爷，监狱里还有许多传闻。

有人说他杀了洋人，给判了很重的刑罚，丢命是肯定的了，就不知道是绞死还是吃花生米（枪毙）；有人说他会妖术，在山上拜过师父，他杀的几个人，都在房间里，不曾出门，莫名其妙就死了；有人说他想出去就能出去，没有监狱能关得住他；还有人说他是个疯子，凶得狠，最好不要去惹他，因为疯子杀人不犯法！如果不犯法，为啥来这里？有人提出异议。那人解释说，疯子要是杀了外国人，那他就不是疯子了，就得负责。负责，明白吗？听明白的人，吓得不敢说话。

各种流言传遍了华德路监狱，但从未有人来坐实这些流言的真实性。

大概是没人在意吧。

这位别人口中的"丑爷"，自然就是阿弃。

前往十六铺前，阿弃就在王家码头安排了人手，看似单刀赴会，其实在四下里布满了耳目。这些耳目，均是追随江慎独多年的手下。他们忠心耿耿，自然不会放过杀死真凶的机会。也正因为此前安排了人手，阿弃才能在坠水后第一时间被人救起，送去诊所就医。由于伤势过重，他好几次都差点死在手术中，但他还是凭着一股惊人的生命力，硬挺了过来。

也许是冥冥之中的定数。阿弃还未完成他的理想，还未完成江慎独的遗愿。

江慎独的案子破获后，张老爷子也被抓走，拐卖集团彻底被摧毁，慈恩疗养院当然也被查封了。美商本宁丹洋行宣布退出中国，他们把所有问题都推给了李查德，污蔑他利用公职犯罪。死人是不会反驳的，警方接受了这个解释。不过就像李查德之前说的，不接受又能怎么样？在这块土地上，洋人有治外法权。

铁门下方的小窗口开启，一份盖着包心菜和几片猪肉的米饭被塞了进来。在这碗米饭边上，还有一份没有动过的米饭，上面铺陈的青菜已微微变黄，还趴着一只正在饱餐的蟑螂。

看着这份令人倒胃口的菜饭，他回忆起最后与江慎独见面的场景。

那天夜里，他提着一瓶黄酒，打包了一份江慎独最爱吃的卤牛肉去他家。这份卤牛肉，是他特意从北四川路俞记牛肉馆带回来的。自从盗出子乍弄鸟尊，将赝品卖给美国人后，他们师徒俩好久没有在一起说话了。来之前阿弃没有告知过江慎独，想给他一个惊喜。

走到门口，他发现有点不对劲。

院子外的铁门敞开着。

他认识的江慎独绝不会犯这种错误。

阿弃警觉地将酒和肉放在地上，从腰间取出一把木柄匕首，反握在右手，随后弓着腰，缓缓步入江氏宅邸。

院子里黑漆漆的一片，没有异样。走近洋房前，他发现就连房门也没有关上。强烈的不安感促使他顾不上小心翼翼，他加快了步伐，跑进了厅堂。

上到二楼书房，他见到了倒在血泊中的江慎独。

阿弃大骇，他将匕首丢在一旁，扶起了奄奄一息的江慎独。

"是谁？是谁干的？"

悲愤使阿弃将牙齿咬得咯咯作响，眼里闪烁着无法抑制的怒火。

江慎独气若游丝，嘴巴一张一合，却发不出声音。阿弃只能将耳朵凑近，想听清他最后的遗言。可惜江慎独太虚弱了，他根本说不出话。

眼见恩师将逝，自己却无能为力，悲恸的情绪使得阿弃忍不住放声大哭。

见爱徒悲伤欲绝，江慎独也无能为力，他恨自己无用，叱咤江湖的侠盗罗苹，眼下甚至连一句完整的话都讲不出口。汹涌的疲惫感如潮水般涌向江慎独，他深知自己大限将至，于是竭力抬眼，望向书架上的坐佛。那尊挚友"泥人周"周海明赠予他的艺术品。

佛像广额丰颐，低眉含笑，似在回望他，又似在凝望这娑婆世界。

江慎独终于安心地合上了眼。

（本书完）

子乍弄鸟尊现藏于美国弗利尔美术馆

作者附记

本书中有关民国侦探小说家孙了红的描述,以其个人生平事迹为基础,因小说创作需要,进行了一定程度的艺术加工与虚构。主要参考文献如下:

卢润祥《关于孙了红生平的发现》(收录于《神秘的侦探世界——程小青、孙了红小说艺术谈》,学林出版社,1996年1月);

沈寂《孙了红这个人》(收录于《风云人生》,上海书店出版社,1998年7月);

黄海丹《孙了红早年经历"谜案"试侦》(刊于《苏州教育学院学报》2022年第一期)。

解说

是剧贼罗苹还是侠盗鲁平?

文 / 王寅

(本文会泄底故事相关内容,请看完全书之后再行阅读!)

我感觉到现代的社会实在太卑劣太龌龊，许多弱者忍着社会的种种压迫，竟有不能立足之势，我想在这种不平的情形之下，倘然能挑出几个盗而侠的人物来，时时用出奇的手段去警戒那些不良的社会组织者，那么社会上倒能放些新的色彩也未可知咧。

——孙了红

侠盗在中国的接受与传承

现在我们都已经知道，中国侦探小说的创作自晚清始，即二十世纪之初，可以说起点并不算晚。南风亭长于《图画日报》连载《罗师福》时，福尔摩斯之父柯南·道尔（Arthur Conan Doyle）刚完成《布鲁斯-帕廷顿计划》不久。同年，日本周刊杂志奠基者《Sunday》（サンデー）杂志在第六期刊登了一篇翻案改编作品，名为《巴黎侦探奇案——小偷的小偷》(巴里探偵奇譚·泥棒の泥棒)，该小说在日本首次介绍了法国侦探小说家莫里斯·勒布朗（Maurice Marie émile Leblanc）笔下的亚森·罗宾（Arsène Lupin）。

根据樽本照雄先生与郭延礼先生的考证，罗宾在中国的初次亮相，可能是在《小说时报》一九一二年第十五期上，由杨心一翻译的《福尔摩斯之劲敌》。令人感到意外的是，罗宾在中国登场尽管比日本要稍晚一些，但在受欢迎程度上，却略有胜之。为何拥有不合法身份的盗贼在中国却得到了接受？要解决这一问题，必须先从最初的译文开始了解。

罗宾的故事译介到中国，初是以"剧贼"称之，作为侦探福尔摩斯对手的面目出现。在文末的评价中，也多是关注罗宾狡猾的伎俩，负面描写较多。相比侦探福尔摩斯的合法性，罗宾始终只是贼，是在正义对立面的人物。直至一九二二年《紫兰花片》第四期刊出周瘦鹃所译的《亚森罗苹作者之言》时，对其称呼已变成了"侠盗"。

从"贼"至"盗"的转变，否定的意味减弱了，文中还强调了罗宾的"道亦有道"，"与寻常杀人越货之流不可同日而语者"。

在译者的笔下，罗宾的行为被称之为"义侠"，而"侠"又是中国独有的概念。对"侠"，司马迁是这样解释的——其行虽不轨于正义，然其言必信，其行必果，已诺必诚，不爱其躯，赴士之厄困。这不正是亚森·罗宾行为的写照吗？由此一来，罗宾先由"贼"变为"盗"，又从"盗"转变成了"侠"。在这里多说一句，若说中国自古以来就有侠盗文学的传统，恐怕多数人会感到意外，不过若是多加留意，侠盗这一条暗线，确实有迹可循。比如《庄子》中的盗跖故事，不正是中国"侠盗文学"的起源吗？关于盗亦有道，盗跖表示"何适而无有道邪？夫妄意室中之藏，圣也；入先，勇也；出后，义也；知可否，知也；分均，仁也。五者不备，而能成大盗者，天下未之有也"，虽然荒谬，但这种将盗窃行为强行道德化以突出侠盗智勇双全的特点，在后世作品中被保留了下来。在《庄子》之后，侠盗文学在各个朝代均有出现，如《史记》中的游侠列传、唐传奇、宋元时期的水浒故事，以及明清小说《三侠五义》等。孙了红的侠盗鲁平系列从另一方面来讲正是承接了这个传统。

要注意的是，西方是没有"侠"这个概念的，对应的英文是knight-errant，翻译为"游侠骑士"，但西方的其实与中国的侠客不同，前者更忠诚，是贵族的利剑，后者则为底层平民发声，这与东西方价值观的差异有关。侠盗罗宾的"侠"更多是译者对这一人物的理解，一种"归化"的商业策略。

此后，大东书局推出《亚森罗苹案全集》，继续宣扬其"行侠仗义之亚森罗苹"的身份，广告词中提到："亚森罗苹诸案，有神出鬼没之妙。福尔摩斯无其奇，聂卡脱案无其诡，可作侦探小说读，亦可作武侠小说读。兹尽收集其长短各案，汇成一集，以成全豹。法人玛利塞·勒白朗所著亚森罗苹诸案,不论长篇短篇,皆神奇诡谲,如天半蛟龙,不可捉摸。其叙侠盗亚森罗苹之热肠侠骨,冲罗网,剪凶残,令读者敬之佩之,几不知其为剧盗、为剧窃矣。"

广告强调了该书比福尔摩斯案奇,比聂卡脱案诡,可作侦探小说读,又因其"热肠侠骨",也可作武侠小说读。武侠小说是中国本土特有的类型小说,从《水浒传》至今数百年,一直受读者欢迎,接受度自然不在话下,广告词的聪明,也正是在此。同时,对于亚森·罗宾扬"侠"抑"盗"的宣传,持续多年的"洗白史"终于成功。在大众的观念里,罗宾不再是盗贼,而是匡扶正义的侠客。将侦探与侠客的形象绑定,也解释了何以侦探小说这一舶来品会在中国这片土地上生根发芽,于清末民初之时掀起一股热潮。

当时的作家孙了红受其影响,于是提笔创作出了"东方亚森罗苹"鲁平,一个中国的侠盗。"侠盗鲁平奇案"系列一经推出,立刻受到了读者的欢迎,这里面自然有一部分原因须归功于亚森·罗宾在中国成功的本土化。

他对于亚森·罗宾的价值观很是认同,这也是他创造出"侠盗鲁平"的原动力。他曾对虚伪的法律予以批评:"法律也者,那只是某些聪明人在某种尴尬局势之下所制造成的一种类似符那样的东西。符,也许可以吓吓笨鬼,但却绝对不能吓退那些凶横而又狡诈的恶鬼;非但不能吓退,甚至,有好多的恶鬼,却是专门躲藏于符之后,在搬演他们的鬼把戏的。法律这种东西,其最大的效用,比之符也正差不多。因此,要他维护法律,谢谢,他却没有这样好的胃口。"

我们可以看出,相比对于规则的遵守,孙了红更关心社会的黑暗面与不公平的现象,他对底层的平民和社会上的弱者寄予关怀,通过作品中的侠盗鲁平,来实现这些理想。

孙了红原名咏雪,小名雪官,祖籍浙江宁波鄞县。年轻时的孙了红重义轻财，虽然经济拮据，但遇人有急需，必倾囊相助。其豪放不羁，任侠重义的性格，与其笔下的鲁平十分相似。孙了红喜好鬼狐故事，对自己的作品也并不爱惜，常常写在日历背面、香烟壳上，从不存底稿；家里的藏书也随便借给朋友，往往辗转传阅后不知去向，他也不挂于心。孙了红在侦探小说上的成就很高，尤其是上世纪二十年代至四十年代，其作品具有一定的社会意义和文学价值。可叹的是，他生前潦倒不堪，贫病交加。六十一岁那年，在完成反特小说《青岛迷雾》后，孙了红因结核病复发，早早地离开了人间。

作者走了，但作品留了下来。孙了红创造的侠盗鲁平，与程小青的霍桑、陆澹安的李飞、赵苕狂的胡闲等一起成为了中国侦探小说的先驱，鲁平也继承了莫里斯·勒布朗笔下亚森·罗宾的"侠盗"特质，成为中国侦探的经典形象之一。

这是一部同人小说吗？

作为"民国三部曲"的第二作，《侠盗的遗产》在故事时间线上紧接上一部《侦探往事》，但故事却是相对独立的。换言之，若是没读过第一作，也毫不影响第二作的阅读体验。也许有读者会问，既然故事中有"侠盗"，那这是不是一部"同人小说"呢？需不需要先行阅读孙了红的作品呢？要回答这个问题，首先要搞清楚"同人小说"（fan fiction）的概念。

所谓同人小说，即在利用原有小说作品中的人物角色、故事情节或背景设定等元素，进行二次创作，与原作品具有显著差异的新作品。"同人"一词是从日文引入的，意指"志同道合的人，同好"。之前有演员批评同人改编，认为"改编不是乱编，戏说不是胡说"，这话没错，但"乱编"与"胡说"的界限在哪里，可不是一个人能说了算的。我们知道许多文学名著，包括《西游记》在内，都不是一时一人完成的，而是世代积累的结果。再看鲁迅先生的《故事新编》，不也是在原有传说的基础上发挥艺术想象力再创的经典吗？

法律上将同人作品还分为非演绎作品与演绎作品两类。非演绎作品的同人小说是指故事背景的来源一目了然，但内容却关联不大，与原作联系的仅仅是人物姓名、某些名称等，在整体上完全是一部新的作品，并不构成对原作的改编；而演绎作品，又称为派生作品，是指在保持原有作品基本表达的基础上，对原表达加以发展，使新表达与原表达融为一体而形成的新作品,即完全遵循原作的框架与设定,内容与原作有紧密联系。

举个例子,如果有人要续写钱钟书先生的《围城》,或者将金庸《天龙八部》中的某个原创人物拿出来单独写一部小说,那就属于演绎作品。而格斗漫画《七龙珠》之于《西游记》,侦探漫画《金田一少年事件簿》之于横沟正史的"金田一耕助"系列,则非演绎作品,因为虽然名字也叫"孙悟空"和"金田一",来源虽十分明确,但故事内容却完全跳脱原著,自己创造出了新的世界观。《七龙珠》中的孙悟空叫卡卡罗特,没有了金箍棒,对故事的发展也几乎没有影响;《金田一少年事件簿》即便少了那句"以爷爷的名义起誓",除了少了些许"中二感"外,故事也可以成立。

此外,区分非演绎与演绎的同人作品,还有一个最简单的办法,即抛开原著的故事背景,作品还能否成立,不能即演绎作品,毫无影响即非演绎作品。

那么,孙了红的"侠盗鲁平奇案"系列,算不算同人作?有不少读者认为算,他们的理由是连名字的发音都那么像,怎么可能不是呢?毕竟这个系列在很长一段时间都还被称为"东方亚森罗苹案"。结论就是,尽管大家都能看出鲁平的人物来源是莫里斯·勒布朗笔下的亚森·罗宾,孙了红也从不避讳受过其启发,但侠盗鲁平实在不能算是亚森·罗宾的同人作品。

尽管他脱胎于亚森·罗宾,却有自己的个性和喜好,外貌上也全然不同。打个比方,《名侦探柯南》中的工藤新一号称是"平成年代的福尔摩斯",但能说《名侦探柯南》是《福尔摩斯探案集》的同人作吗?恐怕不行吧。同是侦探漫画的《侦探犬夏多克》讲述了名侦探福尔摩斯的灵魂穿越百年,投胎在日本一只狗的身上,但其设定依旧是福尔摩斯,所以算是。

我们再来看这部《侠盗的遗产》，算不算同人作品呢？

一方面我们都知道，该作致敬孙了红笔下的侠盗鲁平，但其人物设定与故事背景却与原著大相径庭，通篇读下来，有关联的似乎也只有这些熠熠生辉的"侦探之名"（实际上名字也略有改动，如鲁平改罗苹，霍桑改霍森），这一点与《侦探往事》类似。毕竟在原著中，霍桑不是恶人，李飞也并非结巴，鲁平更不是奸商。这些特点，倒与同人作品中非演绎作品的描述相似。不过，与其说作者笔下的民国侦探世界是民国侦探作家的同人文，似乎又更像是发生在另一个平行世界的侦探故事，似有相干，却各自精彩。

"美国革命"与黑色电影对主题的影响

从作者最初的构想来看,"民国三部曲"原本是作为《密室小丑》与"陈爔系列"的前传来写的,然而眼看构架起的世界观越来越大,立意也发生了改变,从一开始意图为"密室小丑"立传,逐渐转变为梳理侦探小说发展的流变,以及畅想中国侦探文学发展的另一种可能。相比为"欧美黄金时代"高唱赞歌的《侦探往事》,这本《侠盗的遗产》不论从主题还是风格上都有着显著的区别,也可以看出欧美古典侦探小说衰弱之后,大众对侦探小说的趣味发生了怎样的改变。

英国侦探小说家安东尼·伯克莱(Anthony Berkeley)曾断言:"纯粹以解谜为主,重视情节却忽略人物塑造、缺乏文风和幽默感的传统推理小说时日不多。未来的推理小说,心理成分在吸引读者方面将超过数学成分。"现实中的情况也确实如此,以解谜为主的古典侦探小说开始式微,注重心里悬疑的作品开始流行,同时在美国也掀起了一场由硬汉派侦探小说家引领的"美国革命"。《侠盗的遗产》似与现实中侦探小说的处境相印证,如《侦探往事》中那群侃侃而谈的贵族般的名侦们消失了,转而出现的是一个奔波于街头暗巷,游走于黑白两道的硬汉侦探形象。

关于作品的主题,按照此前作者的创作路线(如何完全本土化),以及这部小说中表达出对冷硬侦探小说的致敬(哈米特的小说、钱德勒的名言和那只与马耳他黑鹰同为禽类雕塑的子乍弄鸟尊),基本可以确定这是一部融合冷硬元素与心理悬疑，并试图讲述原创推理"困境"的侦探小说（非本格推理）。明白作者的创作意图后，我们先来看看何为冷硬派（Hard-boiled）侦探小说。故事中侦探白沉勇在书店翻阅过一本名为 The Maltese Faclon（《马耳他之鹰》）的西文侦探小说，这正是作家达希尔·哈米特（Dashiell Hammett）创作的第一部冷硬派侦探小说。作品出版之后，立刻引起了文坛的关注，短短十年之内，就被翻拍了三次。后面的故事，我相信大家都知道了，达希尔·哈米特和雷蒙德·钱德勒（Raymond Thornton Chandler）——一位是残酷大街的写实巨匠，一位是罪恶世界的浪漫诗人——共同开启了"美国革命"，冷硬派侦探小说应运而生。

英国侦探小说家多萝西·L. 塞耶斯（Dorothy L. Sayers）曾表示，侦探小说永远也达不到文学造诣的最高标准，因为侦探小说是一种"遁世文学"。雷蒙德·钱德勒在《简单的谋杀艺术》一文中认为，古典侦探小说（本格推理）之所以走入死胡同，是因为他们把小说写成了枯燥的公式，使得侦探小说中的人物变成了机械的情人、纸糊的恶棍和侦探。当然，冷硬派推理的成功不仅仅在于写实性，它还有着不同于古典推理的"腔调"，要理解这种独特的冷硬腔调，必须理解冷硬侦探的文学谱系。中国台湾作家杨照认为，这套文学谱系的先驱，且不可忽视的作家是海明威，他对"冷硬"形象的塑造影响了哈米特，而哈米特则将"冷硬"变成了"硬汉侦探"，而后继者更是在此基础上开启了各式各样的创造。

回到《侠盗的遗产》，通篇阅读下来，尽管作品试图表现粗粝的现实主义风格，但侦探角色的"腔调"却不那么"冷硬"，不那么冷酷潇洒，也不太说类似于"每个人都有怪癖，我的怪癖是爱在睡觉时握把上了膛的枪"这种充满硬汉风格的句子。有两种可能，一是作者笔力不逮，没有领会到冷硬侦探小说的真正魅力所在，二是为了成全最后的解答，所以卖的破绽。但不论如何，作品的侦探故事线只能说捕捉到了"冷硬"的形，却无"冷硬"的魂。

不过相比冷硬侦探小说，作品更让我感受到一股浓郁的好莱坞黑色电影（film noir）风格。如何定义黑色电影，主流的看法是冷硬侦探小说和德国表现主义（German Expressionism）综合的结果。这个术语关联着一定的视觉与叙事特点，如低调摄影、潮湿的城市与街道、弗洛伊德式的人物，以及对蛇蝎美女的罗曼蒂克迷恋。在人物方面，正义凛然的法律代理者不再受到重视，那些上层人物皆为腐败者，深藏于黑暗的侦探、不诚实的警察与犯下命案的杀手被推到了大众眼前。包括其中精神病院的故事线，又令我联想到了德国表现主义电影的代表作《卡里加里博士的小屋》（Das Cabinet des Dr. Caligari），其中心智反常而引发的奇异幻觉、精神病院院长的教唆，以及叙述者最后的惊醒，不知是否作者有意为之。

总的来说，我们能从故事里读出作者将故事中的人物从"豪华的洋房"中驱赶到"阴暗的小巷"中的意图，整个故事的氛围也与冷硬派侦探小说的气质大致相符，尽管白沉勇并不是山姆·斯佩德（Sam Spade）和菲利普·马洛（Philip Marlowe）那样的硬汉侦探。

故事中的暗线与隐喻

作者编排在故事里的暗线之密，可谓俯拾皆是。

首先是时间线，白沉勇与李查德的故事线相差一年，根据已知的线索可知白沉勇故事发生于 1934 年秋，而精神病院的故事则是 1935 年秋。这里的提示很明显，如白沉勇在侦探社听的 *Don't Fence Me In* 是乡村歌手 Gene Autry 演唱的歌曲，这首歌发行于 1934 年；徐欣夫导演提到自己正在创作《翡翠马》的剧本，而《翡翠马》直到 1935 年才上映；参与"职能治疗"时翻阅报纸，读到了"著名女明星吃安眠药自杀"事件，这里指的应该是阮玲玉，包括"伪满洲国国务总理大臣下台"，这些事件均发生在 1935 年。我不知道这算不算时下流行的叙述性诡计，由于暗示过于明显，我更认为是作者为了完成之后更大的身份逆转所布下的"迷雾"——你以为我要玩这个把戏，其实我还暗藏了一手。

说到逆转，在故事快结尾时，精神病医师说"我"生活在"六十年后的中国"那一段，着实令我大吃一惊，心想作者是不是玩脱了，结果也是虚晃一枪。联系之前白沉勇在书店翻阅晚清民国科幻小说（当时一般称为科学小说、理想小说）的段落我才幡然醒悟，这位医师所言均是晚清民国时期小说家对未来之预言！

试举一例，"我们与日本的战争，也已取得了胜利，欧美各国承认了中国在联合国的席位"这句话，灵感来源应该是作家劲风在《小说世界》杂志发表的科幻小说《十年后的中国》，小说描写"W光引起了沉睡多年的富士山的喷发，日本全国震动，最后无条件投降。此时欧美各国早已闻风而动，纷纷'恭贺'我国，承认了中国在世界联盟中的位置，于是中国就此强大起来"。另外，"现在的世界，哪里还有什么野鸡妓女。不要说野鸡，就是高一等的长三、幺二、书寓、住家，也都绝迹了许多年数了"的想象，则出自白沉勇在书店中翻阅的陆士谔所著的理想小说《新中国》。

而这一部分，也与此前陆澹安所言孙了红"因年少蹭蹬，是以中岁后意气消沉，牢骚满腹，觉得茫茫人海，可亲者少，而可仇者多，遂致性情乖僻，与世相遗，不与俗谐"的形象遥相呼应，让人顿时坠入云雾之中，分不清叙述者是否是孙了红本尊。

关于故事隐喻的部分，令我最在意的点发生在"我"与胎记男的对话中。小说中胎记男说自己的哥哥因嫉妒弟弟的才华而将其迫害至精神病院，但文中作者留下了一个很显眼的提示——大到无法忽略的胎记。这与他自述"我长得英俊"相矛盾，作为一个读书人，为何"手心都是老茧"？同时又说自己"我口才不如笔头"，却在叙述中滔滔不绝。这三处疑惑不禁令人产生一种猜测——他或许并非是弟弟，而是杀死弟弟的哥哥。因为无法接受弟弟死亡带来的冲击，精神上出现问题，被囚禁于慈恩疗养院中。结合故事结尾"我"产生精神病的原因，及作者借王曼璐之口说"他是真疯"，可以断言胎记男的故事就是作者留下的对故事真相的暗示。

故事中提到的孤岛书店，是作者时晨在上海真实经营过的一家侦探主题书店，因疫情和租约的原因，目前暂时歇业，应该还会再开。故事中的上海侦探作家研讨会，对应的是现实中的上海悬疑推理作家研讨会，除作者本人外，那多、蔡骏、马伯庸、孙沁文等知名悬疑推理作家也有参与，孤岛书店即该研讨会的常驻地。

作者在小说中也为我们塑造了一个"中华侦探小说会"，就相当于民国时期的中国推理作协吧。有趣的是，书中出现的侦探小说家们对导演徐欣夫所发表的建议，并非作者杜撰，在他们的评论文章中都可以查到。也就是那些话确实是他们"自己"说的，如张碧梧的言论出自《侦探世界》第十六期之《侦探小说之难处》，赵苕狂的言论出自《侦探世界》第二十四期之《别矣诸君》，等等。相当于这些民国侦探小说名家给大家上了一堂"侦探小说创作课"。

文中还有许多给推理迷的小彩蛋，如李查德·华脱（Richard White）这个名字，也很明显暗示了最后的身份真相，而华脱正是White（白）的意思，"白"一方面有向往白人的意思，"华脱"两字同时也有脱离中华的意味；张布朗神父的名字对布朗神父的致敬、医学院窃镭案对思考机器《消失的镭》的致敬等，就不一一列举了。至于大家最关心的，也是本作的"麦高芬"子乍弄鸟尊究竟藏在何处？我想作者是有意做了一个开放式的结局。

我上网查了一下，关于鸟尊是如何流入美国的，有许多种说法，其中一部分人认为，鸟尊可能在八国联军侵华时期流入美国。百年之前，这件罕见的青铜器珍品可能被盗墓贼从古墓中盗出，不知中间发生了哪些变故，最终鸟尊又成了皇室收藏，还被精心保养。八国联军入紫禁城后，鸟尊被掠回美国。不过作者虽没写明故事中鸟尊的去向，倒也留下了一点线索，或许在王曼璐与阿弃的那段"捉迷藏"的对话中可以找到答案。

侦探小说本土化创作困境

清光绪三十三年，周桂笙在《月月小说》第七号之《上海侦探案》的"引"中谈到："若要讲到我中国的侦探，这句话可很不容易说的。何以呢？因为中国是一个数千年的大国，真是地大物博，早就文明开化的，那里敢决然说他没有这个呢？然而要说一定有的，那个真凭实据，却也难找。从前有人见了外国的侦探小说，就说这件事只得让他们独步的了。后来有人不服，说中国何尝没有侦探小说，那包龙图七十二件无头公案，不是侦探小说么？这种说话，岂不可笑？"

周桂笙的这番话说明了两点，一、中国自古以来没有侦探小说，侦探小说是完全的舶来品；二、公案小说不是侦探小说；既然从前没有，那写作必然是从模仿开始。不论是程小青还是孙了红，作品里或多或少都有外国侦探小说的影子。可以说，霍桑和鲁平即便披了一层外衣，大家还是能瞧见其骨架依然是福尔摩斯与亚森·罗宾。

对于中国侦探小说的创作，程小青曾发表过这样的言论："说到我国创作的侦探小说，在民国七八年间，也曾有过一小页灿烂的记载。……可惜这许多作家都是'乘兴而作，兴尽而止'。他们的努力，不久便变换了别的方向，不能始终其事。这委实是侦探小说界上的一种莫大的损失……"其后，国内创作侦探小说几乎陷入停顿。直到新世纪初，网络上才开始出现一批新生代的作者。然而这些作者同数十年前的前辈一样，又受到了来自日本推理作家的冲击。不同的是，这次给予冲击的不是欧美黄金时代的作品，而是日本新本格推理。于是一切重来，又从模仿和学习开始。阅读大量的日系推理，难免不受其影响。有些作者的问题更是严重，不用日本背景或日本人名，便无法进行小说创作，读到中国人名出现在推理小说中，也觉得莫名突兀，以至于国内每年出版的推理作品虽众多，真正本土化的推理小说却很少。

国内推理作者开始意识到问题，于是开始大量使用中国元素，但仍被一些读者指出虽披着一层本土的"皮囊"，"内里"却还是日本那套，凡暴风雪山庄必言绫辻行人，凡大型诡计必谈岛田庄司；然而这些人可能不知道，这些所谓的"内里"，细究起来，也不过是欧美黄金时代的产物，非日本独有。只是新生代读者读日系推理小说多过欧美侦探小说，先入为主罢了。

本书作者身为中国推理的创作先锋，苦本土化久矣，于是便借着《侠盗的遗产》发出了诘问，也表达了自己的困惑。

大家是否还记得，当刘小姐提起徐欣夫有意拍摄陈查礼电影时，白沉勇表达出的不屑。他认为厄尔·德尔·比格斯（Earl Derr Biggers）笔下的"中国大侦探"陈查礼其实并不真实，没有阳刚之气，"走路像个女人，脸像个婴儿"这种原著里的句子令他感到厌恶，这里面透露出两个信息：一是白沉勇读过"陈查礼探案"系列，那时候中国还未引进中文版（从注释中可以看出来），说明他会英语；二是他本身作为美籍华人，自诩硬汉侦探，对于西方弱化华人男性阳刚一面的事实，他无法接受。这是白沉勇的痛苦。

文中反复提及"不可脱"的费多拉帽，以及对冯素玫的驱魔仪式，结合作者这些年来对中国推理小说创作"本土化"理念的坚持，或许是暗喻一种对西方侦探小说的"祛魅"，但却又用白沉勇这样一个在美国成长的中国人的混合体来表达一种对本土化创作的无力感与怀疑。

综上所述，我认为《侠盗的遗产》是继完全西化并追忆黄金时代的作品《侦探往事》之后，一部展现本土化创作"困境"的侦探小说。正如侦探白沉勇一样，认知上他是美国人，却在扮演一个中国人，这不正是目下华文推理小说的困境吗？费多拉帽是西方的，即便脱下，头发依旧是金黄色的；魔鬼是西方宗教的产物，然而驱魔仪式的手段却也是西方的；侦探小说究竟有没有国别？做到何种程度才算真正本土化成功？西方剧盗亚森·罗苹与东方侠盗鲁平真的有区别吗？

这些问题正如白沉勇和李查德追问自己是哪国人一样，答案尚不明确。

【作者简介】

王寅，推理作家，笔名洛川银，作品散见于各类推理杂志，小说《王的盛宴》收录于推理短篇集《迷宫尽头的六人》。

图书在版编目（CIP）数据

侠盗的遗产 / 时晨著. — 北京 : 北京联合出版公司, 2023.4
ISBN 978-7-5596-6566-9

Ⅰ.①侠… Ⅱ.①时… Ⅲ.①侦探小说－中国－当代 Ⅳ.① I247.5

中国国家版本馆 CIP 数据核字（2023）第 011518 号

侠盗的遗产

作　　者：时　晨
出 品 人：赵红仕
策　　划：牧神文化
责任编辑：徐　鹏
特约编辑：华斯比
封面设计：周伟伟
插图绘制：Million
内文版式：王　川

北京联合出版公司出版
（北京市西城区德外大街 83 号楼 9 层　100088）
北京联合天畅文化传播公司发行
上海盛通时代印刷有限公司印刷　新华书店经销
字数 234 千字　890 毫米 ×1240 毫米　1/32　9.375 印张
2023 年 4 月第 1 版　2023 年 4 月第 1 次印刷
ISBN 978-7-5596-6566-9
定价：59.00 元

版权所有，侵权必究
未经许可，不得以任何方式复制或抄袭本书部分或全部内容
本书若有质量问题，请与本公司图书销售中心联系调换。
电话：010-65868687 010-64258472-800